Edgar Rai
Sonnenwende

atb aufbau taschenbuch

EDGAR RAI, geboren 1967, wurde mehrerer Schulen verwiesen, ging ein Jahr nach Amerika und studierte Musikwissenschaften und Anglistik in Marburg und Berlin. Er arbeitete unter anderem als Drehbuchautor, Basketballtrainer, Chorleiter, Handwerker und Onlineredakteur. Seit 2001 ist er freier Schriftsteller. Zahlreiche Romane, Filmbücher und Übersetzungen. Sein Bestseller »Nächsten Sommer« wurde zum »fraglos lässigsten Reisebuch der Saison« gekürt, und 2012 erscheint seine chaotisch-liebevolle Sommerkomödie »Wenn nicht, dann jetzt« bei Rütten & Loening.

www.edgarrai.de

Tom glaubt an die Liebe, und weil er seit Jahren mit Helen zusammen und ihr dabei auch noch treu ist, halten seine Freunde ihn für nicht ganz normal. Vor allem Wladimir, für den jede Frau ein Verfallsdatum trägt. Das Wort »Beziehung« hat auf ihn dieselbe Wirkung wie Knoblauch auf einen Vampir, und wenn man in seiner Gegenwart »heiraten« sagt, dann zerfällt er zu Staub. Doch in diesem heißen Berliner Sommer werden die Karten völlig neu gemischt: Ebenso verzweifelt wie vergeblich versucht Tom, den heiligen Gral seiner Liebe durch einen Seitensprung zu retten, und Wladimir verfängt sich im Netz einer rothaarigen Schönen.

Edgar Rai

Sonnenwende

Roman

aufbau taschenbuch

FSC
www.fsc.org
MIX
Papier aus verantwortungsvollen Quellen
FSC® C083411

ISBN 978-3-7466-2812-7

Aufbau Taschenbuch ist eine Marke
der Aufbau Verlag GmbH & Co. KG

1. Auflage 2012

Die Originalausgabe erschien 2011 bei Rütten & Loening,
einer Marke der Aufbau Verlag GmbH & Co. KG
Umschlaggestaltung Henkel/Lemme, Berlin
unter Verwendung eines Fotos von © Nick Shinn/fstop/corbis
Druck und Binden CPI – Clausen & Bosse, Leck
Printed in Germany

www.aufbau-verlag.de

Im Allgemeinen verhalten sich Systeme, welche aus mehr als zwei Massen bestehen, instabil. Ein solches System wird in einzelne Massen oder 2-Massen-Systeme zerfallen.

Wolfgang Neundorf, Chaos (I), Wissenschaftstheorie

Die Fahrt

»Ist nicht dein Ernst«, sagte Wladimir.

Paul: »Was?«

»Wir müssen jetzt nicht die ganze Fahrt über deine Depri-Mucke hören, oder?«

Paul hatte seinen MP3-Player angeschlossen und einen seiner Songs aus dem Hades freigelassen. Düstere E-Gitarren waberten durch das Führerhaus und mischten sich mit Stimmen aus dem Jenseits.

Paul: »Das war unser Lieblings-Song.«

Wladimir: »Du meinst wohl, deshalb hat Charlotte Schluss gemacht.«

»Da hätte ich ja gleich zu Hause bleiben können«, mischte sich Tom in das Gespräch, der sich von dem bevorstehenden Wochenende etwas Abwechslung erhofft hatte. So wie es in letzter Zeit mit Helen lief, hatte er die dringend nötig.

»Soll ich jetzt mitfahren oder nicht?«, maulte Paul.

Wladimir: »Ist ja schon gut. Dann hören wir eben deine Suizid-Kollektion.«

Zufrieden legte Paul seine Füße auf die Ablage, entfernte die Folie von einer Schachtel Gauloises und gab jedem eine Zigarette. Wladimir saß am Steuer, Tom in der Mitte, er rechts. Genüsslich blies er den Rauch aus dem Fenster und blinzelte in die Sonne: »Worauf wartest du? Fahr los!«

Wladimirs Vater war gestorben. Otto. König Otto. Der König des Wissens. So nannte ihn Tom. Sie waren auf dem Weg nach Bonn, um seine Bücher abzuholen. Für ihre Fahrt hatte

Wladimir sich den 7,5-Tonner eines Freundes geliehen, mit dem der jede Woche einmal nach Polen fuhr, um von einem Tischler in Krakau Plagiate mitzubringen, die dann in Berlin als Originale verkauft wurden. Dock1, ein Sprayer mit bundesweiter Reputation, hatte ihn für viel Geld künstlerisch veredelt. Vorgaben hatten sie ihm nicht gemacht, er sollte sich einfach etwas Cooles einfallen lassen. Als Dock1 fertig war, gab es an dem LKW keine unbesprühte Stelle mehr, und eine der Seiten zierte auf fünf mal zwei Metern der Schriftzug »NO FUCK«. Das verstand zwar niemand, aber cool war es, auf jeden Fall.

Tom hatte sich gewundert, dass Wladimir ihn um seine Hilfe gebeten hatte. Sie kannten sich noch nicht lange. Entweder war es eine Auszeichnung, oder Wladimir hatte keine Freunde, die er hätte fragen können. Tom hatte nicht lange überlegen müssen. Er mochte Wladimir und Paul. Und er mochte das Gefühl, zu verreisen, auch wenn es, wie in diesem Fall, nur bedeutete, ein Wochenende lang gemütlich über die Autobahn zu zuckeln.

Sie waren Kompagnons – Wladimir und er. Ein schönes Wort, weil es nach erwachsen gewordenen Kumpels klang. Als Erwachsener hatte man keine »Kumpels« mehr, aber mit etwas Glück hatte man einen Kompagnon. Das war ein Kumpel, mit dem man Geld machte. Wladimir und er waren seit vier Wochen Geldmachkumpels.

Ihre größte Gemeinsamkeit war ihr Mangel an Zielstrebigkeit; das verbindende Element etwas, das beiden fehlte. In Arbeitsdingen hatten sie nicht viel Ehrgeiz entwickeln können. Eine Karriere anstreben konnte schließlich nur, wer wusste, wo er hinwollte. Wladimir fand, die Frage des Jobs war wie die der Religion – völlig überbewertet. Etwas für Menschen, die einen Halt brauchten.

Sie hatten sich im Epikur kennengelernt, als sich ihre Wege

zufällig an Pauls Tisch kreuzten, der einfach nur seine Ruhe haben wollte.

»Na wunderbar«, sagte Paul und bestellte bei Charlotte missmutig noch einen Kaffee. »Kennt ihr euch eigentlich schon?«

Beide verneinten.

»Dann setzt euch doch und unterhaltet euch ein bisschen, aber leise, wenn's geht. Vielleicht nehmt ihr den Tisch da drüben. Tom, Wladimir redet am liebsten über Titten und Ärsche, Wladimir, Tom liest gerne verweste Bücher und steht auf impressionistische Klaviermusik. Ihr werdet euch lieben.«

Um das Schweigen zu brechen, berichtete Wladimir von einem eben geführten Telefonat mit einem Kunden, der angefragt hatte, ob er ihm Parkett verlegen könne. Konnte er nicht, hatte aber trotzdem zugesagt. Tom erfuhr, dass Wladimir sich bereits zu Beginn seines Studiums mit Renovierungsarbeiten über Wasser gehalten hatte. Das Studium war gegangen, die Renovierungsarbeiten waren geblieben. Tom selbst hatte gerade sein Studium beendet und kaute auf den Alternativen einer möglichen beruflichen Zukunft. Das Nächstliegende wäre gewesen, sein Hobby, das Klavierspiel, zum Beruf zu machen, aber dann hätte er für immer den Spaß daran verloren.

Wladimir: »Wenn du willst, können wir den Job ja zusammen durchziehen. Viertausend Euro, schwarz, fifty-fifty.«

Es wurden vier Wochen Arbeit und nur 2100 Euro. Tom hatte beim Abschleifen unter dem Lärmschutz kleine Kopfhörer getragen, um sich mit Bach-Inventionen bei Laune zu halten, was sich als folgenschwerer Fehler erwies. Ohne es zu bemerken, hatte er ein Wellenmuster in den Flur geschliffen, das ihm zunächst nicht auffiel. Nicht einmal, als er anfing, zu lackieren, hegte er einen Verdacht, obwohl die Lackierwalze so seltsam hoppelte.

»Ist was?«, kam es von Wladimir.

»Die Rolle scheint nicht in Ordnung zu sein. Hat irgendwie … eine Unwucht.«

Eine Unwucht, klar. Nachdem der Flur eine glänzende Lackfläche war, wurde das Ausmaß des Schadens offenbar.

»Wladimir, kannst du mal kommen?«

Sie standen in der Tür wie zwei Autohändler beim Blick unter die Motorhaube. Wladimir rieb sich das Kinn, legte den Kopf schief, als betrachte er ein Kunstwerk, und schwieg. Das hielt Tom nicht lange aus: »Sieht aus wie …«

»… ein Tiger.«

»Besser hätte ich es auch nicht sagen können.«

Die Wohnung lag im Hinterhaus. Erdgeschoss. Lichtverhältnisse wie in einem Verlies. Sie drehten kurzerhand vor der Übergabe die Birne heraus, in der Hoffnung, der Auftraggeber würde in der Dunkelheit den Tiger nicht erkennen. Konnte er aber doch. Wladimir erklärte ihm, dass sie so etwas auch noch nicht erlebt hätten. Schuld daran sei die schwingende Balkenkonstruktion, auf der man den Unterboden verkehrt vernagelt hätte; die dadurch entstandenen Vibrationen hätten einen glatten Schliff unmöglich gemacht.

Er war barmherzig genug, Wladimirs Gestammel durchgehen zu lassen, und zahlte 3200. Zusätzlich mussten sie elfhundert Euro für nicht einkalkuliertes Material abziehen. Ein Hungerlohn also, wenn man ihre fragmentierten Knie in Betracht zog. Tom war heilfroh, als sie endlich aus der Wohnung waren.

Nachdem sie das Werkzeug verstaut hatten, sagte Wladimir: »Was für ein Idiot. Wie kann der so eine Arbeit abnehmen?«

Später lernte Tom, dass diese Reaktion für Wladimir typisch war: Statt sich über das Entgegenkommen des Kunden zu freuen, beschimpfte er ihn noch.

»Beim nächsten Auftrag müssen wir aber besser kalkulieren«, meinte er, und das war der Startschuss für ihre Zusammenarbeit.

Seitdem war Tom »Der Dompteur«, oder auch »Il Domatore«. Inzwischen war es ein Running Gag. Wenn sie mit Paul unterwegs waren und Wladimir mal wieder einen Grund gefunden hatte, Tom als Idioten oder Ähnliches zu beschimpfen, dann kam es von Paul: »Pass auf, Wladimir, sonst holt Tom seine Peitsche raus«, oder auch: »Vorsicht, gleich macht er den Käfig auf.«

Sie fuhren schläfrig an leuchtend gelben Rapsfeldern und glücklichen Kühen vorbei und hielten an jeder zweiten Autobahnraststätte, weil Paul entweder pinkeln, essen, trinken, sich die Beine vertreten oder auch nur mal sein Gesicht in die Sonne halten musste. Zwischen Braunschweig und Hannover war es so eintönig, dass Wladimir anfing, von seinem Vater zu erzählen. Tom fand, er klang merkwürdig teilnahmslos, als spreche er von einem alten Bekannten. Den Tod seines Vaters hatte er »zur Kenntnis genommen«, das genügte.

König Otto war Leiter der Bibliothek der Vereinten Nationen gewesen, und zeitlebens hatte ihn nur eine Sache wirklich begeistern können: Wissen. Er hatte sich als Gefäß gesehen und sein Leben damit verbracht, dieses Gefäß zu füllen. Er las. Bei etwas anderem war er praktisch nie beobachtet worden. Mittelalterliche Traktate, Abhandlungen über exotische Vögel aus dem 19. Jahrhundert, französische Existentialisten, einfach alles. Eine ganze Woche hatte er in gebeugter Haltung über einem Brockhaus-Band zubringen können – PAS-RIM.

Seine Angestellten hatten ihn wie einen Heiligen verehrt. Bei besonders schwierigen Buch-Patienten, denen weder Computer noch Bibliothekar weiterhelfen konnten, hatte man ihn aufsuchen müssen, um ihm den Fall vorzutragen – in seinem

Elfenbeinturm gab es kein Telefon. Er hatte dann Flügel, Raum, Reihe und Regal auf eine Karteikarte gekritzelt und sie über den Tisch geschoben, als handele es sich um einen konspirativen Treffpunkt. Zum Glück hatte seine junge Freundin die Lästigkeiten des Alltags von ihm ferngehalten.

Was Frauen anging, war er nicht gerade zimperlich gewesen. Wladimir hatte eine Kopie seines Testaments dabei:

(…) Liebe Alexandra, du weißt, wie sehr ich dich schätze und wie dankbar ich dafür bin, dass du mir meine letzten Jahre so sehr versüßt hast. Deshalb sehe ich auch keine Notwendigkeit, die Dinge nicht beim Namen zu nennen: Es lohnt sich nicht, dir meine Bücher zu vererben. Du wüsstest doch nichts mit ihnen anzufangen. Gleiches gilt für den Flügel im Wohnzimmer. Was könntest du schon damit tun, außer Nippes darauf abzuladen? Eine Eigenschaft, die Gott den Frauen als Geduldsübung für die Männer eingepflanzt hat. Aus diesem Grund habe ich mich entschlossen – und ich bin sicher, du hast Verständnis dafür –, alle in meinem Privatbesitz befindlichen Bücher sowie den Bechstein-Flügel meinem Sohn Wladimir zu vererben. Mögen sie ihm helfen, sein Studium eines fernen Tages doch noch zu beenden. (…)

»Nicht gerade diplomatisch«, sagte Tom, als er die Kopie wieder zusammenfaltete.

»Wenn der wüsste«, sagte Paul.

Wladimir: »Ich weiß gar nicht, was du hast. Ich *hab'* mein Studium doch beendet – wenigstens so gut wie.«

»Nach vierunddreißig Semestern«, warf Tom ein.

»Na und?«

Paul: »Ohne Abschluss.«

»Ein paar Scheißfreunde hab' ich da.«

Tom versuchte sich vorzustellen, wie der Tod *seines* Vaters für *ihn* sein würde. Für Tom war sein Vater ein Platzhalter: die Verkörperung einer Sehnsucht, die nie gestillt worden war – der Sehnsucht nach Geborgenheit. Was würde sich ändern, wenn er nicht mehr da wäre? Tom wusste es nicht. Nicht viel, wahrscheinlich. Er hatte mal gehört, ein Mann würde erst durch den Tod seines Vaters richtig erwachsen werden. Bedeutete das, dass man den letzten Rest Unbekümmertheit dann auch noch verlor? Er kam sich doch so schon furchtbar erwachsen vor.

Als Wladimir erfuhr, dass er die Bücher seines Vaters geerbt hatte, suchte er sich als Erstes eine größere Wohnung. Er hatte Glück, die Wohnung kam zu ihm. Tom und er zogen Dielen ab in einem Haus in der Kyffhäuserstraße, das einem Konsortium schwuler Architekten gehörte, von Wladimir »das Kartell« genannt. Zwei von ihnen kamen jeden Mittag mit ihrem silbergrauen Jaguar vorgefahren, um nach dem Rechten zu sehen, sich ihre Kaschmirsakkos staubig zu machen und ihnen Pizza und Cola zu bringen. Eine von den Vierzimmerwohnungen war noch unvermietet, und als Wladimir so tat, als müsse er es sich überlegen, erlagen sie seinem schweißglänzenden Oberkörper und kamen ihm sogar noch mit der Miete entgegen.

»Was willst du denn mit 135 Quadratmetern?«, fragte Tom.

»Du wirst dich wundern.«

Es war ein nicht ganz gewöhnliches Haus. Im Erdgeschoss wohnte ein schwules Pärchen, dem Tom die Namen »Husch« und »Knack« gegeben hatte. Nie sah man einen von ihnen alleine. Sie kamen zusammen, gingen zusammen und kauften gemeinsam ein, aber wenn Tom ihnen begegnete, taten sie immer so, als wüssten sie nichts voneinander. Das ging so weit, dass sie bei Reichelt mit zwei Einkaufswagen unterwegs waren. Der Größere trug eine verkehrt herum aufgesetzte Baseballmütze, der Kleinere einen schwarzen Rolli, selbst bei dreißig Grad. Auch sie hatten ihre Wohnung dem »Kartell« zu verdanken.

Im ersten Stock residierte ein in die Jahre gekommener ehemaliger Schauspieler, der seinen weißen Flokati-Hund gerne im seidenen Morgenmantel um den Block führte, dabei Spitze rauchte und an bessere Zeiten zurückdachte; ihm gegenüber wohnte ein Kellner aus dem »Rasenden Roland«, der gerne erzählte, dass er der glücklichste Mensch der Welt wäre, wenn er nur Kinder bekommen könnte. Wie die beiden zu ihren Wohnungen gekommen waren, wussten Wladimir und Tom nicht, konnten es sich aber denken.

Im zweiten Stock rechts lebte zurückgezogen und still ein Krankenpfleger und links, unter der Wohnung von Wladimir, eine Frau, die Tom und er nie richtig zu sehen bekamen, weil sie wie ein Phantom durchs Treppenhaus huschte. Wie die zu ihrer Wohnung gekommen war, konnten sie sich nicht erklären. Auf ihrem Klingelschild stand in geschwungener Schrift »Gschwind«.

Tom: »Ihr Name scheint Programm zu sein.«

Die Wohnung neben Wladimirs sollte im Verlauf des Sommers noch renoviert werden, und oben, im vierten, hatte man die beiden Wohnungen für eine Männer-WG zusammengelegt.

Wladimir: »Hoffentlich bin ich nie so betrunken, dass ich mich in der Wohnungstür irre.«

Alexandra, König Ottos Hofdame, war wirklich jung, vielleicht sogar jünger als Paul, und er war der Jüngste von ihnen. Als sie die Tür öffnete, fragte Paul als Erstes in seiner unverblümten Art: »*Du* bist Alexandra? Sag mal, wie ist das denn so, wenn ihr euch seht? Sagt Wladimir dann Mutti zu dir?«

Paul sagte oft Dinge, die der Situation nicht angemessen waren. Manchmal beneidete Tom ihn dafür. Er wäre auch gerne mal *nicht* nett und einfühlsam gewesen.

Weshalb Wladimir sich einen LKW geliehen hatte, um die Bücher seines Vaters abzuholen, klärte sich von selbst, als sie die Wohnung betraten. König Otto hatte nicht nur in einer Bibliothek gearbeitet, er hatte in einer gelebt. Es war bedrückend. Kaum ein Quadratzentimeter Wandfläche, der nicht von Büchern bedeckt war. Selbst Handtücher und Teller in Bad und Küche mussten sich ihren Platz von Büchern streitig machen lassen. Im Schlafzimmer standen die Regale in Reihen und hielten das Bett in der letzten freien Ecke gefangen.

Die Wand hinter dem Konzertflügel im Wohnzimmer war Noten vorbehalten, Hunderten von Einzelausgaben und kleinen Heftchen. Tom stand wie vor einem Monument. Zuerst konnte er kein System erkennen, weil die Ausgaben nicht nach Komponisten geordnet waren. Als er sich zu vertiefen begann, erkannte er jedoch, dass sie nach Erscheinungsdatum angeordnet waren – aufgeschnürt wie Perlen auf dem Faden der Zeit. Als sei sie das einzig unumstößliche Kriterium, dem sich alles andere zu beugen habe. Daher auch keine Sammlungen: die hätten Stücke unterschiedlicher Entstehungsdaten enthalten. Wahllos zog Tom einen Band heraus – Scarlatti-Sonaten. Das Papier war alt, aber auffällig unbefleckt. Die Bindung knackte, als er die Seiten auseinanderdrückte.

Alexandra stand plötzlich hinter ihm. Irgendwie glitt sie lautlos durch die Wohnung, als hätte sie Luftkissen unter ihrem Rock. Er wollte etwas sagen.

»Die sehen alle so unbenutzt aus.«

»Er konnte nicht spielen.«

»Er konnte nicht spielen?«

»Nein.«

»Wozu dann die ganzen Noten?«

»Wenn er nicht las, hörte er Klaviermusik. Die Dinge, die er hörte, wollte er in gedruckter Form – als Buch, wenn du so willst.«

»Konnte er denn Noten lesen?«

»Auf seine Art schon, denke ich.«

»Auf seine Art?«

»Er hätte wohl gesagt, er sieht etwas in ihnen.«

»Und er hat nie gespielt?«

»Nein.«

Tom stellte sich König Otto vor, wie er über einem Band mit Beethoven-Sonaten saß wie ein Kaffeesatzleser, und schwankte zwischen Hochmut und Hochachtung.

»Darf ich?«, fragte er und deutete auf den Flügel.

»Er gehört Wladimir«, sagte Alexandra.

Da Tom nicht wusste, wie er ihre Antwort zu deuten hatte, blieb er stehen, mit den Noten in der Hand. Er erwartete, dass sie etwas Erklärendes anfügen würde, aber sie lächelte nur entfernt und schwebte leise aus dem Zimmer. Genauso verschroben wie ihr König, dachte Tom.

Sie fuhren nachts zurück. Bereits am Nachmittag hatte sich unbemerkt ein Nieselregen eingestellt, der sie bis nach Berlin begleitete. Die Wischblätter waren zerschlissen, die Nacht verschwamm zu einem Kinderbild, dessen Farben ineinanderliefen. Tom wusste nicht, warum, aber er saß schon wieder in der Mitte. Die Sitzbank bot nur Platz für eine Hälfte seines Hinterns, die andere musste mit der Konsole vorliebnehmen und wurde langsam von der Hitze des Motors gegart. Wenn Wladimir schalten wollte, musste Tom zur Seite rücken. Sie fuhren mit offenen Fenstern. Die Heizung war kaputt, das hieß, man konnte sie nicht abstellen. Die Luft, die zu beiden Fenstern hereindrang, vereinigte sich über seinem Sitzplatz zu einer Windhose, in deren Auge er saß. Einmal wirbelte minutenlang ein Kaugummipapier um ihn herum. Versuchte er sich zu bewegen, wurde ihm entweder der Arm oder der Kopf weggerissen.

Paul und Wladimir unterhielten sich an ihm vorbei, während er in Gedanken versunken war, die ihn umkreisten wie das Kaugummipapier. Irgendwann fragte Paul, ob Wladimir sich vorstellen könne, mit Alexandra ins Bett zu gehen. Da hakte Tom ein: »Tut mir leid, aber bevor ihr beiden darüber philosophiert, ob die Freundin von Wladimirs verstorbenem Vater zum Abschuss freigegeben ist, muss ich mal was loswerden: Ich fand es unmöglich, wie du bei Alexandra mit der Tür ins Haus gefallen bist! Sie zu fragen, ob Wladimir Mutti zu ihr sagt … Die hat gerade ihren Mann verloren!«

Paul: »Du meinst, ich hätte das lieber nicht sagen sollen?«

Tom: »Natürlich nicht. Das war völlig – entschuldige das Wort – pietätlos.«

Paul: »Wladimir?«

Wladimir zog die Schultern hoch: »Keine Ahnung. Schon möglich.«

Tom war müde. Morgen würden sie die mühsam eingeladenen Bücherkisten in Wladimirs Wohnung tragen müssen, eine schwerer als die andere. Er dachte an Helen, die er in Gedanken in Berlin gelassen hatte, und daran, dass er morgen auch nicht wissen würde, wie es mit ihnen weitergehen sollte.

Helen

Tom wusste noch immer, was Helen an jenem Tag vor acht Jahren getragen hatte, und konnte sich an den Stand der Sonne und die langen Schatten auf ihrem müden Gesicht erinnern.

Er hatte Bekannte besucht, die auf der Suche nach dem kleinen Glück einen Kredit aufgenommen hatten, um sich in Lichtenrade eine Doppelhaushälfte zu kaufen. Ihr Teil des Gartens war gerade groß genug, um im Winter zwei Kisten Bier kalt zu stellen. Bereits auf der Hinfahrt war Tom komisch zumute gewesen. In diese Gegend hatte es ihn noch nie verschlagen. Die Straße war so weit vom Zentrum entfernt, dass man sie im Stadtplan wie zur Strafe auf einer Anschlusskarte in die Ecke verbannt hatte.

Stefanie begrüßte ihn mit Wangenkuss und einer Küchenschürze um den Bauch, Lars saß vorm Fernseher. Als Tom das Wohnzimmer betrat, schaltete er ihn widerstrebend aus. Er hatte zugenommen, ein Doppelkinn kündigte sich an. Durch die Terrassentür konnte Tom ihren dreijährigen Sohn Pascal sehen, der wie ein Hamster im Laufrad mit seinem Bobbycar Rillen in den Rasen fuhr, das Steuer am Anschlag. Über dem dritten Stück selbstgemachtem Pflaumenkuchen mit Sahne hielt es Tom nicht länger aus: »Meint ihr nicht, er sollte auch mal in die andere Richtung fahren?«

Lars: »Hab' ich auch schon überlegt, aber er mag es so.«

Kurz darauf erfand Tom einen Vorwand und verabschiedete sich. Als er seinen Wagen aufschloss, wagte er nicht aufzublicken. Er war sicher, dass Stefanie mit dem winkenden Pascal auf dem Arm am Küchenfenster stand, und wollte ihnen sein trauriges Gesicht ersparen.

Aus den Augenwinkeln bemerkte er Helen, die vor dem Jägerzaun des Nachbarhauses einen Stadtplan studierte. Sie stand neben einem Koffer, der größer war als sie selbst, und sah genauso aus, wie Tom sich gerade fühlte. Wenn er sie hier alleine zurückließe, wäre sie verloren. Ihre schlanken Schultern zeichneten sich scharf durch die weiße Bluse ab, und ihre Handgelenke waren so schmal, dass er sich fragte, wie sie den Koffer ohne fremde Hilfe bis hierher hatte bewegen können. Ihr verletzliches Gesicht war von Sommersprossen bedeckt, und überall hatte sie kleine Leberflecken. Ihr Schwanenhals lief in ihre Schultern wie Honig. Er ging zögerlich auf sie zu, als könne sie jeden Moment davonspringen.

»Äh ... Hallo.«

Sie war neu in Berlin, frisch eingetroffen. Sie hatte sechs Stunden Zugfahrt hinter sich, eine falsche U-Bahn, zwei S-Bahnen und einen Bus. Zum Monatsanfang sollte sie ihren ersten Job als Krankenschwester antreten, bis dahin hoffte sie, eine Wohnung gefunden zu haben. In der Zwischenzeit würde sie bei Freunden ihrer Eltern wohnen, die hatten ein Haus in der Mozartstraße, nur leider nicht in dieser.

»Wo musst du hin?«

Sie schaute angestrengt auf ihren Stadtplan.

»Ich weiß nicht genau, es gibt mehrere ... Zwei kommen in Frage, die hier und ... die.«

»Hast du eine Telefonnummer?«

»Ja, hier auf dem Zettel. Aber nur Festnetz.«

»Wie fängt sie an?«

»Sieben, neun, drei ...«

»Eine Sieben am Anfang könnte Steglizt sein. Müsste die hier sein.«

Tom zeigte ihr die Stelle auf der Karte. Es lag nicht gerade auf seiner Strecke, war aber auch kein großer Umweg. Vierzig Minuten, höchstens.

»Dann fahre ich am besten mit der S-Bahn zurück bis … Anhalter Bahnhof, und dann mit der S1 …«

»Ich kann dich vorbeifahren, liegt auf meinem Weg.«

»Wirklich?!«

»Klar, ist kein Problem. Wirklich.«

»Das fängt ja gut an.«

Zwei Tage später schliefen sie zum ersten Mal miteinander. Es fing wirklich gut an. Tom hatte sie in ein thailändisches Restaurant eingeladen und sie ihn während des Nachtischs mit ihrer Philosophie überrascht, dass, wenn zwei miteinander Sex haben sollten, sich das spätestens bei ihrem dritten Treffen entschied. Da sie sich am Vortag bereits zum Kaffee getroffen hatten, hieß das: »Du musst dich also heute entscheiden.«

Hinter ihrem Rücken drehten zwei verliebte Buntfische in einem Aquarium ihre Runden. Aus Toms Perspektive sah es aus, als würden sie auf der einen Seite in Helens Kopf hinein- und auf der anderen wieder herausschwimmen.

Tom: »Was ist *mit dir*?«

»Ich hab' mich schon gestern entschieden.«

»Ich habe nichts außer Kaffee, keine zweite Bettdecke und nur eine Zahnbürste.«

»Brauchen wir mehr?«

Das hatte Tom mächtig imponiert; sonst war sie gar nicht mutig.

»Möchtest du was trinken?«, fragte er, nachdem er ihre Jacke aufgehängt hatte.

»Ich dachte, du hast nichts da.«

»Stimmt.«

Sie ging ins Schlafzimmer.

»Hast du keine Kerzen?«

Tom fand eine angestaubte Packung mit Teelichtern, die Helen im Zimmer verteilte und anzündete. Etwas zu sakral für Toms Geschmack, aber nicht ohne Wirkung: Das Bett trieb auf einem See aus Licht. Von hinten schlang er seine Arme um sie und küsste ihren Hals. Sie führte einen Arm über ihre Schulter und streichelte zärtlich seinen Kopf.

Helen: »Setz dich.«

Sie stand am Fußende des Bettes und entblätterte sich nach und nach. Schwarze Spitzenunterwäsche kam zum Vorschein, die trug sie sicher nicht jeden Tag. Sie schien Vertrauen in ihre Philosophie zu haben. Ihr Körper glänzte wie Seide und fühlte sich an wie warmes Leder. So etwas hatte Tom noch nie berührt; neben ihr kam er sich unförmig und spannungslos vor. Und überall diese kleinen Leberflecken, die ihn, er wusste es schon jetzt, immer faszinieren würden. Ihre spitzen Brüste reckten sich selbstbewusst, und unaufhörlich bewegten sich ihre Muskeln unter der Haut. Er musterte sie und begann zu lächeln.

»Was ist?«, fragte sie.

»Deine Brüste sind hochnäsig.«

»Dann musst du ihnen Manieren beibringen.«

Der Sex mit ihr war zärtlich, verhalten und vorsichtig, und als sie kam und die Anspannung in einem langgezogenen Stöhnen aus ihrem Körper entwich, fühlte Tom sich beschenkt. Es war so, wie ihre Beziehung werden sollte: innig und liebevoll, aber niemals leidenschaftlich.

Helen erzählte ihm, dass sie Turnerin gewesen war, es aber nie bis nach oben geschafft hatte, weil sie einfach ein paar Zentimeter zu groß war und sich mit fünfzehn die Wirbelsäule ruiniert hatte. Sie zeigte ihm Fotos von Meisterschaften. Auf einem Zeitungsausriss war sie in der Schlussposition einer Kür mit dem Band zu sehen. Sie stand auf einem Bein, das andere senkrecht in der Luft, ihr Oberkörper so weit nach hinten gebogen, dass sie mit der freien Hand die Fessel des Fußes umfassen konnte, auf dem sie stand. Die andere Hand hielt den Stab wie einen Taktstock, das blaue Band umrahmte sie wie eine schimmernde Girlande. Es war perfekt.

Tom half ihr, eine Wohnung zu suchen. Bis sie eine gefunden hatten, arbeitete Helen natürlich längst und hatte keine Zeit mehr, also renovierte er sie auch gleich. Ihre Dankbarkeit war der süßeste Lohn, den er sich denken konnte. Neun Monate lang waren sie keine Nacht voneinander getrennt. Die Vorstellung, einmal nicht in den Armen des anderen einzuschlafen, war beklemmend. Sie versuchten es gelegentlich, um ihre Selbständigkeit zu demonstrieren, scheiterten aber regelmäßig, weil einer dann doch zum Handy griff – meistens Helen – und eine SMS schrieb: »Willst du nicht noch vorbeikommen?«, während der andere schon auf die SMS gewartet hatte – meistens Tom. Zu zweit waren sie unschlagbar. Sie malten sich aus, wie es sein würde, gemeinsam alt und schließlich von den gleichen Würmern zerfressen zu werden.

Wenn Helen keinen Dienst hatte, gingen sie samstags zusammen auf den Markt und schlürften anschließend, von Tüten umringt, im »No. 8« zwei Milchkaffees. Danach eilten sie in Helens Wohnung, schliefen miteinander, um für Stunden nackt in Löffelstellung zu träumen, wieder miteinander zu schlafen und dann die Tüten auszupacken und das Abendessen vorzubereiten. Es fühlte sich unsterblich an.

Einmal jonglierte er vor dem Gemüsestand mit drei Avocados für sie. Als er versuchte, hinter dem Rücken zu jonglieren, flog eine der Avocados an seiner Hand vorbei und zerplatzte auf dem Fahrradlenker eines völlig konsterniert dreinblickenden kleinen Mädchens. Unter den Augen der Schlangestehenden beugte sich Tom zu ihr hinab: »Sag mal, was machst du denn für Sachen! Du kannst mir doch nicht einfach meine Avocado wegnehmen!«

Er hob die zermatschte Frucht vom Boden auf und ergänzte mit Blick auf die verschmierte Klingel: »Na gut, den Rest darfst du ablecken.«

Zwei Stände weiter warf ihm Helen ihre Arme um den Hals und küsste ihn.

»Du-u?«

»Ja-a?«

»Hast du gerade versucht, mich zu beeindrucken?«

»Ich? Niemals.«

»Ich liebe dich.«

»Wie recht du hast.«

»Ich glaube, heute ist mir nicht nach Kaffee.«

»Konnte ich noch nie leiden.«

Und dann reckte sie sich zu ihm empor und flüsterte ihm etwas ins Ohr, das er niemals vergessen würde: »Ich hätte dich nicht zu träumen gewagt.«

Da waren sie schon ein halbes Jahr zusammen.

Zur gemeinsamen Wohnung war es nur ein kleiner Schritt. Sie bildeten sich ein, dass es keinen Unterschied machte, ob sie weiterhin jeder eine eigene Wohnung hatten, schließlich hielten sie sich doch nur immer bei dem einen *oder* anderen auf. Trotzdem machten sie eine große Sache aus der Entscheidung – als müssten sie sich gegenseitig davon überzeugen, das Richtige zu tun. Ein bisschen wie heiraten: ganz bewusst die drohende Gefahr vor Augen. Damit werden *wir* locker fertig. Nichts konnte sie schrecken. Wenn die Liebe nur groß genug war, nahm sie jede Hürde.

Einmal saß Tom in der Mensa und brütete über einem Aufsatz, während er lauwarme Nudeln mit ergrautem Broccoli in sich hineinstopfte, als plötzlich jemand sagte: »So also sieht Mensa-Essen aus. Na, da habe ich ja nicht viel verpasst.«

Es war Helen.

Tom: »Was machst *du* denn hier?«

»Ich hatte noch einen halben Urlaubstag – wegen des Umzugs. Den hab' ich mir genommen.«

»Und jetzt?«

»Machst du blau.«

Die Stadt war träge. Wer nicht arbeiten musste, lag auf einer schattigen Wiese oder kämpfte im Schwimmbad um einen Kubikmeter Wasser. Aus Helen sprudelte das Leben nur so heraus; sie hüpfte mehr, als dass sie ging. Tom und sie liefen nach Hause. Zu Fuß. Quer durch die Stadt. Dafür hatte sie sich frei genommen! Ihr Rock wippte unaufhörlich, und ihre Bluse blähte sich wie ein Segel. Die ganze Zeit über waren ihre Hände ineinander verschränkt. Sie brauchten fast drei Stunden.

An einer Kreuzung mussten sie auf Grün warten, Helen war kurz davor, im Kreis zu laufen.

»Komm mit«, rief sie und riss ihn herum.

»Was ...?«

Sie steuerte ein Geschäft an. Die Fassade war mit leblosen Steinfliesen verschalt. Tom konnte gerade noch das Schild im Fenster lesen: »Bestattungsinstitut«. Etwas für Akademiker, dachte er, und dann: »Was willst du denn ...?«

Aber sie hatte bereits die Tür aufgedrückt.

Tom bekam Gänsehaut. Auf der Straße hatte er geschwitzt, hier drin war es wie in einem Kühlhaus. Die Räume waren airconditioned. Mussten Särge frisch gehalten werden? Am liebsten wäre er sofort wieder gegangen. Eine Frau Mitte fünfzig mit hennagetönten Haaren und eingefallenem Gesicht blickte überrascht auf und kam hinter ihrem Tisch hervor. In langen Regalen standen indirekt beleuchtete Urnen wie errungene Trophäen einer erfolgreichen Sportlerkarriere. Eine leuchtete in Pink und Türkis wie ein riesiges Bonbon, eine andere war quadratisch, mit flötenden Engeln an den Seiten, die den Deckel anzuheben versuchten. In angemessenem Abstand blieb die Frau stehen: »Guten Tag. Womit kann ich Ihnen helfen?«

Sie lächelte teilnahmsvoll, neigte den Kopf zur Seite und faltete die Hände. Ihr Kostüm war farblich auf die Fliesen an der Fassade abgestimmt. Mit Leib und Seele bei der Sache, dachte Tom und rügte sich; dies war kein Ort für Doppeldeutigkeiten. Ihr Anblick machte ihn traurig. Im Laufe der Zeit musste der Beruf von ihr Besitz ergriffen haben; irgendwann hatte sie eine Pose angenommen und war darin erstarrt. Tom fragte sich, ob sie giftgrüne Hosen mit grellgelben Blusen kombinierte, sobald sie nach Hause kam. Nein, tat sie nicht.

»Guten Tag«, sagte Helen freundlich. »Entschuldigen Sie bitte, wir haben eine Frage: Gibt es Doppelsärge?«

Tom wollte seine Hand aus ihrer lösen, aber Helen hielt ihn fest. Ein Kronleuchter hing von der Decke. Tom musste sich ducken, um nicht dagegenzustoßen. Verlegen blickte er um sich. Ungefähr ein Dutzend Särge wetteiferten um die besten Plätze vor dem Schaufenster. Es gab fancy stuff aus Metall und Kunststoff, aber die Klassiker waren in der Überzahl. Weiter hinten stand eine schrankhohe fahrbare Garderobe, die Leichentücher wie Dessous präsentierte – mindestens dreißig unterschiedliche. Von wegen »im Tod sind alle gleich«.

»Ich verstehe nicht«, sagte die Frau freundlich, und ihr Kopf neigte sich noch etwas weiter zur Seite. Jetzt sah sie wie ein Boot mit Schlagseite aus. Helen zeigte Toms Hand vor: »Sehen Sie, wir möchten gerne Hand in Hand begraben werden.«

Die Bestatterin hatte den Verdacht, die junge Frau mache sich über sie lustig, aber sie war sich nicht sicher. Tom auch nicht.

»Nein, so etwas gibt es nicht.«

»Auch nicht als Sonderanfertigung?«

»Nein, tut mir leid. Das wäre ja auch unwahrscheinlich ... Ich meine, wie wollen Sie denn sicher sein, dass Sie mal gemeinsam vor den Schöpfer treten werden? Das kommt ja eher selten vor. Bei einem Autounfall höchstens, oder einem Zugunglück. Wir hatten auch mal eine ganze Familie, die gemeinsam im Eis eingebrochen war – furchtbare Geschichte …«

»Sie haben recht, darüber haben wir uns noch gar keine Gedanken gemacht. Wie dumm von uns! Wir werden darüber nachdenken. Ich bin sicher, wir finden eine Lösung. Kann ich eine Karte haben?«

Die Frau beugte sich über den Schreibtisch und fingerte eine Visitenkarte aus einem alten Holzkästchen. Helen nahm sie, steckte sie in ein Informationsblatt mit Konditionen für eine Bestattungsvorsorgeversicherung, und sie verabschiedeten sich. Draußen liefen sie gegen eine schwüle Wand aus unbeweglicher Luft. Tom war verwirrt: »Was war denn das für ein Quatsch?«

»Wieso Quatsch? Wir sterben alle irgendwann. Das ist kein Quatsch.«

»Die arme Frau kommt sich jetzt sicher total verarscht vor.«

»Ich fand, sie war ausgesprochen zuvorkommend und kompetent. Man kann sich doch mal beraten lassen. Los, es ist grün!«

Sie zog ihn über die Kreuzung. Tom fragte sich, ob sie vor etwas davonlief oder auf etwas zu.

Wladimir

Wladimir war penibel. Den ganzen Tag in Schmutz und Schweiß überstand er nur, weil er wusste, dass zu Hause ein Reich der Sauberkeit auf ihn wartete. Die Ritzen zwischen den Dielen in seiner Wohnung hatte er mit einem speziellen Fugenfüller versiegelt, weil ihm die Vorstellung von Staub an schlecht zu säubernden Stellen die Nackenhaare zu Berge stehen ließ. Das Silikon, das er in seinem Badezimmer verspritzt hatte, hätte genügt, um den Panamakanal abzudichten.

Wenn er nach Hause kam, zog er sich vor der Wohnungstür die Schuhe aus, schlüpfte in die bereitstehenden Filzpantoffeln, trippelte ins Bad und stieg unter die Dusche. Hinter geschlossenen Türen zog er sich aus, um seine Arbeitskleidung ohne Bodenberührung in die Waschmaschine zu stecken und anschließend jede Pore seines Körpers einzeln vom Staub zu befreien. Er hätte es nicht zugegeben, aber einer der Gründe, weshalb er Frauen ungern mit zu sich nach Hause nahm, war das Gefühl, sie beschmutzten seine Wohnung, indem sie ihre Körpersäfte zurückließen und überall ihre Haare verteilten.

Von dem Geld ihres ersten gut kalkulierten Auftrags kaufte er sich einen Bulthaup-Herd, dessen einzige Aufgabe darin bestand, das Wasser seiner Espressokanne zu erhitzen. Noch in Jahren würde er so aussehen, als hätte man ihn eben erst ausgepackt. Tom meinte, dreitausend Euro seien doch eine ziemlich hohe Investition, um Wasser zum Kochen zu bringen, aber Wladimir fand, es war ein schönes Möbelstück; er mochte glatte Flächen.

Sein Kühlschrank war leer. Und sauber. Wenn er zu Hause aß, brachte er sich das Essen mit oder ließ es kommen. Eine Schachtel Pizza, vorgeschnitten. Nach dem Verzehr kam alles zusammen in eine Plastiktüte, die gleich hinunter in den Container wanderte, so musste nichts davon auch nur seine Arbeitsplatte berühren. Danach gründlich die Hände gewaschen und den Rand des Beckens abgewischt, und nichts deutete mehr darauf hin, dass in seiner Wohnung Essen verzehrt worden war. Außer einem unbestimmten Geruch, der noch in der Luft hing und sofort durch vehementes Lüften rückstandslos entfernt wurde.

Wladimirs kulturelles Interesse war rudimentär und erschöpfte sich im wesentlichen in Kinofilmen, die gerne bunt und laut sein durften. Die Bücher seines Vaters verhöhnten ihn – als sollte ein Mittelstürmer mit Schachfiguren die Abseitsfalle einstudieren. Und Staubfänger waren sie außerdem. Hätte er Klavier gespielt, dann hätte ihm jetzt ein außergewöhnliches Instrument zur Verfügung gestanden, aber weshalb man monatelange Arbeit daransetzen sollte, ein Stück einzustudieren, nur damit es nicht einmal halb so gut klang wie die Aufnahme eines drittklassigen Pianisten, hatte ihm noch nie eingeleuchtet. Das konnte doch nur frustrierend sein. So musste König Ottos Flügel weiterhin ein karges Dasein fristen und darauf warten, dass Tom vorbeikam, um seine verborgene Schönheit entfalten zu können.

Wladimir war rastlos. Sobald er aus der Dusche kam, trieb es ihn schon wieder aus der Wohnung. Als Paul und Tom eines Freitags ins Kino gehen wollten und Wladimir mit der Begründung ablehnte, ein gutes Buch lesen zu wollen, kam Paul das verdächtig vor.

»Woran erkennst *du* ein gutes Buch?«

»Ich dachte, ich versuche es mal. Jetzt, wo meine Wohnung voll damit ist.«

»Du hältst es doch zu Hause nicht länger aus, als du unter Wasser die Luft anhalten kannst.«

Natürlich ging Wladimir dann doch mit ins Kino.

Als Mann der niederen Minne hatte er sich dem trivialen Lustgewinn verschrieben. Statt das Äußere einer Frau als Spiegel ihrer inneren Werte zu sehen, neigte er dazu, es als Spiegel ihrer sexuellen Bereitwilligkeit zu interpretieren. Darin war er ein Kind seiner Zeit.

Helen ging so weit zu sagen, er leide unter einem pathologischen Frauenkonsumzwang. Tom fand, in dieser Einschätzung kam vor allem Helen selbst zum Vorschein, aber ganz unrecht hatte sie nicht: Wladimir war sich klar darüber, in einer Zeit zu leben, die so tat, als müssten Männer und Frauen ein Zusammenleben nicht mehr lernen. Das fand er gut. Weshalb sollte man an einer Beziehung arbeiten? Das war doch widersinnig. Die von vielen proklamierte Gefahr zunehmender seelischer Verflachung, in deren Folge Liebe zu Sex profanisiert werde, schreckte ihn keineswegs. Für Wladimir war es eine Abkürzung, denn letztlich, da war er sich sicher, hatten sie im Mittelalter auch nur nach einer Möglichkeit gesucht, die Frauen ins Bett zu kriegen. Und wenn man deshalb als Troubadour von Hof zu Hof ziehen und die Hofdamen mit seiner Klampfe bezirzen musste, dann machte man das eben. Und wenn Capellanus, der ihm neulich aus einem der Buchkartons seines Vaters entgegengekommen war, in der Unterweisung der Liebeskunst eine Anleitung zur Führung von Dialogen verstand, dann war er ein Heuchler, und was für einer! Das Streben nach Liebe als Quell höchster Seligmachung lag ihm fern, denn der Liebe war immer schon das Leid eingepflanzt, und das war seine Sache nicht.

Ob er sich eines Tages zur hohen Minne würde emporschwingen können, war unklar. Schließlich war das Ideal der Liebe verbunden mit dem Streben nach einem höheren Wert.

Wladimir müsste demnach für seine Liebe ein besserer Mensch werden wollen; sie hätte Kühnheit bei ihm bewirkt. Das musste nicht sein. Sosehr er Frauen auch begehrte und bewunderte, an ihnen wachsen wollte er nicht.

Trotz seiner undiplomatischen Art und seines groben Aussehens haftete ihm etwas Sehnsuchtsvolles an. Er war von einer Aura umgeben, die Wärme und Mitgefühl erahnen ließ. Der hatte er auch seinen Erfolg bei Frauen zu verdanken. In schwachen Momenten konnte ihm ein Lächeln entgleiten, das, Tom hatte es bei Henriette gesehen, Herzen verzauberte. Auch Lara fand ihn sexy. Tom hatte sie einmal gestanden, er wirke auf sie wie die überlebensgroße Holzfigur eines Cowboys, auf deren Rückseite jemand ein zärtliches Gedicht eingeritzt hatte.

Wladimir war dankbar für die Chancen, die sich ihm dadurch eröffneten. Entweder die Frauen sahen eine Tiefe in ihm, die er nicht besaß, oder sie konnten etwas sehen, von dem er nichts wusste. Ihm war beides recht.

Zwei Wochen nach ihrer Rückkehr aus Bonn bekamen Tom und er den nächsten großen Auftrag. Sie wuchteten gerade gemeinsam die letzten Biographien deutscher Kaiser aus Wladimirs Kartons, als Toms Handy klingelte. Ein Literaturprofessor wollte die zweiundzwanzig Türen seines noch zu beziehenden Altbautempels in neuem Glanz erstrahlen lassen.

»Ich rufe Sie auf Empfehlung eines Freundes an, der mich wissen ließ, dass … nein, kein ›dass‹ … der mich wissen ließ, Sie seien nicht der … gewöhnliche Handwerkertyp.«

Es klang fast geheimnisvoll. Tom hatte keine Ahnung, was für einen Freund der Professor haben konnte, der ihn kannte, und noch weniger, was ihn von dem »gewöhnlichen Handwerkertyp« unterschied.

»Ah.«

»Sehen Sie, ich meide den Umgang mit geistig ordinär

strukturierten Menschen. Glauben Sie deswegen bitte nicht, ich sei arrogant. Ich empfinde es einfach als ausgesprochen ermüdend, mich mit Menschen auseinandersetzen zu müssen, die mir geistig nicht folgen können.«

Tom begann sich zu fragen, ob sie für *ihn* arbeiten und sich geistig mit *ihm* auseinandersetzen sollten.

»Verstehe.«

»Es würde mir ein gutes Gefühl geben, zu wissen, dass meine Wohnung von jemandem renoviert wird, der nachdenkt, bevor er etwas kaputtmacht. Wie ich höre, haben Sie studiert?«

O ja, sie hatten studiert. Wenngleich sich die Vorstellung des Professors kaum mit Wladimirs Studienrealität decken dürfte. Auf seine Art war der Professor ja ganz lustig; andere fragten einen, ob man gedient hatte. Das Gespräch ging noch eine Viertelstunde so weiter, und nach einem Exkurs über Shelley, Keats und Byron (»Die Ärmsten: Goethe ist älter geworden als alle drei zusammen.«) hatten sie den Job, und Tom hatte einen exorbitanten Preis ausgehandelt.

Der Professor sah aus wie ein Strauß. Tom malte sich gerne aus, wie er plötzlich mitten im Gespräch seinen Kopf für einige Minuten in den Papierkorb steckte, um anschließend zu fragen: »Ähm … wo waren wir stehengeblieben?«

Die Ränder seiner wuchtigen Brille ragten über sein Gesicht und standen in einem merkwürdigen Widerspruch zu dem Wirbel schütteren Haares, in dem seine Finger ständig etwas zu suchen schienen.

Hinter verschlossenen Türen nannten Wladimir und Tom ihn Tibatong, nach dem kauzigen Professor aus der Augsburger Puppenkiste, der ebenfalls gesteigerten Wert auf eine korrekte Aussprache legte. Wladimir ging er auf die Nerven, doch Tom mochte seine Fähigkeit zur Selbstironie.

»Viele halten mich für etwas schrullig, dessen bin ich mir durchaus bewusst. Und wissen Sie … Es stimmt!«

Dabei verschluckte er sich vor Lachen.

Zweimal täglich rief er an, um sich nach »dem Fortgang der Dinge« zu erkundigen. Tom ließ sich gerne auf seine gestelzte Sprache ein, während Wladimir kopfschüttelnd aus dem Zimmer ging.

Tom: »Ich muss Ihnen leider sagen, dass ›beklagenswert‹ noch ein Euphemismus für den Zustand einiger Ihrer Türen ist. Ein ›almost beyond hope‹ träfe es besser.«

»Wunderbar. Meine Türen sind ›almost beyond hope‹. Köstlich. Ich werde mir das merken … Almost beyond hope … Gut, mein Lieber. Ergreifen Sie die entsprechenden Maßnahmen. Arbeiten Sie, und nähren Sie Ihren Geist. ›Almost beyond hope‹ – eine Allegorie des Lebens selbst. Ich glaube, Sie werden Eingang in meinen Rhetorikkurs finden. Wir hören.«

Roswita & Heinz

Tom lernte Helens Eltern kennen. Wohlmeinende Menschen mit einem netten Häuschen in einem netten kleinen Vorort eines netten Universitätsstädtchens in einem verschlafenen Teil der Republik. Sollten sie sich je gegen die Mechanismen ihrer Ehe aufgelehnt haben, dann musste das Jahrzehnte zurückliegen. Wenn Roswita etwas wollte, eine neue Auslegeware für das Schlafzimmer zum Beispiel, dann fing sie so oft wieder damit an, bis Heinz sich schließlich dreinschickte. Und wenn sie den Teppichboden in Grün wollte und schön flauschig, dann nahm man ihn eben in Grün und schön flauschig, auch wenn Heinz die Farbe eigentlich nicht so zusagte und die hohen Fasern sich anfühlten, als würde er auf etwas Organischem laufen.

Er hätte gerne mal am Meer Urlaub gemacht und einen ganzen Tag lang unter einem Schirm auf der Liege gedöst, aber Roswita wollte Bewegung und suchte nach Herausforderungen. Wandern war ihre Leidenschaft, hoch hinauf. Das halte sie jung, sagte sie. Also fuhr man in die Berge. Das war *auch* ganz schön, und manchmal konnte man von oben in der Ferne sogar das Meer sehen. Dabei hätte Heinz nichts dagegen gehabt, in Ruhe alt zu werden, statt sich so abzustrampeln, um jung zu bleiben. Er wollte gar nicht mehr jung sein, das Alter hatte für ihn durchaus verlockende Seiten.

Heinz war in die Fußstapfen seines Vaters getreten und hatte in den sechziger Jahren dessen Schusterei übernommen, in der er schon in der Zeit nach dem Krieg gearbeitet hatte. Fast vierzig Jahre hatte er ehrliches Geld verdient. Die Leute gingen damals viel zu Fuß und konnten es sich nicht leisten, abgelaufene Schuhe wegzuwerfen. Roswita arbeitete seit über dreißig Jahren als Gehilfin in der einzigen Apotheke im Ort. Medikamente würden die Menschen immer brauchen. Mittags ging sie für anderthalb Stunden nach Hause, um für Heinz Essen zu kochen. Der fragte sich oft, wo sie die ganze Energie hernahm. Wenn sie mal in Rente ging, würde es zu Hause ganz schön ungemütlich werden. Als sie schon nicht mehr daran geglaubt hatte, war sie doch noch mit Helen schwanger geworden und konnte ihr spätes Glück kaum fassen. Helen war ihr ganzer Stolz.

Ursprünglich hatte Helen Medizin studieren und Ärztin werden wollen, aber Roswita und Heinz konnten sie davon überzeugen, dass es vor möglichen Enttäuschungen schützte, es bei der Ausbildung zur Krankenschwester zu belassen. Roswita sagte es ihr nicht so direkt, aber sie empfand es als anmaßend, dass ausgerechnet *ihre* Tochter Ärztin werden wollte. Sie waren einfache Leute; es war ungebührlich. Man reckte sich nicht nach Früchten, die für andere bestimmt waren. Helen wollte sich behaupten, zweifelte aber an ihren eigenen Fähigkeiten und gab den Widerstand schließlich auf; vielleicht hatten ihre Eltern ja recht.

Eine kleine Welt brach zusammen, als Helen nach der Ausbildung ihren Wunsch durchsetzte, nach Berlin zu gehen. Im Umland gab es doch *auch* Krankenhäuser, da hätte sich sicher eine Stelle finden lassen, zumal bei ihrem Zeugnis! Dass ihre Tochter so weit weg wollte, und dann auch noch nach Berlin – Roswita und Heinz konnten es nicht verstehen. Es war doch alles gut so, wie es war, da musste man doch nichts ändern. Sicher, es gab Jochen, ihren ersten richtigen Freund, den sie noch aus der Schule kannte und der ihr eines Tages aus heiterem Himmel verkündet hatte, dass er ab sofort lieber mit Kerstin zusammen sein wollte – einer Freundin, mit der Helen die Schwesternausbildung absolviert hatte. Sechs Wochen später stellte sich heraus, dass Kerstin da schon im vierten Monat von ihm schwanger war. Das war natürlich ein harter Schlag für Helen gewesen, aber deshalb musste man doch nicht gleich die Stadt verlassen.

Als Helen und Tom ihren Antrittsbesuch machten, hatten sie ihren ersten Streit. Eigentlich war es kein richtiger Streit, sondern das Anrennen gegen eine Mauer. Rückblickend kam es Tom so vor, als sei die Art, wie sie in bestimmten Dingen miteinander umgingen, an diesem Tag geboren worden, und als hätten sie in diesem Moment für immer ihre Chance verspielt, normale Auseinandersetzungen zu führen.

Sie hatten die Taschen aus dem Kofferraum genommen und steuerten das Gartentor vor Helens Elternhaus an, als ihnen auf dem Bürgersteig eine Frau entgegenkam, die einen Jungen an der Hand führte, der eigentlich zu groß war, um noch an der Hand geführt zu werden. Die Frau begrüßte Helen, wandte sich an Tom und streckte ihm ihre Hand hin: »Hallo, ich bin Veronika. Sie müssen Tom sein. Roswita hat mir schon von Ihnen erzählt. Wir sind Nachbarn.«

Tom gab ihr die Hand und beugte sich zu dem Jungen hinunter.

»Hallo, ich bin Tom. Hast du *auch* einen Namen?«

Der Junge lächelte in einer Mischung aus Freude und Verlegenheit.

Tom: »Also keinen Namen. Na, das ist ja zu traurig …«

»… Kevin. Ich bin Kevin.«

»Kevin! Was für ein Zufall! Ein Glück, dass ich dich treffe. Weißt du was? Als wir hergefahren sind, stand eine Fee am Straßenrand, die mir etwas gegeben hat. ›Das ist für Kevin‹, hat sie gesagt, und die ganze Fahrt über habe ich mich gefragt, wer wohl Kevin sein mag. Nun, jetzt weiß ich es. Warte, wo hab' ich es bloß …«

Tom kramte umständlich in seinen Taschen herum und förderte nach einer dramatischen Pause einen walnussgroßen bunten Glasstein zutage, den er in seine ausgestreckte Hand legte. Er hatte ihn auf der Autobahnraststätte im Gras liegen sehen. »Was willst du denn damit?«, hatte Helen gefragt und ihm gesagt, er solle ihn liegenlassen.

Kevin schaute unsicher zu Veronika auf, als müsse er sie um Erlaubnis fragen.

»Nimm ihn ruhig«, sagte Tom. »Es ist ein Talisman. Er bringt Glück.«

»Wirklich?«

»Hat mir die Fee gesagt.«

Kevin nahm ihn und betrachtete ihn glücklich. Veronika sah zerknirscht aus.

»Kevin! Wie sagt man?«

»Danke.«

Tom: »Ich danke *dir*. Stell dir nur vor, wir hätten uns nicht getroffen, dann hätte ich mich immerzu fragen müssen, wer wohl Kevin ist.«

Als Helen die Gartentür hinter sich zuzog, sagte sie: »Was sollte *das* denn?«

»Was meinst du?«

»Musstest du mit Kevin gleich ein Gespräch anfangen?«

»Ich hab' ihm den Glitzerstein geschenkt, er fand ihn toll.«

»Hast du nicht gemerkt, dass Veronika vor Scham im Boden versunken ist?«

»Doch, aber warum?«

»Jetzt sag bloß, du hast nicht gemerkt, dass Kevin … anders ist.«

»Mongoloid, meinst du. Doch, natürlich. Darf ich ihm deshalb keinen Stein schenken?«

»Dreh mir nicht das Wort im Mund herum. Du weißt genau, was ich meine.«

»Nein, weiß ich nicht. Ich darf nicht mit einem Jungen reden, weil er mongoloid ist?«

»Du *willst* mich nicht verstehen ...«

»Was soll das?«

»Ich werde mit dir darüber nicht diskutieren.«

»Weshalb soll man nicht darüber reden können, dass die Nachbarin deiner Eltern ein behindertes Kind hat?«

»Bei uns redet man nicht über so etwas.«

»Warum? Hast du Angst, du könntest dich anstecken?«

»Darüber redet man einfach nicht. Fertig.«

Ungläubig und mürrisch stapfte Tom hinter ihr die Treppe hoch. Helen erstickte das Gespräch, indem sie den Klingelknopf drückte. Roswita öffnete die Tür und rief: »Heinz, komm mal! Sie sind da-a.«

Heinz kam und begrüßte Tom mit wohlwollender Skepsis. Während sie die Jacken aufhängten, sagte Tom: »Ihre Nachbarin und ihren Sohn habe ich auch schon kennengelernt.«

Roswita: »Ach ja.«

»Ja, wir haben sie unten auf der Straße getroffen.«

»Tja ... schön, dass wir Sie endlich kennenlernen.«

»Ich habe ihm einen Stein geschenkt. Er war begeistert.«

»Ach ja ...«

Sie kratzte sich nervös am Unterarm.

»Ich meine Kevin. Das ist doch der Sohn Ihrer Nachbarin?«

»Hm? O ja, sicher. Der arme Kevin ... Sie werden ja gesehen haben, dass er ein ... schlimmes Kind ist. Aber kommt doch, ich habe Kuchen gebacken.«

»Schlimmes Kind?« Den Ausdruck hatte Tom noch nie gehört. Helen stand in der Tür und bedeutete ihm, um des lieben Friedens willen endlich still zu sein und mit dem Kevin-Thema aufzuhören! Tom dachte, das müsste ein guter Wahlspruch sein, um ihn in die Haustür fräsen zu lassen: »Um des lieben Friedens willen!« Am Abend, als sie nebeneinander im Gästebett lagen und Helen seine Annäherungsversuche mit dem Hinweis darauf abwehrte, dass sie sich schließlich im Hause ihrer Eltern befänden, obwohl Tom das unbestimmte Gefühl hatte, dass sie ihn eher für sein mangelndes Feingefühl am Nachmittag strafen wollte, fragte er: »Wird bei euch eigentlich nie über etwas geredet?«

»Aber wir reden doch.«

»Ich meine, über Probleme.«

»Was denn für Probleme?«

»Du weißt, was ich meine. Dinge, die man aussprechen müsste – so wie Kevin zum Beispiel.«

»Fängst du schon wieder damit an!«

Mit diesen Worten drehte sie sich auf die Seite, das Gespräch war beendet.

Roswita rief regelmäßig an. Wenn Helen nicht da war, redete sie mit Tom. Es interessierte sie nicht wirklich, wer am anderen Ende war. Kurz nach dem Kevin-Besuch erzählte sie ihm, dass Veronika sie gefragt habe, wie es ihrer Tochter mit ihrem neuen Freund gehe.

»Rosarot, Frau Schulz. Ro-sa-rot.«

Roswita hatte den Nagel auf den Kopf getroffen. Helen und Tom lebten auf einer Wolke. Wenn Helen zur Arbeit ging, legte sich Tom einen straffen Tagesplan zurecht, um nicht ständig an sie zu denken, und wenn er mal später nach Hause kam als sie, war sie schon an der Tür, bevor er aufschließen konnte. Dann stand sie in seidener Unterwäsche im Flur und sagte: »Na endlich.«

Oft wachte Tom mitten in der Nacht auf, nachdem sie ermattet eingeschlafen waren, weil Helen zärtlich seinen Schwanz streichelte, der schon wieder ganz hart war. Dann legte sie ihren Ich-bin-ein-unartiges-Mädchen-Blick auf: »Ich hab' da was gefunden.«

»Ach ja?«

»Ja. Schau her! Komisches Ding. Wozu das wohl gut ist?«

Elsa

Jedes Jahr Anfang Juli fand die große UdK-Party statt: Für eine Nacht wurde das Hauptgebäude der Universität der Künste kampflos Berlins Studentengemeinde übergeben, und unter seinem Dach und in seinem Innenhof fand sich alles ein, was sich den Rest des Jahres auf die Clubs der Stadt verteilte. Für das Party-Event des Jahres hätte Wladimir ohne Zögern seinen Urlaub umgebucht. Bei der richtigen Dosierung von Alkohol und Drogen konnte man wie auf einer weichen Welle durch die Nacht gleiten, und wenn so ein Abend dann noch die richtige Wendung nahm, ließ man sich zum Ausklang langsam in einem breiten Strom aus Lichtern und Geräuschen davontreiben.

Diesmal war der Strom schneller als beabsichtigt geflossen: Mit jedem Wodka Red Bull war Sonja Wladimir nähergekommen, und, o mein Gott, war er geil; wenn sie sich an ihn lehnte, fühlte sie sich so wunderbar jung an – und er sich auch. Die Musik im Innenhof vermischte sich mit den Gesprächen der Umstehenden zu einem betörenden Klangteppich, und die bunten Lichter der Tanzfläche malten milchige Farben auf die Fassaden und Reste alter Mauern. Der verschwommene Duft zahlloser Parfums kreuzte sich mit dem Geruch von Alkohol und gebratenem Fleisch; Wladimir inhalierte ihn wie ein Aphrodisiakum.

Stunden rauschten an ihnen vorbei, und Sonja war ganz und gar nicht das hochnäsige Stöckelschühchen, das man ihr nachsagte – jedenfalls nicht in dieser Nacht. Da war sie aufgeschlossen und zutraulich, und eine Unterhaltung musste nicht unbedingt einen Gewinner und einen Verlierer hervorbringen.

Wladimir wusste nicht mehr, wann sie der Party den Rücken gekehrt hatten, aber er erinnerte sich noch an ein Taxi und an ihren sehnsuchtsvollen Blick und wie sie sich auf der Rückbank geküsst hatten, während Sonjas Hände unablässig sein Gesicht betasteten, und dass er es in diesem Moment ganz schön gefunden hatte, obwohl er sonst von Streicheleien lieber Abstand nahm.

Endlich in seiner Wohnung, fielen sie übereinander her. Den ganzen Abend hatten sie ihre Hemmungen ertränkt, jetzt kam die Belohnung. Sonja wand sich in seinen Händen und stemmte sich begehrlich gegen ihn, wenn er ihre Brüste und ihren Po bearbeitete; Wladimir kam es vor wie eine Befreiungsaktion. Sie probierten so ziemlich alle Stellungen durch, die ihm einfielen, und mindestens zweimal kam sie, da war er ganz sicher. Einmal tat es ihr sogar leid. Mittendrin hatte sie sich ganz plötzlich aufgebäumt und spitze Schreie ausgestoßen; eine Minute lang war sie nicht ansprechbar, dann begann ihre Hüfte langsam wieder zu kreisen.

»Entschuldige«, stöhnte sie und küsste ihn auf den Mund, »eigentlich wollte ich noch warten. Aber ich glaube, ich kann gleich noch mal.«

Beim letzten Mal kamen sie gleichzeitig. Wladimir wartete einfach, bis sie so weit war, stieß sie über die Ziellinie und taumelte hinterher.

Da war es auch in Ordnung, neben ihr aufzuwachen. No bad feelings. Leise schlüpfte er in seine Hose, um fürs Frühstück einzukaufen; sein Kühlschrank würde Augen machen.

Wider Erwarten verabschiedete sich Sonja dann ziemlich abrupt aus seinem Leben: Sie saßen beim Frühstück und redeten, und sie fragte Wladimir, ob er nicht arbeiten müsse, und er antwortete, dass Tom für seine Verspätung Verständnis haben würde.

»Tom? Der Freund von Paul?«

»Ja. Wir arbeiten zusammen. Kennst du ihn?«

Sie erzählte, dass sie Tom eigentlich nie hatte leiden können – bis sie die Geschichte von seinem Zwillingsbruder erfahren hatte.

Wladimir: »Was denn für ein Zwillingsbruder? Tom hat keinen Zwillingsbruder.«

»Doch!«

»Unsinn. Das müsste ich doch wissen.«

»Ist letztes Jahr gestorben – bei einem Autounfall.«

»Nie und nimmer.«

»Doch, ganz bestimmt.«

»Du musst einen anderen Tom meinen.«

Erstaunen breitete sich über ihr Gesicht.

»Sonja, was ist los? Stimmt was nicht?«

Jetzt musste Wladimir auch noch mit ansehen, wie sich Wut und Trauer dazumischten; ihr Blick war hasserfüllt.

»Weißt du, was dein Problem ist?«, rief sie und knallte das Besteck auf den Tisch. »Du bist beziehungsunfähig!«

Wladimir fand nicht, dass das sein Problem war. Für ihn sah es so aus, als sei es vor allem ihr Problem, aber das sagte er natürlich nicht. Wie kam sie überhaupt plötzlich auf Beziehungen? Davon war doch nie die Rede gewesen. Sie erwischte ihn ziemlich unvorbereitet, er sah nicht gerade intelligent aus: »… Ähh …?«

Sonja: »Auf niemanden willst du dich einlassen!«

Er suchte nach etwas, das sie verärgert haben könnte. Noch vor einer Stunde hatten sie im Bett gelegen, und er hatte gespürt, wie sie kam – und jetzt das. Er hätte sie nicht mit zu sich nehmen dürfen, das ging immer schief. Zu weich, mein Lieber, du bist zu weich.

Wladimir: »Ich weiß nicht … wenn du meinst.«

Sonja: »BEZIEHUNGSUNFÄHIG!!«

Ist ja gut! Er war schließlich nicht taub. Sie spie es aus, es kratzte richtig am Trommelfell. Der Staub tanzte aufgeregt im Morgenlicht. Was für eine Zerrung! Ihre Brüste hoben und senkten sich energisch. Wladimir beobachtete, wie ihre Brustwarzen hart wurden und sich in den Stoff des Unterhemdes bohrten, das er ihr zum Schlafen gegeben hatte – er war ganz fasziniert davon. Das Hemd war ihr sechs bis acht Nummern zu groß, die schweißglänzende Stelle zwischen ihren Brüsten schimmerte wie eine Münze. Er wusste, das war ein schlechter Zeitpunkt, aber es machte ihn ungeheuer an.

»Deine Brustwarzen …«

Er zeigte mit dem Finger darauf.

Sonja sprang wutschnaubend auf und klaubte hektisch ihr Zeug zusammen.

Wladimir: »Bitte schlag die Tür n…«

Der Türrahmen erzitterte in seinen Grundfesten, mit vier Sekunden Nachhall. Hoffentlich stürzte Sonja nicht die Treppe runter. Sie hatte ihre Kontaktlinsen noch nicht drin, und ohne konnte sie einen Fischreiher nicht von einem Stück Käse unterscheiden. Ihre Schuhe suchten sich die Stufen hinab.

Stille.

Wladimir stippte die Brötchenkrümel auf und fragte sich, was das für eine merkwürdige Aktion gewesen war, und als er sich den Kaffee über die Finger goss, fiel es ihm ein: Das war gar nicht Sonja – das war Elsa!

Namen: Schall und Rauch. Zahlenkolonnen – kein Problem. Er wusste Telefonnummern von Menschen, die schon vor Jahren ausgewandert waren, um in der Einsamkeit australischer Weiten drei bis sechs Kinder großzuziehen, aber die Namen dazu? Vergiss es! Was für ein Elend. Irgend etwas machte er immer falsch. Was Wladimir brauchte, war eine Frau, die sich gerne von ihm vögeln ließ, ohne es persönlich zu nehmen. Nur: Wo gab es so etwas?

Ada

Ada kaufte Gemüse nur auf dem Markt ein, unter freiem Himmel. Sie ließ sich nicht mit anderen in einen Raum sperren. Letzte Woche hatte eine Frau vor ihr gestanden und minutenlang eine Honigmelone betastet. Von allen Seiten hatte sie daran herumgedrückt und sie beschnüffelt wie ein Hund. Es war widerlich gewesen. Die meisten Menschen hatten einfach kein Gefühl für solche Dinge. Ada brauchte eine Avocado nur in die Hand zu nehmen, und schon flüsterte sie ihr zu, ob sie reif war.

Wenn Ada keine Kopfschmerzen hatte, trank sie gerne Kaffee. Eigentlich mochte sie den Geruch lieber als den Kaffee selbst. Manchmal trank sie ihn gar nicht. Ihn aufzugießen war das eigentliche Erlebnis.

Den Filteraufsatz hatte sie beim Trödler gekauft. Er hatte mit einem Haufen achtlos zusammengewürfelter Küchenutensilien in einem Karton auf der Straße gelegen. Sonst kaufte sie nichts beim Trödler, die Sachen dort waren alle so unsauber. Sie konnte sich gar nicht mehr erinnern, wie sie sich hatte überwinden können, mit dem schmutzigen Ding in den Souterrain-Laden hinabzusteigen. Sieben Stufen. Ein zotteliger Mensch, der dort hauste wie in einer Höhle.

»'n Heiermann«, hatte er gesagt. Wahrscheinlich hatte er gedacht, sie würde handeln, aber so etwas machte sie nicht. Ein Ding kostete, was es kostete. Als sie ihr Portemonnaie aus der Handtasche zog, sagte er: »Drei tun's auch.«

Dabei hatte sie gar nichts gesagt. Er hielt ihr seine grobe Hand hin, aber sie legte das Geld schnell auf den Tisch und stieg die Stufen wieder hinauf – ihn berühren wollte sie nicht.

Sie mochte den Aufsatz, weil er aus Keramik war und viel schwerer, als es den Anschein machte. Am Rand war ein Stück abgeplatzt, da war er ganz rau. Wenn sie über die Stelle strich, fühlte es sich wie eine Narbe an. Zu Hause hatte sie den ganzen Vormittag daran herumgescheuert, bis sie sicher gewesen war, dass nichts von seinem vorherigen Leben mehr an ihm klebte. Außer seiner Geschichte, aber die wurde man ja nie los.

Da war sie am liebsten, zu Hause. Hier kam ihr niemand zu nah. Hier – und in ihren Büchern. Bücher waren etwas Wundervolles. Sie liebte Bücher, ihre Geschichten. Die waren immer da. Sie konnte in ihnen versinken und wurde doch nie von ihnen bedrängt. Wenn ihr jemand zu nahe kam, das war schrecklich. Bücher lesen war, wie das Leben von anderen zu leben, voller Sehnsüchte und Gefahren, und ihr passierten die unglaublichsten, die wundervollsten und schrecklichsten Dinge, ohne dass ihr eigenes Leben davon berührt wurde. Fernsehen mochte sie nicht. Sie hatte ihn weggegeben, letztes Jahr, an die einsame alte Frau im Hinterhaus, nachdem sie gemerkt hatte, dass doch nur jeden Tag dasselbe lief.

* * *

Es war einer von diesen leeren Tagen, an denen die Migräne Adas Kopf auseinanderzog. Leer, weil der Schmerz so gewaltig war, dass er für etwas anderes keinen Platz ließ. Dann lag sie im Bett auf dem Rücken und konnte nichts tun, nicht mal lesen. Manchmal kam eine Welle, die so stark war, dass Ada nicht einmal denken oder sprechen konnte. Dann bohrte sie ihren Blick in die Decke und versuchte, gleichmäßig zu atmen.

Ein.

Aus.

Ein.

Aus.

Ein.

Aus.

An solchen Tagen hätte ein Mann in ihre Wohnung eindringen und ihr ein Messer an die Kehle setzen können, und sie hätte es nicht einmal fertiggebracht, ihre Hand zu heben. Nichts. Sie konnte nichts tun. Nur warten. Warten, dass der Schmerz nachließ und sie sich wenigstens auf die Seite drehen und an etwas Schönes denken konnte. Sie fragte sich, ob so Sterben war – ohnmächtig – und ob sie einmal so sterben würde. Ihre Kolleginnen im Krankenhaus dachten, sie sei eine Mimose; schlimmer, eine Simulantin. »Migräne. Wenn ich mich jedesmal krank schreiben lassen würde, bloß weil ich Kopfschmerzen habe ...«

Dann kamen auch noch die mit ihren Kisten. Ausgerechnet an diesem Tag musste über ihr ein neuer Mieter einziehen. Als wäre es noch nicht schlimm genug, dass ihre Migräne sie an so einem schönen Junitag ins Bett zwang. Den ganzen Tag lang trampelten sie von innen gegen ihre Schädeldecke, das Treppenhaus stöhnte unter der Last. Als sie fertig waren, bog sich die Zimmerdecke durch von all den Sachen, Ada bekam Beklemmungen davon. Es war ein Junggeselle, ein alleinstehender Mann. Wie konnte es da einen ganzen Tag dauern, seinen Hausstand durch das Treppenhaus zu tragen? Eine fünfköpfige Familie konnte nicht mehr brauchen. Als Ada den Lastwagen wegfahren hörte, war ihr Kopf wie perforiert. Die Fußtritte, die den ganzen Tag das Haus erfüllt hatten, erstarben zusammen mit den Männerstimmen in der Dämmerung – endlich.

Dann geschah etwas Seltsames: Sie hörte Musik. Klaviermusik, die durch die Wände drang. Ein Flüstern von allen Seiten gleichzeitig. Es war sanfte Musik. Introvertiert, soweit das auf Musik zutreffen konnte. Und sie war schön. Wunderschön. Manchmal lief sie zäh wie Honig die Wände herab, dann wieder waren es exotische blaue Falter, die unter der Decke tanzten.

Ada wusste nicht, was sie davon halten sollte, es war, als würde sie ... in Besitz genommen werden. Sie wehrte sich, obwohl es eigentlich keinen Grund gab; es waren angenehme Empfindungen.

Das musste der neue Mieter sein, der heute eingezogen war. Würde das jetzt öfter so sein? Oder immer? Dass er kommen und sie gefangennehmen würde mit seiner Musik? Ein bisschen fürchtete sie sich – es war nicht wie mit den Büchern, die sie so gerne las: Die bedrängten sie nicht. Die Musik schon. Aber es war so angenehm. Vielleicht musste sie gar keine Angst haben.

Wie selbstverständlich ging Tom davon aus, dass der Mensch, den er liebte, auch seine Freunde mögen und von diesen gemocht werden müsse. Doch als er sich daran erinnerte, Freunde und Bekannte gehabt zu haben, und lange vernachlässigte Kontakte wiederbelebte, stellte sich heraus, dass das nicht der Fall war. Die meisten seiner Freunde waren nicht gerade hartnäckig, wenn es die Qualitäten eines Menschen zu erkennen galt. Man versuchte es ein paarmal, aber wenn man nicht warm wurde … Na ja, dann konnte man halt nichts machen. War ja auch nicht so schlimm – für seine Freunde. Für ihn schon.

Zur Entschuldigung seiner Freunde war zu sagen, dass Helen ihnen keine große Chance gab oder – wie es Tom inzwischen manchmal vorkam – sich bei ihnen keine große Chance gab. Wenn er mit ihr darüber zu sprechen versuchte, war es plötzlich sein Problem: »Sieh sie dir doch bloß mal an, deine Freunde! Die haben allesamt ein massives Frauenproblem. Allen voran dein neuer Busenfreund Wladimir.«

Es hatte lange gedauert, bis Tom erkannte, dass Helen sich in Gegenwart anderer oft minderwertig und zurückgesetzt fühlte. Menschen, die sie nicht kannte, empfand sie als bedrohlich, und wenn die Gefahr bestand, am Ende nicht gemocht zu werden, zog sie sich lieber gleich zurück; lieber nichts wagen, als möglicherweise zu scheitern.

Das galt auch für andere Bereiche: Bei ihrem Umzug nach Berlin hatte sie einen DVD-Player mitgebracht, den sie nie anrührte, nicht mal, um eine DVD einzulegen und »Start« zu drücken.

»Mach du das, ich kann das nicht. Dafür bin ich zu blöd.«

Tom war genervt. Er wollte nicht, dass seine Freundin sich für dumm hielt. Er wusste es besser: »Schau mal, du musst doch nur …«

Doch da war sie schon aus der Tür.

Schön war es immer dann, wenn es nur sie und ihn gab – und sonst nichts. Im Urlaub zum Beispiel, oder wenn sie samstags aufwachte und sagte: »Am liebsten würde ich jetzt ans Meer fahren«, und sie eine halbe Stunde später im Auto saßen, seine Hand auf ihrem Oberschenkel. Dann ließ sie den ganzen Alltagsmüll hinter sich, und es gab keine unliebsamen Kollegen mehr, keine Geldsorgen, niemanden, auf den sie eifersüchtig sein, nichts, wovor sie sich fürchten musste. Manchmal genügte bereits ein Abend im Kino, mit einem Film, der ihnen beiden aus dem Herzen sprach.

Problematisch wurde es, sobald der Alltag diesen Mikrokosmos aufbrach und sie mit ihrer Umwelt konfrontierte – also fast immer. Wenn Tom sich mit Freunden verabredete oder etwas ohne Helen unternahm, kam er sich niederträchtig vor, seine Unabhängigkeit war eine Bedrohung für sie. Ihre Freiheiten waren selbstverständlich, seine musste er sich nehmen. Er war überzeugt gewesen, das würde kein Problem für sie sein. Schon vergessen? Sie wollten es anders machen. Wenn die Liebe nur groß genug war, übersprang sie jede Hürde …

Toms Freundin Lara war die einzige Ausnahme. Helen mochte sie so sehr, dass sie einfach nicht anders konnte, als sich ihr zu öffnen. Lara führte Tom immer vor Augen, wie lange er und Helen jetzt schon zusammen waren: In der Zwischenzeit hatte Lara drei Partner gehabt, den ersten geheiratet, sich scheiden lassen, sich vom zweiten getrennt, als sie sicher war, von ihm schwanger zu sein, mit dem dritten zusammen eine Eigentumswohnung gekauft, die bis auf weiteres vermietet war, weil sie sich nicht darauf hatten einigen können, wer von ihnen sie behalten sollte, nachdem sie das Geschirr ihrer Beziehung gegen die Wand geschleudert hatten. Nummer vier war im Anmarsch, und zwischendurch gab es auch noch eine Handvoll weniger erwähnenswerter Fälle.

Tom sah Lara gerne als seine Vertraute. Nichts Körperliches, von Erotik keine Spur, Sex ausgeschlossen. Ein zarter Hauch vielleicht, aber wo gab es den nicht? Kein Gedanke jedenfalls, der zu Ende gedacht worden wäre. Natürlich spürte er, wie ihre Brüste ihn berührten, wenn er auf ihrem Behandlungsstuhl saß und sie ihm mit dem Bohrer fiese Insekten durch die Gehirnwindungen trieb, aber es machte ihn nicht an. Einmal nur hatte er während einer Behandlung zärtliche Gefühle für sie entwickelt, das war, als sie ihm ein halbes Dutzend Spritzen geben musste, weil die ersten fünf alle ihr Ziel verfehlten; da wurde er zu einem kleinen Jungen mit Gesichtslähmung. Aber auch das war kein Gefühl körperlichen Begehrens gewesen, sondern eher ein Kannst-du-nicht-meine-Hand-Halten?

Laras Tochter Paula war inzwischen fünf. Mindestens einmal in der Woche nahmen Helen und Tom sie in ihre Obhut. Oft übernachtete sie bei ihnen, dann brachte Tom sie am nächsten Morgen zur Vorschule und war stolz wie ein Gockel. Er sonnte sich in ihrem Einfallsreichtum.

Einmal war von der Spreebrücke aus vor lauter Nebel kaum das Wasser zu sehen, nur mühsam ließ sich die Sonne durch die graue Watte erahnen. Sie standen Hand in Hand, und Paula guckte in den Himmel, als hielte sie Zwiesprache.

Tom: »Was ist los? Können wir weiter?«

Paula nickte nur abwesend und sagte: »Ich dachte es mir.«

»Was dachtest du dir?«

»Es ist gut, wir können weiter.«

»Willst du mir nicht sagen, was du dir gedacht hast?«

»Die Sonne hat Geheimnisse heute, aber es ist nicht schlimm, morgen geht's ihr wieder besser.«

Wer ihr Vater war, wusste Paula nicht. Wenn Lara ihn Tom gegenüber erwähnte, bezeichnete sie ihn gerne als »arroganten Pisser«. Er war Model, eines der bestverdienenden der Republik. Jeder hatte ihn schon einmal gesehen: im Fernsehen, im Kino oder in einer Illustrierten.

Lara: »Ich wollte einfach ein Sperma, das einen gelungenen Nachwuchs gewährleistet.«

»Und da hast du dir ein Arschloch gesucht?«

»Ein intelligentes und ausgesprochen gutaussehendes. Machen wir uns nichts vor: Charakter kann man formen, Aussehen nicht. Henry sieht aus wie in Stein gemeißelt, und ob uns das nun passt oder nicht, wenigstens für eine Frau ist Aussehen mindestens genauso wichtig wie Intelligenz. Schöne Menschen haben es im Leben einfach leichter.«

Was bist du nur für ein Snob, dachte Tom, wusste aber, dass sie recht hatte: Paula war eine Schönheit. Mit ihrem entwaffnenden Lächeln, das sie wie Almosen unter die Erwachsenen streute, zwang sie jeden in die Knie. Wenn sie es schlau anstellte, würde sie ihr ganzes Leben von Menschen umgeben sein, die es für ein Privileg hielten, ihr Puderzucker in ihren süßen Po blasen zu dürfen. Natürlich hatte sie mit ihren fünf Jahren längst erkannt, wie der Hase lief, und setzte ihre Wirkungen gezielt ein. Und so fragte sich Tom manchmal, ob sie nicht vielleicht dazu verdammt war, in die Fußstapfen ihres Vaters zu treten und ebenfalls ein arrogantes Arschloch zu werden.

Lara sah das gelassen: »Was willst du? Sie lernt die Mechanismen, die sie im Leben weiterbringen.«

»Was ist mit der menschlichen Seite?«

»Die macht nicht satt.«

Henry hatte von seinem Kind nie erfahren. Lara fand, dass es keinen Grund gab, weshalb sie ihn davon in Kenntnis setzen sollte.

»Wenn es ohne ihn gegangen wäre, hätte ich es ohne ihn gemacht. Du erzählst deinem Füller ja auch nicht, was er für einen hübschen Brief geschrieben hat.«

Im Frühjahr hatte Henry bundesweit für einen Herrenausstatter geworben. Keine fünfhundert Meter hatte man sich in der Stadt frei bewegen können, ohne dass er einem sein smartes Erfolgslächeln in den Nacken geatmet hätte. Das erste dieser Plakate war Tom begegnet, als er mit Lara und Paula im Auto unterwegs war: »Lara, sieh mal, das ist doch ...«

Ihr Blick schnitt ihm das Wort ab. Auf der Rückbank saß Paula und blätterte altklug in einer Frauenzeitschrift. Mit dem untrüglichen Instinkt eines Kindes, dem Informationen vorenthalten werden sollen, fragte sie: »*Wer* ist da, Mama?«

»Niemand, Paula. Tom hat sich getäuscht.«

»Stimmt das, Tom? Hast du dich getäuscht?«

Lara sah Tom an, als hätte er die Wahl zwischen lügen oder erschossen werden. Er versuchte sich im Spagat: »Du kennst ihn nicht, Paula.«

Das war wenigstens nicht gelogen. Später fragte er Lara: »Was erzählst du Paula eigentlich, wenn sie dich nach ihrem Vater fragt?«

»Das überlege ich mir, wenn sie mich danach fragt.«

»Sie hat dich noch nie nach ihrem Vater gefragt?«

»Sie hat gefragt, ob sie auch einen Papa hat, und ich habe ja gesagt.«

»Und sie wollte nicht wissen, wo er ist?«

»Doch.«

»Und was hast du ihr gesagt?«

»Weg. Ich habe ihr gesagt, er sei weg.«

»Damit hat sie sich zufriedengegeben?«

»Bis jetzt, ja.«

Schon bevor Helen und er angefangen hatten, Paula zu babysitten, wollte Tom eigene Kinder. Er hatte die Hoffnung, dass sie einen erkennen ließen, was im Leben wirklich wichtig war. Seit er aber »Onkel Tom« war und Paulas uneingeschränktes Vertrauen genoss, waren seinem Kinderwunsch Flügel gewachsen, und er flatterte ganz aufgeregt in seinem Käfig herum. Eine Zeitlang war Tom richtig neidisch und drängte sich als Kindermädchen geradezu auf; wie Nachbarskinder, die klingeln, um zu fragen, ob sie den Hund ausführen dürfen.

Zu Beginn ihrer Beziehung hatten sie oft über Kinder gesprochen, hatten sich ausgemalt, wie sie Arm in Arm den Wagen durch den Park schieben würden, und sehnsüchtig nach Frauen geschielt, die sich ein schlafendes Baby auf die Brust gewickelt hatten. Versuchte er heute, das Gespräch darauf zu lenken, wiegelte Helen ab. Sie seien noch nicht so weit ... Schlechter Zeitpunkt ... Später ... Er fragte sich, wann die Zeit gekommen sein würde. Acht Jahre waren sie jetzt zusammen. Wie viele brauchte sie, zwanzig? So, wie es im Moment lief, war es ohnehin müßig, darüber nachzudenken. Ihn zu küssen schien Helen bereits Überwindung zu kosten. Ein Kuss war ein Geschenk, keine Leihgabe. *Ihre* Küsse fühlten sich an, als müsste er sie zurückgeben.

Sie war eifersüchtig. Früher war das kein Problem. Früher war nichts ein Problem. Seit jedoch Toms Bereitschaft gesunken war, deswegen Konzessionen zu machen, war es eins.

»Rede mit mir!«

Das war Toms Standardsatz. Meist hörte er dann: »Ich kann nicht! Kannst du das nicht sehen?«

Und dann ärgerte Helen sich vierfach: Weil sie Angst hatte, weil Tom der Grund für ihre Angst war, weil sie nicht mit ihm darüber sprechen konnte und weil sie sich dafür verachtete, nicht mit ihm darüber sprechen zu können. Und er war schuld. Logisch.

Franziska

Im täglichen Umgang mit Menschen vermied Wladimir körperliche Nähe. Schon ein Händedruck rang ihm Äußerstes ab. Zur Begrüßung hob er in fünf Metern Entfernung die Hand, um bei drei Metern »hi« zu sagen und stehenzubleiben. Wollte man ihn nicht anschreien, musste man auf ihn zugehen, und hatte Glück, wenn er nicht zurückwich. Ein einziges Mal hatte Tom beobachtet, wie Wladimir seine lesbische Freundin Isa zur Begrüßung auf den Mund geküsst und sich anschließend bemüht hatte, sich nichts anmerken zu lassen.

Was intimen Körperkontakt betraf, war es noch schwieriger. Über den Cunnilingus, der beispielsweise Paul größten Genuss bereitete, sagte Wladimir, er sei eine »wirklich harte Serviceleistung«. Was nicht heißen sollte, dass er sich nicht gerne einen blasen ließ.

Wladimir: »Ich sage ja nicht, dass ich es *gar* nicht mache, aber wenn man es einmal macht, ist es mehr als genug.«

Er sagte nicht Cunnilingus oder, wie Paul, Muschilecken, er sagte »es machen«. Man musste dann halt wissen, was gemeint war. Sein Verlangen nach körperlicher Berührung war also eher im Negativbereich angesiedelt, sein Penetrationstrieb hingegen … oh, oh.

Als Trendhöriger war Wladimir dem Diktat lebenslanger Jugendlichkeit unterworfen. Nachlässigkeiten in Fragen körperlicher Fitness hielt er für eine Charakterschwäche. Sein Körper hätte problemlos jede Titelseite eines Lifestyle-Magazins schmücken können, pro Trainingseinheit gönnte er sich zwischen 700 und 1000 Sit-ups. Natürlich war er Mitglied in einem Fitnessclub. Einem der größeren Sorte. So groß, dass Wladimir hoffte, dort Hundertschaften anbetungswürdiger Frauen zu treffen. Und es war sauber. Es gab Geräte, deren Funktionsweise man erst ergründen musste, bevor man sich heranwagen durfte, außerdem vierzehn Spinning-Kurse pro Woche. Und es gab einen opulent ausgestatteten Kinderbetreuungsraum, in dem die Kinder der Mitglieder von täglich wechselnden Erzieherinnen pädagogisch sinnvoll bespielt wurden.

Auf eine von ihnen hatte es Wladimir abgesehen. Franziska. Sie sah so unbedarft aus mit ihrem fragenden Blick und den wallenden blonden Locken, an denen sie gerne herumspielte – und trotzdem so sexy. Von ihren Stringtangas, die sich durch die Hosen abzeichneten, bekam er richtig Gänsehaut.

Wladimir hätte niemals eine Frau direkt angesprochen, denn das hätte den Eindruck vermittelt, er wollte sich anbiedern. Das stimmte natürlich, aber deshalb durfte man es noch lange nicht zeigen. Außerdem schlug unter seiner souveränen Schale ein verletzliches Herz. Einen Korb zu bekommen wäre einer Kastration gleichgekommen. Bei Franziska einen Annäherungsversuch zu initiieren erwies sich daher als kompliziert; es gab zu wenig Berührungspunkte. Doch Wladimir hatte schon ganz andere Bastionen erobert und größere Widrigkeiten zu überwinden gewusst. Wie bei Raubrittern üblich, ersann er einen Plan, und wie bei Plänen üblich, sah der eine List vor. Die war nicht besonders originell, hatte sich aber geschichtlich bewährt.

Einmal pro Woche kümmerte Tom sich um Paula, Laras Tochter. Süßes Ding, die Kleine, würde bestimmt mal ein Feger werden. Sonst mochte Wladimir Kinder ja eher nicht so und bezeichnete sie gerne mal als »Schädlinge«. Paula aber konnte ihm von Nutzen sein: Da Tom ohnehin zu einem Probetraining mitkommen wollte, müssten sie nur den Tag, an dem er sich um Paula kümmerte, mit einem von Franziskas Betreuungstagen koordinieren, Paula mitnehmen, sie als Pferd anmalen, Wladimir unter ihrem T-Shirt verstecken und sie in die gläserne Kinderbetreuungsfestung schieben. Während Franziska noch das Tier bestaunte, spränge Wladimir wie aus der Geburtstagstorte, der Rest ergäbe sich von selbst: »Ist das Ihre Tochter?« – »Aber nein, ich kümmere mich nur manchmal um sie.« – »Wie nett von Ihnen.« – »Ja, nicht?« – »Wollen Sie keine eigenen Kinder?« – »Auf keinen Fall, aber auf Sex stehe ich schon.« – »O toll, ich auch.« So irgendwie konnte es gehen.

Paula fand Fitnessstudios blöd, aber als Wladimir ihr erzählte, dass es dort eine Million Spielsachen und sogar einen Lerncomputer für Kinder gab, willigte sie ein. Auf der Fahrt fragte sie: »Onkel Tom, warum soll eigentlich Wladimir mich in das Spielzimmer bringen, wenn wir da sind?«

»Weil die Betreuerin seine Herz-Dame ist und er sich gerne an sie ranmachen will.«

»Was ist das, eine Herz-Dame?«

»Das bedeutet, dass Wladimir scharf auf sie ist.«

»Ist das so, wie wenn man verknallt ist?«

»Genau.«

Im Fitnessclub kamen Wladimir Zweifel. Vielleicht war es doch keine so gute Idee, Paula als Köder zu benutzen. Was da alles schiefgehen konnte! Er stand an der Rezeption und wog die Risiken ab.

»Tom, willst du das nicht lieber machen?«

Tom und Paula tauschten einen verwunderten Blick. Seit Wochen überlegte Wladimir, wie er sich am besten an Franziska heranmachen konnte, und jetzt, wo er endlich einen Weg gefunden hatte, klemmte er plötzlich den Schwanz ein. Paula stemmte eine Hand in die Hüfte und zog eine ungeduldige Schnute: Alles musste man selber machen. Sie nahm ihn an die Hand: »Wo geht's lang?«

Wladimir machte ein zerknirschtes Gesicht und zeigte ihr die Richtung.

»Bis später, Tom«, verkündete Paula, stapfte wie durch ein Schneegestöber und zog Wladimir hinter sich her.

»Hallo, ich bin Franziska, und wer bist du?«

»Ich bin Paula. Das hier ist übrigens Wladimir.«

Wladimir hob mechanisch eine Hand: »Hi.«

Franziska: »Hallo.«

Paula: »Komisch, du siehst gar nicht aus wie eine Herz-Dame.«

Franziska: »Was?«

Paula: »Mein Onkel hat gesagt, du bist die Herz-Dame von Wladimir. Der gehört nämlich eigentlich gar nicht zu mir. Er hat mich nur hergebracht, weil er ... scharf auf dich ist. Das heißt, er ist verknallt in dich, glaube ich, aber ich hab's nicht ganz verstanden. Wo ist der Computer?«

Wladimirs Kopf sah aus wie ein Ballon. Jeden Moment konnte er abheben und seinen Körper mit sich davontragen wie eine Schnur. Franziska und er sahen sich an, und sie musste anfangen zu lachen, es ging einfach nicht anders. Mein Gott, war das süß. Sie konnte gar nicht mehr aufhören. Und dieser Hüne stand da, als wollte er am liebsten im Boden versinken. Sie lachte immer lauter. Das gab's doch gar nicht! Große Güte, war der unsicher. Sie hielt sich eine Hand vors Gesicht, die andere streckte sie nach Wladimir aus: »Entschuldige, bitte, hahahaha.«

Sie bekam keine Luft mehr und fing an zu glucksen.

Paula: »Wladimir, ich glaube, du kannst jetzt gehen.«

Das Training dauerte anderthalb Stunden. Neunzig endlose Minuten, in denen Wladimirs Kiefer mahlten und er cool zu bleiben versuchte, während seine Zornesader schwoll und er heimlich Paula verfluchte, dieses kleine Monster. Als er den Gang nach Canossa antrat, um Paula wieder abzuholen, lief sie ihm freudestrahlend entgegen: »Franziska hat gesagt, fragen musst du schon selbst, wenn du mit ihr ausgehen willst.«

Im Auto regulierte sich langsam sein Adrenalinspiegel, wenngleich seine Ohren noch nachglühten. So entblößt war er sich noch nie vorgekommen. Aber es hatte funktioniert, Franziska würde mit ihm essen gehen.

* * *

Wladimir lud sie zum Italiener ein. Mittelklasse. Der Salat war in Ordnung, die Weinpreise überschaubar. Es gestaltete sich weniger zäh als befürchtet. Natürlich musste er manchmal Interesse heucheln, wo keins war, und bei dem einen oder anderen Thema Geduld beweisen, aber sie war wirklich süß. Zwischendurch musste er sich sogar zur Räson rufen, um nicht jetzt schon den Abschuss vorzubereiten. Es war ihr erstes Date, da würde er sie schön brav zu Hause absetzen, schließlich sollte sie nicht denken, er hätte es nur auf den Sex abgesehen. Noch einen Cocktail, dann sagte er ihr, er müsse morgen früh raus. So endete der Abend im Auto vor ihrer Tür.

Franziska: »Das war ein schöner Abend.«

»Fand ich auch.«

Pause. Jetzt hätte sie eigentlich aussteigen können.

Wladimir: »Sehen wir uns mal?«

Unverbindlich bleiben und trotzdem Interesse zeigen. Nicht originell, zugegeben, erfüllte aber seinen Zweck. Franziska war verunsichert.

»Eigentlich hab' ich einen Freund«, sagte sie kleinlaut.

Wladimir war verärgert. Dieses Du-ich-hab-einen-Freund-Gequatsche war einfach die perfekte Art, einen Flirt in null Komma nichts an die Wand zu stellen und hinzurichten. Wen interessierte denn so etwas? Eigentlich sollte er auf so eine Ansage einfach wortlos die Tür öffnen. Weshalb ließ sie sich auf ein Date mit begehrlichen Blicken und vielsagendem Grübchenlächeln ein, um den Abend anschließend den Hunden ihres Gewissens zum Fraß vorzuwerfen? Wladimir verlor alle Lust. Er ließ den Wagen an.

Franziska: »Dienstag hätte ich Zeit.«

Was?

Niemals würde er die Frauen verstehen, das war mal klar. Erst ließ sie ihn auflaufen, im nächsten Moment wedelte sie mit der Federboa. Er wollte gerne, war aber beleidigt. Es ging nicht mehr.

Wladimir: »Ich ruf' dich an.«

Sie küsste ihn auf die Wange: »Ciao.«

»Ja, tschüs.«

Helen

Wladimir und Tom hatten beschlossen, diesen Samstag nicht zu arbeiten. Bevor Tom richtig wach war, bemerkte er, dass er alleine im Bett lag. Ihm fiel ein, dass Helen mit einer Kollegin zum Frühstück verabredet war. Es war bereits nach elf, er hatte geschlafen wie ein Kind. Seine Finger waren steif, wie jeden Morgen, seit er seine Tage in Gesellschaft von Schleifmaschinen, Hämmern und Beiteln verbrachte.

Nicht nur seine Finger. Tom umschloss seinen Penis und dachte an schöne Zeiten zurück. Was für ein Start in den Tag! Nachdem er sich geduscht und rasiert hatte und seine Zähne strahlten wie »Dulux Edelweiß«, beschloss er, im Epikur zu frühstücken. An der Haustür wartete das Leben bereits und winkte ganz aufgeregt. Im Handschuhfach fand er die alte Curtis-Mayfield-CD, die Helen schon seit Wochen vermisste – genau richtig.

An der zweiten Ampel stand er in Poleposition. Die Autofahrer hatten schon Rot, die Fußgänger noch nicht Grün. Alle warteten auf das Signal zum Aufbruch. Tom hatte die Scheiben heruntergelassen, damit das Leben ihn auch ja nicht ignorierte. Zwischen zwei Müttern mit Kinderwagen, einem Mädchen mit Schulranzen, das in drei Jahren Paula sein konnte, und einem älteren Mann, der seinen Stock verlegt haben musste, weil er sich sonst nicht bei diesem Wetter auf einen Regenschirm stützen würde, stand eine junge Frau. Sie überragte alle anderen, und Tom wusste, dass ihre langen goldbraunen Haare gleich mit der Bewegung ihres Ganges zum Leben erweckt werden würden und die Sonne durch sie hindurchscheinen würde wie durch einen seidenen Vorhang.

Erst als sie die Straße überquerte und lächelnd an seinem Wagen vorbeischwebte, bemerkte er, dass sie ihn ansah. Für einen Moment war er dem Raum-Zeit-Kontinuum enthoben. Ihr Lächeln weitete sich und gab den Blick auf ihre Zähne frei. Auf der anderen Seite angekommen, blieb sie stehen. Gleich würde er abbiegen, an ihr vorbeifahren und sie ihm nachsehen. Eine schöne Vorstellung – der zu sein, der ging.

Sie *sah* ihm nach. Er blickte zurück und hob eine Hand – es war nicht mal ein richtiges Winken. Eine angedeutete Bewegung der Finger vielleicht, nicht mehr. Sie lächelte. Im nächsten Moment bemerkte er Helen, die gegenüber auf ihrem Damenrad saß und auf Grün wartete. Und so sicher Tom gewesen war, dass die Frau mit den braunen Haaren ihm nachsehen würde, so sicher wusste er, dass Helen ihn beobachtet hatte – und schon war seine Stimmung dahin. Wo sich eben noch wohlige Empfindungen räkelten, plagten ihn jetzt Schuldgefühle, und insgeheim gab er Helen die Schuld, weil sie ihm solche Begegnungen missgönnte, auch wenn sie es nicht wollte.

Dabei war es nur einer dieser kurzen Momente gewesen, die das Leben schöner machten, weil sie einem das Gefühl gaben, dass andere Menschen Freude an einem hatten. Was sollte es also? Und doch wusste er, dass Helen den ganzen Tag darauf herumkauen und ihr Unmut die Wohnung noch nicht verlassen haben würde, wenn er nach Hause kam.

Zur Begrüßung versuchte er es mit einem arglosen »Hallo!«. Helen wollte sich nichts anmerken lassen, aber in ihrem Inneren schwelte es. Paula war da. Sie würde über Nacht bleiben – Lara war auf einem Kongress – und bei ihnen im Bett schlafen. Tom freute sich schon. Vor dem Einschlafen fragte sie ihn immer, ob er ihr den Rücken kraulte. Gutes Gefühl, gefragt zu werden.

Solange Paula noch wach war, herrschte Waffenruhe. Helen und er sahen ihr zu, wie sie mit der Gabel in den Spaghetti stocherte. Es war ein Test. Was muss ich tun, bis einer etwas sagt? Mit den Fingern wischte sie die Soße von den Nudeln, damit sie nicht herunterfielen, wenn sie sie über ihre Nase hängte.

Helen: »Kannst du essen wie ein Mensch?!«

Paula sah verständnislos drein und verkündete: »Tom, ich möchte jetzt ins Bett gebracht werden.«

Das gab es eigentlich gar nicht, Paula ging nie freiwillig ins Bett. Bevor sie sich zum Einschlafen auf die Seite drehte, sagte sie zu Tom: »Ihr seid komisch, heute. Wenn Mama so ist, sagt sie, sie braucht einen Mann. Aber ihr habt doch euch! Ich verstehe das nicht.«

Nachdem sie eingeschlafen war, holte Tom einen Sekt aus dem Kühlschrank.

Helen: »Gibt's was zu feiern?«

»Weiß nicht. Müssen wir etwas zu feiern haben, um einen Sekt aufzumachen?«

Keine Antwort. Tom entkorkte die Flasche und goss ein.

Helen: »Hattest du einen schönen Tag?«

Das ging schneller als erwartet.

»Ging so.«

»Nette Bekanntschaften gemacht?«

»Massig.«

»An Kreuzungen mit vorübergehenden Frauen geflirtet, vielleicht?«

»Vielleicht.«

»Vielleicht eine, die du auch mal mitnehmen kannst, wenn du mit deinen Freunden ausgehst?«

Das musste ja kommen.

»Nein.«

»…«

Tom: »Hast du ein Problem damit?«

»Ja.«

»Tut mir leid.«

»Mir auch.«

Wenn die Liebe nur groß genug war, übersprang sie jede Hürde.

Oft fühlte Helen sich alleingelassen. Als sei sie eine Belastung, etwas, dessen Tom sich am liebsten entledigen würde. In manchen Momenten spürte sie deutlich, dass er sich zunehmend weigerte, auf ihre Bedürfnisse Rücksicht zu nehmen. Er dachte viel zu oft »ich« und nicht »wir«. Um sich nicht andauernd vernachlässigt zu fühlen, besuchte sie seit einiger Zeit chirurgische Seminare und nahm an einer Weiterbildung zur OP-Schwester teil.

Wenn sie auf einer Fortbildung war, wunderte Tom sich jedes Mal, wie sehr er sie vermisste. Trotzdem ging es ihm besser, wenn sie nicht da war und er keine Konzessionen zu machen und Rechenschaften abzulegen hatte. War sie dann wieder zu Hause, blähten sich ihre Probleme innerhalb kürzester Zeit so sehr auf, dass von ihrer Beziehung selbst nicht mehr viel übrigblieb. In den letzten Monaten hatten sich bei Tom vermehrt Zweifel eingestellt, und er fragte sich, ob er je verstanden hatte, was Helen eigentlich von ihm erwartete, und ob ihre Liebe tatsächlich jede Hürde nehmen konnte.

Im Freundeskreis dachten viele, Helen und er seien das ideale Paar, der lebende Beweis dafür, dass es auch anders ging als auf die traditionelle Art: Heirate mich, bring Geld nach Hause, mach mir zwei Kinder und lass uns gemeinsam unzufrieden werden und unseren Träumen von einst nachhängen, dafür ersparen wir uns auch die Sinnfrage.

Bei Paul und Charlotte hatten auch alle gedacht, keine Hürde könne zu hoch sein, und dann hatten sie die Latte doch gerissen, obwohl sie sich geliebt hatten – und darauf bestanden, es noch immer zu tun. Vielleicht konnte Liebe doch nicht alles.

Die Schwierigkeiten ihrer Beziehung verstärkten Toms Wunsch, Helen zu heiraten. Seit nichts mehr darüber hinwegtäuschen konnte, dass sie auseinanderdrifteten, suchte er nach einer Möglichkeit, sie zu halten. Das war nicht besonders intelligent, auf der anderen Seite: Vielleicht müsste er dann weniger Zweifel und Helen weniger Angst haben, und sie könnten sich wieder mehr um sich als um ihre Beziehung kümmern – und endlich eine Familie gründen.

Ada

Ihre Wohnung war sauber. Immer. Menschen, die im Schmutz lebten, hatten schmutzige Gedanken. Sie hätte auch nie ein Haustier haben können, einen Hund oder eine Katze. Allein der Geruch vernebelte ihr die Sinne. Und diese Haare überall! Im schlimmsten Fall brachten die dann noch Zecken in die Wohnung, die in ihrem Bett lauerten und sich nachts in ihren Hals fraßen und sie aussaugten. Und wenn es eine Katze wäre, dann müsste sie im Bad ein Katzenklo aufstellen, und da würde die Katze dann reinmachen, und Ada müsste das jeden Tag säubern.

Ein Aquarium, das wäre möglich. Da hatte sie schon oft drüber nachgedacht. Weil sie doch das Meer so liebte und das Wasser. Aber auch ein Aquarium musste von Zeit zu Zeit gesäubert werden, man musste schmierige Algen entfernen und so was. Das war dann nicht schön.

Das Meer war so beruhigend und unumstößlich, nicht so wankelmütig wie sie selbst. Es war nicht an einem Tag da und am nächsten nicht. Es war immer da. Aber auch das Meer durfte ihr nicht zu nahe kommen. Sie könnte nie darin baden – ohne zu wissen, was unter ihr war. Am Strand entlanglaufen, mit den Füßen im Wasser, das musste toll sein, aber richtig darin schwimmen – nein. Dann schon eher im Schwimmbad, aber da waren so viele Menschen, und die schwitzten und ließen ihren Urin ab, während sie sich miteinander unterhielten. Das war ekelhaft.

Es gab schöne Fische fürs Aquarium. In der Apotheke an der Ecke hatten sie eins im Schaufenster. Wenn sie zur Arbeit ging, machte Ada immer einen Umweg, um es sich anzusehen. Eine Fischart war nach Picasso benannt, das jedenfalls hatte ihr der Apotheker erzählt. Der Picasso-Fisch war gestreift, blau und gelb. So einen wollte sie in ihrem Aquarium auch haben, und einen von den länglichen in Türkisblau. Die Farbe war so gewaltig, als müsste man darin eintauchen können.

So wie in ihre Bücher. In manche konnte sie hineingleiten wie in einen Handschuh. Letzte Nacht war sie eine Studentin aus Paris gewesen, die sich in einen Fischer verliebt hatte. Einen Mann des Meeres, einen Beherrscher des Wassers. Er war stark. Sie mussten durchs Wasser waten, um auf eine kleine Insel zu gelangen, wo sie sich liebten, im Schatten der Nacht, als ob sich ihre Körper schon immer gekannt hätten ... Als Ada endlich das Licht löschte, war ihr Schlüpfer ganz feucht. So zu lieben war schön. Lieben ging nur aus der Entfernung. Dann war die Liebe rein und klar und unverdorben, ohne Schweiß, Speichel und Samen. Wie ihre Arbeit im Labor. Dort roch es auch, aber sauber. Es waren die Desinfektionsmittel, die den Bakterien zu Leibe rückten. Ein beruhigender Geruch.

Ada mochte ihre Arbeit. Sie war von lauter Menschen umgeben und musste doch keinen sehen. Schicksale in Reagenzgläsern. Ihr Labor war eine Bibliothek menschlichen Leidens, Hunderte tragischer Geschichten umgaben sie. Jeden Tag bekam sie einen neuen Korb voll, versiegelt in sterilen Röhrchen. Namen, Daten, Zahlen. Manchmal waren es Zahlen, die über Leben oder Tod entschieden. Und alles war so sauber. Nichts erreichte sie wirklich. Beim Arbeiten konnte sie Latexhandschuhe tragen, das war gut. Ihre Haare verbarg sie unter einer blauen Haube, und ihre Schuhe hatten eine zweite Haut aus Kunststoff. Bevor sie ging, warf sie alles in einen dafür vorgesehenen Container, später wurde es dann verbrannt. Es war keine Vorschrift, und ihre Kolleginnen hielten es für überflüssig, aber Ada war froh über die Möglichkeit – so blieb sie unberührt.

Das Labor war im Keller des Krankenhauses untergebracht worden. Blut brauchte keine Fenster. Ada auch nicht. So konnte sie wenigstens niemand sehen. Am liebsten arbeitete sie in der Spätschicht, wenn ihre Kolleginnen gegangen waren und sie das Labor für sich alleine hatte. Bei der Planung des Krankenhauses hatte man es vergessen, so musste es in den Keller, zwischen die Bettenreinigungsstation und die Notstromversorgung. Die von der Reinigung gingen um vier, zusammen mit Adas Kolleginnen. Danach war es still wie auf einem Friedhof, abgesehen von dem Summen der Generatoren und der Arbeitsgeräte. Die Blutproben sammelte Ada auf den Stationen ein. Sie wurde angerufen, wenn es etwas abzuholen gab. Das stand dann in einem Gittergestell im Stationszimmer.

Letztes Jahr im Mai hatte sie die Blutprobe von Marianne Berger bekommen. Sie und Ada hatten am selben Tag Geburtstag. Zwölfter September dreiundachtzig. Leukämie. Die Leukozytenzählung ergab, dass sie eigentlich gar nicht mehr am Leben sein durfte und höchstens noch ein paar Tage zu leben hatte. Da hatte Ada geweint, so traurig war das. Wie in diesem Roman, wo die Frau erzählte, wie ihre Zwillingsschwester an Krebs starb. Wieder zu Hause, hatte sich Ada richtig bedeutend gefühlt.

* * *

Es war geblieben. Sein Spiel. Die Musik. Seit mehr als einem Monat wohnte er jetzt über ihr. Ada hatte ihn noch immer nicht gesehen, trotzdem kam es ihr vor, als würden sie sich inzwischen kennen, so oft, wie sie ihn schon hatte spielen hören. Es war vertraut, als würde er ihre eigenen Sehnsüchte in Töne kleiden. Wie Geschwister, die sich nie gesehen hatten. Mehr als einmal war sie kurz davor gewesen, hinaufzugehen. Dann war sie einsamer, als einer allein es ertragen konnte. Im letzten Moment fiel ihr dann ein, dass sie gar nichts zu sagen gewusst hätte.

Er musste sensibel sein und feinfühlig, sonst hätte er unmöglich so Klavier spielen können. Zartfühlend und verständnisvoll. Vielleicht würde er sogar Ada verstehen. Das war nicht leicht, sie wusste das. Verstehen, weshalb sie sich am liebsten vor der Welt verschließen würde und doch so gerne Anteil daran hätte. Verstehen, wie furchtbar es war, zwischen Abscheu und Verlangen gefangen zu sein.

Wenn er spielte und Ada gerade nichts zu tun hatte, setzte sie sich auf ihre Couch und schloss die Augen. Dann wünschte sie sich einen angemessenen Sessel, einen schweren, klassischen in schwarzem Leder und so bequem, dass man darin den Tod erwarten konnte.

Charlotte

Wenn Tom und Lara sich trafen, um Paula zu übergeben, wählte er gerne Orte in der Öffentlichkeit, damit jeder ihn dabei sehen konnte. Das Epikur war wie geschaffen: Laras Praxis befand sich gleich um die Ecke, Charlotte freute sich immer, ihn zu sehen, und gegenüber war ein Spielplatz. Von der Hängebrücke konnte Paula gar nicht genug bekommen.

Zur Begrüßung schlang sie ihre Arme um Tom wie um einen Vater: »Ich weiß schon, ihr wollt erst noch reden. Erwachsene müssen immer erst noch reden«, sagte sie gewohnt altklug. »Aber wenn ihr fertig seid, dann kommst du sofort rüber. Ich muss dir zeigen, wie ich an der Stange rutschen kann.«

Mit diesen Worten nahm Paula den Spielplatz in Angriff. Bevor sie über die Straße rannte, schaute sie zehnmal nach links und zehnmal nach rechts. Drüben angekommen, winkte sie stolz – geschafft.

Die Sonne prickelte auf den Armen. Wenn man aus dem Haus kam, wartete das Leben schon darauf, einem die Schönheiten des Tages zu zeigen. Tom fühlte sich beflügelt. Er wusste, dass Lara ihm wirklich dankbar dafür war, dass er ihr heute Paula abnahm; sie wollte mit ihrem aktuellen Liebhaber zu einer Filmpremiere gehen, für die ihr einer ihrer Patienten Karten geschenkt hatte.

An Tagen wie diesem war ihr Leben furchtbar anstrengend. Nicht, dass sie noch einmal fünfundzwanzig sein, die Nächte durchtanzen und in fremden Betten aufwachen wollte, aber seit sie einen verantwortungsvollen Job und ein Kind hatte, musste jeder Tag ihres Lebens irgendwie durchorganisiert werden. Und wenn dann noch ihr eigenes Herz aufbegehrte, kam es ihr manchmal vor, als sei die Spontaneität früherer Tage von den Mühlen des Alltags zermahlen worden. Dabei ging ihr die Arbeit heute ohnehin auf die Nerven. Manchmal war sie es einfach leid, Tag für Tag in den Mündern anderer Leute herumzupopeln.

Wenn Lara schlecht drauf war, brachte sie gerne Dinge zur Sprache, die ohnehin an ihr nagten. Ein bisschen wie Frühjahrsputz: Wenn man schon mal aufräumte, konnte man auch gleich die Regale auswischen.

Lara: »Sag mal, was war eigentlich letzte Woche mit Helen los?«

Sie spielte auf ihren Geburtstag an, als Helen die ganze Zeit im Abseits gesessen und vergeblich versucht hatte, ihre Tränen herunterzuschlucken. Lara war voller Mitgefühl, aber es war von Unmut infiziert, und Tom verstand sie nur zu gut. Wenn man auf einen ausgelassenen Tag mit Freunden eingestimmt war, und einer saß, ohne sich zu erklären, am Rand und machte den Eindruck, als würde er am liebsten in eine Kreissäge fassen, drückte das empfindlich auf die Stimmung. Alle nahmen Rücksicht, ohne zu wissen, worauf, so wie man in einer Kirche automatisch zu flüstern anfing.

»Ich weiß es nicht«, sagte Tom, der es tatsächlich nicht wusste. Er hatte sich so daran gewöhnt, Helen in dieser Verfassung zu erleben, dass er das Interesse daran verloren hatte.

Tom: »Sie hat ein Problem mit mir. Mehr als eins. Aber sie redet nicht darüber.«

»Sie fühlt sich zurückgesetzt.«

»So weit war ich auch schon, aber was soll ich machen? Ich liebe sie, aber mit meinen Freunden kann ich sie nicht zusammenbringen. Von dir mal abgesehen. Du bist vielleicht unsere einzige wirklich gemeinsame Freundin.«

»Sie möchte eben alles für dich sein.«

»O ja, wie romantisch.«

»Möchtest du nicht alles für *sie* sein?«

»Nein, möchte ich nicht. Bin ich auch nicht. Mit ihrem besten Freund Jürgen zum Beispiel trifft sie sich jede Woche. Der ist so unglaublich problemorientiert, dass sich mir die Nackenhaare aufstellen. Sie gehen zusammen in Filme und zu Vorträgen, die mich nicht interessieren, und machen all die Dinge, zu denen mir der Zugang fehlt. Finde ich große Klasse, wirklich. Er tut ihr gut, und ich freue mich, dass sie jemanden hat, der diese Dinge mit ihr teilt.

Genauso wie dieser Kollege aus dem Krankenhaus, mit dem sie manchmal essen geht. Ich habe ihn nie gesehen, aber die Vorstellung, wie die beiden in ihren Scampis stochern, während sie sich über Hauttransplantationen, offene Kieferbrüche und Prothesen unterhalten, reicht mir, um zu wissen, dass ich diese Lücke nicht füllen muss.«

»Umgekehrt?«

»Wäre undenkbar. Sie würde vor Eifersucht die Tapete von den Wänden fressen.«

»Hört sich an, als wärst du ganz schön frustriert.«

Mit ihrer Frage nach Helen hatte Lara einen Stein ins Rollen gebracht. Tom sprach sonst nie über ihre Beziehung, mit niemandem. Hätte er vielleicht mal machen sollen. Am liebsten hätte er ihr alles auf einmal gesagt, aber *was* eigentlich, und *wo* anfangen?

»Ich habe Helen gesagt, dass ich nicht gebraucht, sondern gewollt werden will«, versuchte er schließlich alles in einem Satz zu bündeln. Das war merkwürdig, denn bisher hatte er sich nur vorgestellt, es Helen zu sagen. »Manchmal will ich mich einfach nicht länger verantwortlich fühlen für ihr Leid.«

Lara: »Schämst du dich, so zu fühlen?«

»Schlimmer, ich komme mir vor wie ein Krimineller.«

»Das musst du nicht.«

»Nein?«

Wenn Lara das sagte, konnte er kein Verbrecher sein. Sie erzählte von sich und Mark, einem ihrer Exfreunde, und davon, dass er sie so sehr mit seinen Fremdgehverdächtigungen zugekleistert hatte, bis sie es schließlich wirklich getan hatte. Sie nannte es »self-fulfilling prophecy«: Man redete so lange über etwas, bis es tatsächlich eintrat. Tom fand, es klang zu einfach, als hätte sie keine andere Wahl gehabt. Zum Schluss kam Lara wieder auf Helen zurück: »Sie ist einfach der lebende Vorwurf.«

Toms erster Impuls war, Lara aufs heftigste zu widersprechen, aber alles, was herauskam, war: »Gut, dass sie dich nicht hören kann. Das würde sie ganz schön verletzen.«

»Manchmal denke ich, dass es das beste wäre, wenn ihr euch trennt. Dann muss sie wenigstens keine Angst mehr haben, dich zu verlieren.«

»Ist es so offensichtlich?«

»Für mich schon.«

Tom war konsterniert, weil Lara ohne Skrupel das für ihn Unsagbare aussprach – Trennung. Wusste sie nicht, dass der heilige Gral nicht angetastet werden durfte? Die Schatten der Kastanie krochen über das Pflaster und stießen an seine Füße.

Mitten in seinem Gram ließ Lara ihn sitzen. Sie hatte ein Gespür für Timing. Die Patienten riefen nach ihr, sie musste zurück in die Praxis. Tom sah ihr nach, wie sie auf den Spielplatz ging, um sich von Paula zu verabschieden. Die wusste, jetzt gehörte Tom ihr. Sie kam zum Zaun gelaufen, winkte und zeigte ihm zwei Finger: Zwei Minuten, dann hatte er zu kommen. Tom streckte ihr seine ausgebreitete Hand entgegen – fünf.

»Was ist los?«, fragte Charlotte, als sie das Geschirr abräumte.

Tom: »Setz dich, ich muss dich was fragen.«

Charlotte schaute verwundert. So bestimmend kannte sie Tom nicht. Sie stellte das Tablett ab und nahm sich den freigewordenen Stuhl, ihre Schicht war sowieso vorbei. Ungefragt kramte sie einen Apfel aus einer von Toms Einkaufstüten und biss hinein.

»Ich höre.«

»Weshalb hast du dich von Paul getrennt?«

»Machst du deshalb so ein Gesicht?«

»Keiner hat das verstanden.«

»Weshalb fragst du nicht Paul?«

»Hab' ich. Alles, was ich aus ihm herausbekommen konnte, war, ›es ging halt nicht mehr‹.«

»Beruhig dich, wir haben es auch nicht verstanden. Manchmal liebt man sich, und es geht trotzdem nicht. Er hat mich zu sehr eingeengt, manchmal wusste ich gar nicht mehr, ob es mich überhaupt noch gibt.«

»Und jetzt?«

»Jetzt bin ich frei!«

Sie klang, als sei auch das nur zweite Wahl.

»Außerdem bin ich fremdgegangen. Das bring' ich einfach nicht auf Dauer. Nach einer Weile hab' ich mich Paul gegenüber richtig mies gefühlt. Das konnte ich ihm nicht lange antun, schließlich liebe ich ihn.«

Sie kaute lässig den Apfel.

»Du bist fremdgegangen?«

»Sag' ich doch. Jetzt schau nicht so. So dramatisch ist das auch wieder nicht. Irgendwas wird er schon gemacht haben, das mich dazu gebracht hat. Da gehören immer zwei zu.«

»Du meinst drei.«

»Wenn's reicht.«

Tom hatte gedankliche Gleichgewichtsstörungen.

»Was ist mit dem anderen?«

»Welchen meinst du?«

»… Vergiss es.«

»Wer bist du? Der heilige Johann?«

»Das frage ich mich auch langsam.«

»Die Typen, mit denen ich im Bett war, bedeuten mir nichts, wirklich. Ich hab' sie benutzt, wenn du so willst. Aber wenn es dich beruhigt, ich glaube nicht, dass einer von ihnen dauerhaften Schaden genommen hat. Komm schon, guck nicht so bedrippelt. Bist *du* etwa noch nie fremdgegangen?«

»Nein!«

»Das glaub' ich nicht. Ehrlich?«

»Natürlich!«

»Bist du süß! Wie lange seid ihr jetzt zusammen?«

»Fast acht Jahre.«

Es klang wie hundert. Charlotte zog die Schultern hoch und biss ein großes Stück aus dem Apfel heraus. Tom konnte das Gehäuse sehen.

»Kann helfen.«

»Hat es bei euch geholfen?«

»Nicht auf Dauer.«

Sie trank von seinem Kaffee und überlegte einen Moment.

»Geht Helen fremd?«

»Nein. Das heißt, ich weiß es natürlich nicht, aber … Nein, kann ich mir nicht vorstellen.«

»Wünschst du dir manchmal, sie würde fremdgehen?«

»Wie kommst du darauf?«

»Damit du dich ihr gegenüber nicht so verpflichtet fühlen müsstest.«

Der Boden unter Toms Füßen zerlief wie Teig.

»Woher weißt du das?«

Charlotte winkte ab. Für sie waren das Peanuts, das kleine Beziehungseinmaleins. Sie kaute auf den Resten seines Kuchens, in ihrem Mundwinkel hatte sich ein Streusel eingenistet.

»Ging mir bei Paul genauso. Hast du Schuldgefühle wegen dieser Gedanken?«

»Ich glaube schon.«

»…«

»Ist das nicht paradox? Ich habe Schuldgefühle, weil ich mir heimlich wünsche, dass meine Freundin mit einem anderen ins Bett geht!«

Hat er es also doch noch kapiert, dachte Charlotte und wischte sich den Mund ab.

»Tom?«

Auf dem Weg nach Hause klangen Charlottes Worte in seinem Kopf nach.

»To-om?«

›Bist du schon mal fremdgegangen? – Kann helfen.‹

Setze einen Tumor, und lasse ihn wachsen …

»TOM!«

Paula zerrte an seiner Hand.

»Entschuldige, Paula. Was ist?«

»Onkel Tom, manchmal glaube ich, du brauchst eine Brille für deine Ohren. Schau mal da!«

An ihnen war gerade eine ältere Dame vorbeigegangen, die einen Dalmatiner spazieren führte.

»Was?«

Paula zeigte auf den Dalmatiner: »Helen als Hund!«

Henriette

Zwei Tage nach seinem vertanen Abend mit Franziska rief Henriette an, mit der Wladimir sich für den Abend verabredete. Die hatte keinen Freund – und war überfällig. Viel zu lange schon hatten sie einander belauert. Zweimal war er bereits mit ihr ausgegangen. Zuerst essen: das Restaurant geschmackvoll gewählt, nicht überkandidelt, aber auch nicht gewöhnlich. Unterhaltsam war er gewesen, was mit Frauen ja oft nicht einfach war. Witzig und zuhörwillig, sogar charmant! Er hatte es in ihrem Gesicht lesen können und an ihrem Lachen erkannt. Beim zweiten Mal Kino: Er hatte ihr die Wahl überlassen, und der Film hatte sich als interessant genug erwiesen, um bei einer anschließenden Caipirinha nicht nur die Stimmung nicht zu drücken, sondern eine erheiternde Nachbetrachtung zu erlauben.

Heute also das Komplettprogramm: Es ließ sich vielversprechend an. Sie lachten, zu viel fast. Beim Essen berührten sich ihre Beine. Wenn Henriette ihm zeigen wollte, wie witzig er war, legte sie kurz nein-wie-komisch-ach-ich-kann-nicht-mehr-hör-auf-mäßig ihre Hand auf seine, und das in einer Art, die eigentlich keine Zweifel zuließ, denn Wladimir war selbstkritisch genug, um zu wissen, dass Witzigkeit nicht gerade seine hervorstechende Eigenschaft war. Vor dem Kino legte sie ihm ohne Vorwarnung die Arme um den Hals und küsste ihn derart hingebungsvoll (in der Öffentlichkeit!), dass er kurz davor war, sie zu fragen, ob sie sich den Film nicht schenken und stattdessen direkt zu ihr fahren sollten. Aber auch dieser Prüfung hielt er stand, in der Gewissheit, dass der Weg jetzt vorgezeichnet war und alles gut werden würde. Als sich im Kino ihre Ellenbogen auf der Armlehne beschnupperten, wurde er geil. Und schwach. So schwach, dass er sie mit zu sich nach Hause nahm. Was er ja sonst nie machte, nie, nie, NIE! Schön, von Elsa mal abgesehen, die letzte Woche erst … Ach, gib es ruhig zu, Wladimir, deine Prinzipien sind nicht gerade der Felsen von Gibraltar.

»Nimmst du mich mit?«, fragte sie und schmiegte sich an ihn.

Was sollte er da schon antworten?

Bei Wladimir angekommen, konnte sie gar nicht schnell genug ins Bett. Bevor er noch seine Schuhe ordentlich hingestellt hatte, sagte sie: »Ich bin hundemüde, wo ist das Schlafzimmer?«

»Zuerst wird geduscht. Ungewaschen kommt mir hier niemand ins Bett.«

Sie seiften sich gegenseitig ein. Wladimir hatte unter ihrer Kleidung einen Ausnahmekörper vermutet – und sich nicht getäuscht. Gut, ihre Beine hätten länger und die Taille etwas schmaler sein können, aber er wollte sie ja nicht malen. Er drückte sich von hinten an sie, um unter ihren Armen hindurch ihre Brüste einzuseifen. Seine beginnende Erektion pochte gegen ihren Hintern.

»Keine Anzüglichkeiten, bitte.«

Er hielt es für einen Scherz.

»Oh, entschuldigen Sie, Fräulein. Ich weiß auch nicht, was heute mit mir ist.«

Schnell sprang sie aus der Dusche und verschwand im Schlafzimmer. In der Vorfreude auf eine Nacht voll unbeschwertem Sex ließ Wladimir ihr zwei Minuten Vorsprung, dann stieg auch er aus der Dusche, ordnete die Handtücher, warf einen prüfenden und tief befriedigten Blick in den Spiegel und schlich ihr nach. Sie lag auf der Seite, als er unter die

Bettdecke schlüpfte. Wieder presste er sich von hinten an sie. Seine Einschulungserektion von vorhin ging inzwischen stramm aufs Abitur zu. Henriette nahm seine Hand, die sich an ihrem Po zu schaffen machte, führte sie um ihren Bauch, räkelte sich einmal, wie um die endgültige Position für den Winterschlaf zu finden, und murmelte: »So ist es schön.«

So war es natürlich überhaupt nicht schön. Nach einem Zeitraum, den Wladimir für angemessen hielt – etwa 40 Sekunden –, ging seine Hand erneut das Terrain unterhalb ihrer Gürtellinie erkunden. Doch ihre Reaktion war dieselbe. Man kannte das ja, dachte er. Halb zog er sie, halb sank sie hin, ein bisschen hard to get spielen – Scheingefechte. Albern, aber man machte es halt mit, irgendwie gehörte es ja auch dazu. Nach dem dritten Versuch jedoch dämmerte ihm, dass dieser Fall anders geartet war. Sie ließ ihn nicht gewähren. Meinte sie das etwa ernst? Wladimir wurde nervös und versuchte eine neue Bestürmung, doch das Burgtor war versperrt. Er wurde panisch. Das konnte doch nicht wahr sein! Wann immer er zur Sache kommen wollte, schien sie ihm zunächst Entgegenkommen zu signalisieren, um dann, sobald seine Hände sich die Innenseiten ihrer Oberschenkel hinaufsuchten, die Beine zusammenzuklemmen und sich abzuwenden. Und kein Wort der Erklärung! Er hätte ja verstehen können, wenn sie gesagt hätte: »Du, ich hab' meine Tage«, oder … also, was anderes zählte eigentlich nicht, aber die fromme Helene zu mimen, das war wirklich albern.

Eine wachsende Unsicherheit nagte an ihm. Stimmte mit ihm etwas nicht? Hatte er vielleicht Mundgeruch, oder war ihr sein Schwanz zu behaart, oder WAS!? Diese Gedanken brachten ihn erst richtig in Rage. Er verachtete das Gefühl der Unsicherheit, jedenfalls bei Männern. Bei Frauen war das etwas anderes, die durften ruhig ein bisschen unsicher sein. Wenn sie es richtig ausspielten, war das sogar ganz sexy. Eines

Mannes aber war es unwürdig. Eine inzwischen titanisch zu nennende Erektion plagte ihn, er wälzte sich hin und her und verfluchte sich dafür, dass er nicht die Chuzpe besaß, sich einfach neben ihr einen runterzuholen, weil er ganz genau wusste, dass sie nicht wirklich schlief.

Paul hatte auf diese Weise mal eine rumgekriegt. Sie hatte es nicht ertragen können, dass er neben ihr onanierte, und war – schwups – aufgestiegen und mit ihm durch die Prärie geritten. Schuldgefühle, vermutlich. Schuldgefühle, die dieser frigiden Eule auch ganz gut zu Gesicht gestanden hätten, aber Wladimir war eben nicht Paul, und so quälte er sich, bis er endlich über seinem Gram einschlief und von Vergeltung träumte.

Am Morgen war sie die reinste Schmusekatze. Na, darauf stand er ja besonders – schmusen. Welche Niedertracht.

»Gut geschlafen?«, süßelte sie und lächelte kokett.

»Geht so.«

Unmöglich, länger freundlich zu bleiben.

»Gibt's keinen Kaffee?«

»Doch, klar.«

Beim Bäcker.

Er sagte ihr, dass es ihm leidtäte, aber er müsse sich unbedingt mit einem seiner Auftraggeber treffen – jetzt! Um glaubhaft zu wirken, zog er sich hektisch an und verließ gemeinsam mit ihr die Wohnung. Am Auto gab sie ihm einen ausgedehnten Abschiedskuss.

»Ruf mich an.«

Klar ruf' ich dich an. Wenn ich mal wieder eine ganze Nacht lang totalen Bock auf keinen Sex hab', dann ruf' ich dich an. Und er schwor sich, dass sie die Schwelle seiner Wohnung nicht noch einmal überschreiten würde.

»Ist noch was?«, fragte sie.

»Mh? Oh … nein.«

Notgedrungen stieg er ins Auto, und da sie darauf zu bestehen schien, ihm nachzuwinken, musste er ausparken und einmal um den Block fahren. Danach war natürlich sein Parkplatz weg, und er durfte gleich noch zwei Runden drehen, bevor er Husch und Knack entdeckte, die auf getrennten Straßenseiten ihren Wagen ansteuerten, geheimniskrämerisch einstiegen und noch einmal fünf Minuten benötigten, um aus der Parklücke zu kommen.

Sandra

»Warum tust du das?«

»Ich liebe dich.«

Im Hintergrund raste ein schwarzer Chevy mit quietschenden Reifen um die Kurve und nahm die Verfolgung auf. Ken sah unglaublich sexy aus, wie er in dieser Extremsituation die Kontrolle über das Fahrzeug behielt und Barbie außerdem noch schmachtende Blicke zuwarf.

»Du bist verrückt!«

»Schon möglich. Immerhin bist du noch am Leben.«

Er riss abrupt das Steuer herum, rammte mit dem Heck einen Müllcontainer und jagte eine schmale Straße hinunter. Zwei Sekunden später folgte der schwarze Chevy. Ein besorgter Blick in den Rückspiegel, ein Schuss, eine zerborstene Heckscheibe.

Barbie: »Wenn das so weitergeht, sind wir gleich beide tot.«

Ken: »Abwarten.«

Die Werbepause war eine Erlösung. Tom nahm Papier und Stift zur Hand und schrieb Namen untereinander – insgesamt neun. Er wäre gerne auf zehn gekommen, weil das so hübsch beliebig ausgesehen hätte, aber irgendwie klappte es nicht.

Drei Verfolgungsjagden und ein Happy-End später – Ken und Barbie saßen inzwischen im Flugzeug und knutschten – waren bis auf einen Namen alle ausgestrichen.

Xenia:

1.) Sie hatte einen Freund (geringe Komplikationswahrscheinlichkeit).

2.) Der Freund wohnte in Kassel.

3.) Tom und sie sahen sich nur circa dreimal jährlich auf Partys gemeinsamer Freunde, weshalb er hoffte, dass ein Onenightstand ihnen bei späteren Treffen nicht im Weg stehen würde.

4.) Wenn doch, auch nicht schlimm.

5.) Sie war auf Laras Geburtstagsbrunch gewesen, was ihm einen ausreichenden Vorwand lieferte, sie anzurufen.

6.) Er mochte sie.

7.) Sie sah gut aus.

8.) Sie stand auf ihn.

Es gab ein Problem:

Tom wusste, wer ihr Freund war.

Hagen.

Er kannte ihn.

Ziemlich gut.

Ein Freund von ihm.

Vergiss es.

Tom hatte nicht das Gefühl, dass es etwas mit Hagen zu tun hätte, zumal er wusste, dass auch Hagen mit anderen Frauen ins Bett ging. Es war wie überall: Jeder betrog jeden, rund um die Uhr. Aber so ein Ding brachte er dann doch nicht. Er zerknüllte den Zettel und vergrub ihn im Papierkorb.

Inzwischen lief ein neuer Film. Die Autos waren noch etwas schneller und die Frauen noch etwas blondierter, und während Tom sich fragte, weshalb er nicht einfach den Fernseher aus dem Fenster warf und sich zu Helen ins Bett legte, denn früher oder später würde er sowieso dorthin müssen, fiel ihm ein, wer Nummer zehn hätte sein sollen.

Sandra: sehr sexy, tolle Figur. Schlank, groß, schmale Taille. Nicht sein Typ. Etwas zickig, lackierte Fingernägel und so, verdächtig lange Haare. Eine, bei der sich nur die Finger bewegten, wenn sie winkte. Emotionale Verstrickungen ausgeschlossen. Aus irgendeinem Grund hatte sie Tom einmal ihre Telefonnummer gegeben und er sie anschließend weggeworfen.

Da war noch etwas:

Tom wusste, wer ihr Freund war.

Andreas.

Er kannte ihn.

Nicht besonders.

Ein Arschloch.

Bingo!

Wladimir hatte ihre Nummer. Wladimir hatte jede Nummer jeder verdammten Frau zwischen neunzehn und achtundzwanzig in dieser Stadt.

»Was willst du denn von *der*?«

Tom: »Geht dich nichts an.«

»Das Gefühl hab' ich auch.«

»Hallo, hier ist der AB von Sandra. Wenn ihr eine Nachricht hinterlasst, rufe ich zurück.«

Einen Moment überlegte Tom, ob er auflegen sollte, aber das wäre wirklich zu albern.

»Hallo, Sandra, hier ist Tom, der Freund von Wladimir ...« (»Hallo, ich bin der Freund von soundso« – gab es jemanden, der sich dabei nicht kindisch vorkam?)

»... Hallo, Tom, ich stand gerade unter der Dusche.«

»Ah.«

»Wart mal kurz.«

Sie legte das Telefon aus der Hand. Tom konnte hören, wie sie ihre Haare trocken rieb. Sie musste sich beeilt haben, ans Telefon zu kommen, nachdem sie gehört hatte, wer dran war. Vor seinem geistigen Auge war sie so was von nackt, dass er sich wie ein Voyeur vorkam.

»Ich dachte schon, du würdest nie anrufen.«

Großer Gott, war es wirklich so einfach? Bevor er antworten konnte, legte sie nach: »Komisches Gefühl, hier zu stehen und mit dir zu telefonieren, ohne etwas anzuhaben …«

Sie musste es gemerkt haben.

* * *

Beiden war klar, worauf der Abend hinauslaufen würde. Der Rest war Geplänkel. Immerhin: Sie bemühten sich, über das Essen hinweg so viel Spaß zu haben, dass sie im nachhinein den Sex als Schlusspunkt der Entwicklung eines ungewollt romantischen Abends würden entschuldigen können.

Tom hatte ein Restaurant gewählt, das seinem Bedürfnis nach entspannter Atmosphäre entgegenkam. Wenigstens beim Start sollte alles richtig sein. Umgeben von Dämmerlicht und Kerzenschein, liebevoll ausgestalteten Wandmalereien und mahagonifarbenen Holztischen, nistete er sich in einer Ecke ein. Der Rotwein, den er bestellte, klopfte ihm aufmunternd auf die Schulter – nur Mut.

Schade fast, dass Sandra ihn nicht interessierte. Nicht wirklich. Was sie erzählte, ging zum einen Ohr rein und zum anderen raus. Job, Urlaub, dass sie nicht verstehen konnte, weshalb jeder im Moment grünen Tee trinken musste, und sie einen Doppeltürenschrank voller Schuhe hatte, die trotzdem oben rausquollen, was sie selbst auch albern fand, aber wenn sie ein Paar sah, das sie noch nicht hatte, konnte sie einfach nicht widerstehen. Beruflich hatte sie sich ihre ersten Lorbeeren verdient. Der Slogan, der jetzt überall auf den Plakaten zur Bewerbung mittelständischer Unternehmen zu lesen war, entstammte ihrer Feder: »Unserem Kachel-Mann können Sie vertrauen!«

»Wegen des Kachelmann-Skandals, weißt du?«

Ja klar, hatte er verstanden.

Tom versuchte, kurzweilig zu sein, und sie lachten lauter, als es seinen Witzen angemessen war. Wenn er richtig an ihr interessiert gewesen wäre, hätte er, was sie sagte, ganz sexy gefunden. Er nahm an, ihr ging es genauso.

Sie hatte sich herausgeputzt. Das schmeichelte ihm, wenngleich er mit weniger Schminke und kleineren Ohrringen auch ganz einverstanden gewesen wäre. Obenrum trug sie etwas Hochgeschlossenes in Oliv, die Umrisse ihre Brüste zeichneten sich einladend durch den Stoff ab. Für die untere Hälfte einen Rock, von dem Tom gerne genau gewusst hätte, wie kurz er war. Er konnte ihre Beine nicht sehen, aber wenn er die Blicke der beiden Männer am Nachbartisch richtig deutete, musste Sandra sie ganz schön weit durch den Rock gesteckt haben. Ihre Unterhaltung streifte Andreas, ihren Freund. Ein Thema, das sich hölzern anfühlte.

Wladimir hatte Tom einmal erklärt, ohne ging es nicht. Man konnte kein Phantom betrügen. Frauen verspürten immer das Verlangen, ihren Freund vorher wenigstens zu erwähnen, das entlastete ihr Gewissen: »Er hat doch gewusst, dass ich einen Freund habe, ich kann nichts dafür, dass es passiert ist.« Soweit Wladimir.

Tom bemühte sich, die Herausforderung anzunehmen.

»Weshalb zieht ihr nicht zusammen«, fragte er, weil ihm gerade nichts Besseres einfallen wollte.

»Mit Andreas? Never. Ich mag ihn. Er ist bemüht, toll im Bett und alles, aber mit ihm zusammenzuwohnen würde mir auf die Nerven gehen. Seit zwei Jahren sind wir jetzt zusammen, und er erzählt mir immer noch jedesmal, wenn wir uns sehen, was für ein toller Werbekontakter er ist.«

Ihre Direktheit fand Tom unangemessen. Wenn man seinem Partner gegenüber nicht loyal war, dann konnte man es gleich lassen. So wie er gerade, haha. Ob Helen über ihn genauso redete? Nein, tat sie nicht. Hoffte er.

Andreas tat ihm leid. Seine Arroganz suchte ihresgleichen, aber wenn er Sandra so hätte reden hören – sein Selbstwertgefühl wäre implodiert. Tom war kurz davor, sein Vorhaben aufzugeben und ihr zu sagen, dass er die paranoide Vorstellung gehabt habe, fremdgehen zu müssen, und er gedacht habe, sie sei die Richtige dafür, doch habe inzwischen die Überzeugung die Oberhand gewonnen, dass diese Übung nicht nur entbehrlich, sondern geradezu absurd sei. Außerdem hatte ihn die Erwähnung von Andreas' Bettqualitäten verunsichert – als würde er sich gegen ihn behaupten müssen.

Doch auch Tom konnte sich etwas vormachen. Er redete sich ein, die Sache sei vorherbestimmt und er könne jetzt unmöglich ausscheren – so wie es einem völlig logisch erschien, dass man über den Rand der Erde stürzen konnte, wenn man sicher war, auf einer Scheibe zu stehen.

Tom: »Wenn Andreas dich nervt, warum bist du dann mit ihm zusammen?«

»Warum nicht? Er würde alles für mich tun.«

Es klang, als hätte sie kein Problem damit, ihn abzustreifen, sobald ein Besserer auftauchte.

»Was ist mit Liebe?«

Sandra musste schmunzeln. Der war ja richtig verlegen, dachte sie. Ganz süß irgendwie. Sie mochte es, wenn Männer etwas unsicher waren, dann gaben sie sich wenigstens richtig Mühe. Sie tippte Tom mit ihrem makellos manikürten Zeigefinger an die Nase.

»Du bist süß.«

Das hatte Tom in letzter Zeit etwas zu oft gehört. Er musste ein totales Weichei sein. Es war an der Zeit, dem weiblichen Geschlecht mit mehr Entschlossenheit gegenüberzutreten. Verdränge alle deine Zweifel, Tom! Sie ist sexy, sie hat einen tollen Körper, sie hat bestimmt viel Spaß im Bett, und sie will dich. Close your eyes and think of England.

»Lass uns gehen«, sagte er und bat um die Rechnung.

Sie hatte ein Hochbett. Das machte Tom noch nervöser, als er ohnehin schon war. Hier oben kam er sich so beobachtet vor. Sein Verdacht, Sandra könne ob der Routine, mit der sie die Sache anging, schon mehr Erfahrungen auf sexuellem Gebiet außerhalb ihrer Beziehung gesammelt haben, schien sich zu bestätigen, als es an das Überstreifen des Kondoms ging – Prüfstein und finale Hürde des kopflastigen Mannes auf dem Weg zum Koitus. Für Tom schon immer ein echtes Problem. Selbst bei Helen, mit der er jetzt schon so lange zusammen war, dass er manchmal zu vergessen begann, was davor war, konnte ein »Warte, ich zieh' mir ein Gummi über« noch immer zum Stolperstein werden.

Sandra ging das Problem gelassen und artistisch zugleich an. Sie saß auf ihm, machte ein bisschen Trockenschwimmen, und plötzlich hielt sie ein Kondom in der Hand, das sie sich mit einer lockeren Bewegung des Handgelenks in ihren lächelnden Mund warf und über seinen Penis rollte, ohne die Hände zu Hilfe zu nehmen. Passgenau, faltenfrei und – holla! – ziemlich weit abgerollt. Er kam sich vor wie ein Zuschauer, der im Zirkus in die Manege gebeten wurde, um sich dann darüber zu wundern, wie man auseinandergesägt werden konnte, ohne es selbst zu merken.

»Darf ich Beifall klatschen?«

»Das ist erst der Anfang.«

Tom wurde etwas bange. Das Unterfangen schien Prüfungscharakter anzunehmen. Er hatte sich etwas Sinnliches erhofft. Zärtlich und sehnsüchtig und irgendwie … wahrhaftig oder so.

Sie drehte sich auf den Rücken und zog ihn auf sich. Ihre Beine waren auseinandergeklappt wie die Seiten eines ausgeleierten Buches. Ohne Umschweife ergriff sie seinen Penis und führte ihn ein. Anfangs fühlte es sich auch ganz gut an, fand Tom, aber Sandra war eher der motorische Typ und stand auf energische Bewegungen, Toms Bemühungen waren ihr eindeutig von zu viel Zurückhaltung geprägt. So wurde das nichts. Sie umfasste seinen Hintern und bewegte ihn entschieden vor und zurück. Tom hatte immer gedacht, auf so etwas standen Frauen nur in Pornofilmen, aber – hey! – warum nicht? Er übernahm ihren Rhythmus und gab sein Bestes. Sie fing an zu stöhnen, laut zu stöhnen. Es war ziemlich geil.

»Ahhh, du zerreißt mich!«

Auweia, das war wohl zu viel, dachte Tom und nahm sich zurück, aber sofort hatte sie wieder ihre Finger in seine Pobacken gekrallt und stieß ihn in sich hinein.

»Los, komm!«, rief sie, und er begriff, dass dieses Du-zerreißt-mich-Gerede ihn anmachen sollte. Tat es auch, doch nach einigen Minuten war klar: Sein Bestes war nicht ausreichend, Sandra kam nicht weiter.

»Auf den Rücken«, befahl sie.

Sie setzte sich auf ihn, stützte sich mit den Händen auf seiner Brust ab und übernahm das Kommando. Jetzt klappte es besser.

Tom war erstaunt, wie gut es ihm gelang, trotz der vielen Irritationen seine Erektion zu halten. Doch so, wie Sandra sich ihrem Orgasmus entgegenschuftete, hätte sie wohl lieber eine Flasche Asti Spumante zwischen den Schenkeln gehabt. Sein Penis steckte bis zum Anschlag in ihr, die Eichel stieß hinten an, wie jemand, der sich die Nase an einer Scheibe plattdrückte. Sandras Pegel erreichte eine neue Marke: »Du zerreißt mich!!«

An dieser Stelle begann er zu grübeln, denn er hatte sich, offen gestanden, etwas Mut angetrunken, und das zwischen seinen Beinen war nicht gerade die grandioseste Erektion seines Lebens. Inzwischen bemerkte er sogar etwas Spiel, wo keins sein sollte, und ganz sicher riss er sie damit nicht in Stücke. Drei Lagen Toilettenpapier wären nach seiner Einschätzung noch machbar gewesen, aber bei einem Briefumschlag hätte er bereits Schwierigkeiten gehabt. Luftpost wäre noch gegangen.

Ihre Sitzknochen bohrten Löcher in seine Leisten, sie ruderte hin und her wie ein Scheibenwischer auf Stufe drei. Es tat weh. Es brannte. Richtig – es tat richtig weh. So, dass er fürchtete, die Schlagadern in seinen Leisten könnten platzen. Keine schöne Vorstellung.

»Zerreiß mich!«, schmetterte sie. »ZERREISS MICH!«

Oje.

Sie sah den Punkt am Horizont, schwamm aber gegen die Strömung und kam nicht vorwärts, also nahm sie die Hände über den Kopf und stützte sich an der Decke ab, um noch mehr Halt zu haben – und noch mehr Reibung. Ihre Haare wirbelten um sie herum wie Wäsche in einem Trockner. Das hätte sehr sexy aussehen können, wenn Tom die Muße gehabt hätte, dieses Bild zu genießen. Vor allem aber war er damit beschäftigt, sich so zu biegen, dass sie ihn nicht in Stücke teilte, was nicht ganz einfach war, denn er wurde gerade ANS BETT GENAGELT! Er biss die Zähne zusammen und verzog das Gesicht – zum Glück sah sie ihn nicht. Auf der anderen Seite: Weshalb machte er sich Sorgen? Sie nahm ihn sowieso nicht wahr. Er hätte sich eine Taucherbrille und Kopfhörer aufsetzen, einen Dutt knoten und sein Haupt mit Federn schmücken können, sie hätte es nicht gemerkt. An seiner Stelle hätte hier ein Stück Holz liegen können, oder eben eine Flasche Asti, in Beton gegossen. Scheiße, tat das weh!

Sie bog auf die Zielgerade ein, seine Leisten brannten, als hätte sie Herdplatten unter dem Hintern, seine Beine waren bereits abgestorben. Vorsichtig schob er seine Hände unter ihre Schenkel in dem Versuch, wenigstens etwas Gegendruck zu erzeugen. So arbeiteten sie gegeneinander: Sandra drückte von oben, Tom von unten.

»Finger weg!«, schrie sie.

Seine Finger gruben sich in die Matratze. Halte durch, Tom, halte durch! Du schaffst es, du schaffst es. Au. Durchhalten! Au, au! Ich schaffe es, ich schaffe es, ich schaffe es … nicht.

»Ah …«, machte er. »Ahh … AAHHH … AauuaaahHH!«

Plötzlich wusste Sandra wieder, wer unter ihr lag.

»Was ist?«, stöhnte sie, »was ist los?«

Und als sie sein schmerzverzerrtes Gesicht sah: »Kommst du? KOMMST DU ETWA SCHON?«

»Nein, nein … es ist … meine Leiste. Du tust mir weh. Entschuldige, bitte.«

Sie stellte den Motor ab.

»Was? … Das ist nicht dein Ernst?«

»Ich fürchte, doch«, sagte er kleinlaut.

»Schöner Mist. Ich war sooo kurz davor.«

»Entschuldige«, sagte Tom noch einmal, einfach, weil ihm schon wieder nichts Besseres einfiel.

Sie knipste ihre Erregung aus und fand sofort zu ihrer gewohnten Fassung zurück.

»Ist schon in Ordnung«, entschied sie nach kurzer Bedenkzeit. »Wir versuchen es gleich noch mal.«

Mit diesen Worten zog sie seinen Penis heraus, wie andere ein Pflaster abzogen.

Sie versuchten es nicht noch mal. Fast brachte Tom nicht den Mut auf, aber dann sagte er doch: »Vielleicht lassen wir es lieber.«

»Ja, wahrscheinlich. Mach dir nichts draus.«

Er war erleichtert, sagte aber trotzdem noch einmal: »Tut mir leid«, weil er das Gefühl hatte, dass sie das von ihm erwartete.

Wenn er nur ein bisschen unsicher gewesen wäre, dachte Sandra, das hätte ja ganz lustig sein können, aber dass da *so* ein schwammiger Typ zum Vorschein kommen musste … »Aua, du tust mir weh, entschuldige bitte« – so was nannte sich ein Mann! Und ständig entschuldigte der sich für irgendwas.

* * *

Nach einigen Tagen schon kam Tom der Abend mit Sandra sehr weit weg vor. Die Erinnerung daran rieb zwar noch etwas am Zwerchfell, aber nicht, weil er Helen gegenüber ein schlechtes Gewissen gehabt hätte, sondern weil es so eine beschämende Aktion gewesen war, die jetzt als dunkle Wolke in seiner Vergangenheit umherzog.

Das Problem war: Es hatte nicht geholfen. Niemandem. Ebenso gut konnte man versuchen, Hunger mit Kaugummi zu stillen. Tom erkannte zwanghafte Züge an seiner Idee, was nicht besonders schwierig war. Wie war er nur darauf gekommen? »Geh mit einer anderen ins Bett, und erlebe deine Beziehung neu« – was für ein Quatsch. Er musste schon ganz schön verzweifelt sein, wenn er sich einbildete, die Probleme ihrer Beziehung könnten sich auf diese Weise lösen lassen. »Kann helfen«, hatte Charlotte gesagt. Ihr vielleicht, ihm nicht.

Zwischen Helen und ihm änderte sich nichts: Momente kurzer Gemeinsamkeit wurden von langen Phasen geschluckt, in denen sie sich das Leben schwermachten. Die Eisdecke ihrer Beziehung war so dünn geworden, dass bereits kleinste Erschütterungen ausreichten, sie einbrechen zu lassen. Bemühte er sich, blockte sie ab, zog er sich zurück, warf sie ihm vor, er verrate ihre Beziehung. Und Helen sah ihren Freund, wie er sich in alle möglichen Richtungen verbog und dabei ziemlich hilflos wirkte, was es ihr nur noch schwerer machte, länger zu ihm aufzusehen.

Franziska

Um Franziska nicht begegnen zu müssen, ging Wladimir jetzt schon seit Wochen nicht mehr ins Fitnessstudio. Noch war das kein Problem, man konnte schwimmen, laufen und radfahren. Bald aber war der Sommer vorbei, was sollte er dann machen? Er konnte sich schlecht nur wegen Franziska ein neues Fitnessstudio suchen, immerhin hatte er einen Zweijahresvertrag.

Beim Frühstück im Epikur plätscherte das Gespräch der anderen an ihm vorbei wie eine Vorabendserie. Tom war da und hatte gedämpfte Stimmung mitgebracht, weil er mal wieder Stress mit Helen hatte, Paul, der immer allen erzählte, wie viel besser es ihm doch ginge, seit er und Charlotte sich getrennt hatten, aber doch immer wie ein Cockerspaniel hinter ihr herguckte, wenn sie das Geschirr ins Café trug, und Lara, die sich zwischen den drei Männern ganz wohl fühlte, weil es mal etwas anderes war als das dauernde Kindergequatsche ihrer Freundinnen.

Das Wort »Single« löste sich aus der Unterhaltung, arbeitete sich in Wladimirs Gehirn vor und löste einen Reflex aus: »Vernünftige Singlefrauen gibt's doch gar nicht, die sind immer schon weg.«

Paul: »Wir reden gerade über den neuen Song von Cat Power. Schlaf weiter.«

»Die ist genauso krank wie alle anderen.«

Tom: »Worüber reden wir jetzt eigentlich?«

Lara: »Über Frauen, wie es scheint.«

Wladimir: »Nicht, dass es irgendeinen Sinn hätte, sich über Frauen zu unterhalten.«

Tom: »Was ist dir denn über die Leber gelaufen?«

Wladimir: »Was wohl? Eine Frau natürlich. Und ihr Freund.«

Lara: »Wenn ich keinen Partner habe, dann bin ich auf der Suche nach einem. Ist doch normal.« (*Das* war normal?) »Also hab' ich eben meistens einen. Wenn ich dann einen anderen Typen treffe und der sich davon abschrecken lässt – Pech gehabt.«

Wladimir traute seinen Ohren nicht. Das Gespräch um ihn versank erneut in Nebel. Nach und nach nahm aus diesem Nebel heraus eine Erkenntnis Gestalt an: Es gab Frauen, die den Zustand der Nicht-Beziehung als Defekt, als persönlichen Makel empfanden und sich ohne Partner unvollständig oder minderwertig fühlten.

Haha.

Deshalb gab es auch so viele Frauen, die mit Typen zusammen waren, die sie strenggenommen nicht so richtig prickelnd fanden. Ach was! Mit völlig debilen Kröten tilgten sie ihr Leben, einfach weil eine Beziehung mit einem Kretin ihnen immer noch besser erschien als gar keine.

Haha.

»Haha.«

Lara: »Wladimir, ist alles klar?«

»Ich ...«

Er winkte ab. Es dämmerte ihm, dass er dieses Ich-habe-einen-Freund-Gequatsche all die Jahre über fehlgedeutet hatte. Dieser Ausspruch – Paul nannte ihn die »Sentenz der schwarzen Partywitwe« – bedeutete nicht notwendigerweise das Ende einer Annäherung, sondern sollte signalisieren, dass mit der Frau alles in Ordnung war. Wahrscheinlich hatten nicht mal alle, die es behaupteten, tatsächlich einen Freund, sondern dachten, es werfe ein schlechtes Licht auf sie, wenn sie zugäben, keinen zu haben.

War ja irre!

Charlotte war kurz an den Tisch gekommen: »Wladimir?«

Er nahm sich vor, die nächste Sentenz der schwarzen Partywitwe an das grelle Licht der Wahrheit zu zerren.

»WLADIMIR?«

»… Was?«

»*Willst* du noch Kaffee, oder nicht? Wahrscheinlich besser nicht.«

»Und ob! Hahaha!«

Tom: »Stimmt was nicht?«

»Im Gegenteil, ich bin der, bei dem es stimmt. Gib mir mal dein Handy, ich muss dringend Franziska anrufen.«

* * *

Seit es in Wladimirs Wohnung keinen Ort mehr gab, an dem er sich aufhalten konnte, ohne von den Büchern seines Vaters bedrängt zu werden, zog er hin und wieder eins aus dem Regal und blätterte darin. Es war erstaunlich, worüber sich die Menschen im Laufe der Geschichte alles Gedanken gemacht hatten. Gelegentlich las er ein paar Seiten, wenn ein zufälliges Wort oder Bild seine Neugier weckte. Neulich hatte er sogar eins mit zur Arbeit genommen, weil das Foto eines Mannes darin abgedruckt war, der enorme Ähnlichkeit mit seinem Vater hatte – Giacomo Puccini, ein Komponist.

Tom war sichtlich überrascht, Wladimir während einer Schleifpause mit der Flex auf dem Schoß und einem Buch in der Hand auf zwei Lackeimern sitzen zu sehen.

»Bist du so frustriert, dass du jetzt mit Lesen anfängst?«

»Wenn Lesen als Therapie geeignet ist, dann frage ich mich, wann sie bei dir endlich anschlägt.«

»Sehr witzig. Was liest du denn?«

»Eine Biographie über einen Komponisten – Puccini. Ist ganz lustig. Der Typ hat eine Oper geschrieben …«

»… er hat ein paar mehr als nur eine geschrieben.«

»Ja, du Klugscheißer, weiß ich auch, aber die stehen am Anfang. Ich lese natürlich nur den Schluss, sonst erfahr' ich nie, wie er gestorben ist – die Biographie hat vierhundert Seiten! Also … Die Oper heißt ›Turandot‹, und es geht um – warte, gleich hab' ich's – den ›endlichen Triumph der Liebe‹. Kein Wunder, dass er sie nicht fertigbekommen hat.«

Wladimir hatte gerade gelesen, dass dieser hoffnungslos schwärmerische Puccini einen Brief an seinen Texter geschrieben hatte, in dem stand: »Pressen Sie sich Herz und Hirn aus, um für mich etwas zu schaffen, das die Welt weinen machen soll. Man sagt, Sentimentalität sei ein Zeichen von Schwäche. Aber ich finde es schön, schwach zu sein!« Was für eine Wurst.

In diesem Moment kam Wladimir eine Idee: Das musste der Stoff sein, der Franziska von alleine weichkochen würde, Wladimir brauchte nur danebenzusitzen und zuzusehen. »Turandot« schien die perfekte Wahl, das Rätsel der »eisumgürteten« Heldin, die sich als Verkörperung der Jungfräulichkeit gegen den erobernden Mann zur Wehr setzte, glaubte Wladimir jedenfalls gelöst. Er würde dem Henker nicht zum Opfer fallen, und auf den endlichen Sieg der Liebe hatte er es sowieso nicht abgesehen.

* * *

Wladimir war ganz klar fehl am Platz, und strenggenommen war Franziska schuld. Wäre sie pünktlich gewesen, würde er jetzt nicht im Foyer stehen müssen wie ein Promenadenmischling auf einer Pudelschau. Die Besucher machten einen Bogen um ihn, als fürchteten sie, seine verwaschene Jeans könne die Farbe aus ihren Abendkleidern saugen. Er hätte es sich denken können – bei den Preisen. Für die Karten hatte er

Tibatongs komplette Abstellkammer abschleifen und stundenlang auf den Knien im Staub kriechen müssen. Irgendeine Berühmtheit würde heute den Taktstock schwingen – Wladimir hatte den Namen vergessen –, und die Sopranistin war, wie er dem Gespräch einer nebenstehenden Gruppe Perlenketten entnommen hatte, der »rising star« am internationalen Gesangshimmel. Wo blieb nur Franziska?

Unvermittelt stieß eine von den Perlenketten einen spitzen Schrei aus; das gesamte Foyer zuckte zusammen. Wladimir fuhr herum. Alles, was er sehen konnte, war, dass sie zu alt war. Zu alt für die Schuhe, in die sie ihre Füße gezwängt hatte, zu alt für den Lippenstift, der aus ihrem Mund eine lodernde Schlucht machte, zu alt für ihr Dekolleté, das sie wie einen Elefanten in Abendgarderobe aussehen ließ. Zu alt für alles, dachte Wladimir.

»Ich hätte schwören können, dass ich es eben noch gehabt habe!«, rief sie und wühlte aufgebracht in ihrer Handtasche.

»Beruhige dich«, sagte eine Nachwuchsperlenkette. »Es kann doch nicht einfach so verschwunden sein.«

»Ich werde wahnsinnig, wenn es weg ist!«

Hektisch blickte sie um sich. Alle Augen waren auf sie gerichtet. Sie suchte erst den Boden, dann ihre Umgebung ab. In ihrer Verzweiflung blieb ihr Blick an Wladimir kleben. Ihre Augen verengten sich. »Schau mich nicht so an, du blöde Glucke«, dachte Wladimir. »Ich hab' es nicht.« Doch ihr schrecklicher Verdacht richtete sich allein auf ihn. Sie machte zwei Schritte auf ihn zu, unsicher, was als Nächstes passieren sollte.

Wie von Geisterhand inszeniert, verwandelte sich das Foyer plötzlich in eine Bühne: Der Chor der Opernbesucher nahm im Halbkreis Aufstellung, die Perlenkette wurde zur Primadonna, Wladimir zum Heldentenor. Jeden Moment würde sie lossopranieren: »Du-u hast es ge-stoh-len!«, auf »stoh« das hohe C erreichend und dabei einen speerspitzen Finger in Wladimirs Brust bohrend. Gespannte Erwartung.

Als die Dramatik ihren Höhepunkt erreichte, öffnete sich die Tür, und Franziska kam herein. Sie erstarrte, mit einem Bein auf der ersten Stufe, hinter ihr schloss sich das Tor eines Hochsicherheitstraktes. Der Nachhall flüchtete die Gänge hinauf und versteckte sich in den Gardinen der Logen. Stille. Schließlich hielt Wladimir es nicht mehr aus: »WAS!?«, fauchte er die Perlenkette an. Franziska erfasste die Situation und handelte sofort: Sie stürmte die Treppe hinauf, warf sich schützend vor Wladimirs Brust und sang aus voller Kehle: »Fort von meinem Maaa-aaann / du gräss-lich al-tes MOOON-STER!«

Die Mumie mit den Stöckelschuhen musste Franziskas moralische Überlegenheit anerkennen und vor der Unbezwingbarkeit der Jugend in die Masse des Chores zurückweichen.

So jedenfalls spielte es sich in der Vision ab, die Wladimir in diesem Moment durchlebte. In Wirklichkeit ertönte die Klingel. Der Chor verschwand langsam von der Bühne, Franziska fragte ihn, ob etwas nicht in Ordnung sei, und die Perlenkette murmelte: »Da ist es ja«, zog ein Zigarettenetui aus ihrer Tasche und wandte sich wieder den Ihren zu.

»Es war nicht mal Ihr Portemonnaie …«, sagte Wladimir gedankenverloren.

»Wovon redest du?«, wollte Franziska wissen.

»… Macht die so einen Tanz um ein beschissenes Zigarettenetui!«

Die Anspannung wich schlagartig aus Wladimirs Körper, und er fühlte sich seltsam leicht, geradezu beflügelt. Einen Moment noch stand er reglos im Foyer, dann musste er laut loslachen. So laut jedenfalls, dass es die Perlenkette nicht überhören konnte.

Franziska hatte ihre Haare zu einem aufwendigen Stillleben onduliert: eine asymmetrische Frisur mit zwei freiheitsliebenden Locken auf einer Seite. Sie trug einen dunkelblauen Anzug mit einer weißen Bluse darunter, deren Kragen über den des Jacketts ragte. Die drei oberen Knöpfe hatte sie aufgelassen. Beschwingt steuerten sie ihre Plätze an.

Während der Aufführung musste Wladimir immer wieder zu Franziska hinüberschielen. Er war ganz begeistert von seiner Idee mit dem Opernbesuch. War ja eine ziemlich pompöse Angelegenheit, so eine Oper. Und die Zuschauer! Machten alle schwer auf betroffen. Da wurde ganz schön was weggeheuchelt. Aber schön war es trotzdem. Er mochte es, wie die Musik den Raum füllte und die Stimmen durch die Luft säbelten, auch wenn dieses Rumgepose auf der Bühne albern anmutete und er nicht einsah, wieso man versuchen sollte, an der Story dranzubleiben.

Alles lief planmäßig – bis Franziska plötzlich während der Arie der Turandot lautlos zu weinen anfing. Wladimir wurde von Panik ergriffen. Was war los? Nahm sie das ganze Theater etwa ernst? Himmel, das war doch nur eine Oper! Nicht zu glauben. Er war ehrlich gerührt. Frauen waren ein Wunder. Und so schön sie waren, so wenig konnte man sie verstehen; es lag in der Natur der Sache.

In der Pause konnte er vor Penetrierlust kaum noch an sich halten: »Und, gefällt es dir?«

»Ja, sehr. Es ist sooo schön.«

»Und? Wie geht's deinem Freund?«

Franziska sah ihn an, als habe sich vor ihren Augen Gold in Pappe verwandelt.

»Wie kommst du denn jetzt auf den?«

»Hast du nicht gesagt, er arbeitet für sechs Wochen in Wiesbaden?«

»Ja. Morgen kommt er zurück.«

»Na, dann kann ich ja heute noch mit zu dir kommen.«

»Ich weiß nicht … immerhin *hab'* ich einen Freund.«

Nicht die Nummer, nicht mit Wladimir.

»Den hat doch jede.«

Die nächsten zwei Akte hatte Franziska Zeit, sich mit Wladimirs Bemerkung auseinanderzusetzen. Eigentlich ein arroganter Chauvispruch. Erst machte er die ganze Zeit auf schüchtern, und dann ließ er so einen Satz vom Stapel. Andererseits imponierte ihr seine plötzliche Entschlossenheit. Vielleicht sollte sie sich einfach nicht so viele Gedanken machen. Es war ja nicht so, dass sie Gerd nicht liebte, und außerdem: Wusste *sie*, ob *der* nicht das Gleiche gemacht hatte in den sechs Wochen, die er jetzt in Wiesbaden war? Und so kam es, wie es kommen musste: Sie standen vor ihrer Haustür, und Wladimir und sein neuer Mut sagten: »Komm, wir gehen rauf und sagen uns schöne Dinge.«

Es klang nicht gerade zärtlich oder konspirativ oder geheimnisvoll. Eigentlich war von Anfang an klar gewesen, worauf es hinauslaufen würde, und er fand, dass man jetzt nicht mehr so tun musste, als ob es um etwas anderes ging.

Sie erklärte ihm, dass es ihr strenggenommen nicht egal sein durfte, dass sie einen Freund hatte, und es vielleicht deshalb nicht so gut wäre. Wladimirs Antwort war ein angedeutetes Schulterzucken: Gerd war *ihr* Problem.

Wladimir: »Wenn du nicht willst … Ich zwing' dich nicht.«

Er hatte schon intelligentere Dinge zum Besten gegeben, war es aber leid zu diplomatisieren. Franziska täuschte Überlegung vor, echtes Ringen. Wladimir sollte nicht das Gefühl haben, sie sei ein unanständiges Mädchen und mache sich eine solche Entscheidung leicht. Als interessierte ihn das. In Wirklichkeit war ihre Entscheidung natürlich längst gefallen, und sie wusste, wie ihre Antwort lauten würde, und er wusste es auch. Und er wusste auch, dass sie es wusste, und sie wusste, dass er wusste, dass sie es wusste. Er lächelte im Schein der Straßenlaterne, sie kapitulierte.

Franziska: »Ach, zwing mich doch! Dann brauch' ich wenigstens kein schlechtes Gewissen zu haben.«

Während sie ihre Bluse aufknöpfte, sagte sie ihm noch, dass er spätestens um acht Uhr gehen müsse, denn sie wisse nicht, wann ihr Freund zurückkäme. Das kam Wladimir sehr gelegen.

Johanna

Am Montag traf Tom Johanna, oder besser: Sie stand plötzlich vor ihm, im Zeitungsladen in der Leonhardtstraße. Er kam gerade von KLUWE, Arbeitsmaterial besorgen. Beim Einladen der Rigips-Platten hatte er sich den Daumen gequetscht. Das machte er immer, es schien nicht anders zu gehen. Die Platten waren schwer, sperrig und empfindlich und mussten zentimetergenau durch die Heckklappe geschoben werden. Die Stelle, an der Tom sich den Daumen quetschte, war immer dieselbe. Aus lauter Frust hatte er sie mit schwarzem Edding markiert und »Hier stauchen!« danebengeschrieben – und auch diesmal getroffen.

Er hatte den Wochenanfang herbeigesehnt, der ihn wieder in die monotone Abgeschiedenheit dröhnender Schleifmaschinen entließ. Das Wochenende mit Helen war wie das Warten auf einen Zug gewesen, der nie kam:

»Hast du heute Abend schon was vor?«

Helen: »Was sollte ich denn vorhaben?«

»Ich weiß nicht, hätte ja sein können.«

»Nein, ich hab' nichts vor.«

»Wollen wir dann vielleicht ins Kino gehen?«

»Was ist los? Sind deine Freunde alle verreist?«

Paul war tatsächlich nicht in der Stadt. Blieb Wladimir, aber den hatte Tom jeden Tag um sich.

»Ich dachte nur, wir könnten ja mal wieder ins Kino gehen. Ist schon 'ne Weile her, seit wir das letzte Mal zusammen einen Film gesehen haben.«

»Du willst mit *mir* ins Kino gehen?«

»Würde ich sonst fragen?«

»Keine Ahnung. Würdest du?«

Tom wollte für sich und Wladimir die Zeitung besorgen. Eigentlich lohnte es nicht. Das Sommerloch war dieses Jahr so groß, dass die Zeitungen es mit einem Wetterfrosch füllen mussten, der seine Freundin zum Sex gezwungen haben sollte. Auf den Fotos, die neuerdings die Titelblätter der BILD zierten, trug er schon dieselbe Lederjacke wie Keith Richards. Toms Latzhose roch zwölf Meter gegen den Wind nach Holzstaub, und sein T-Shirt trug die Narben wochenlanger Kämpfe mit Tibatongs Wohnung.

Sie hatten sich geküsst – Johanna und er. Auf einer Party. War schon lange her. Sehr lange. Tom hätte das Jahr raten müssen. Er konnte nicht mehr rekonstruieren, wie es dazu gekommen war. Seit er mit Helen zusammen war, blockte er einen Annäherungsversuch bereits ab, wenn die Andeutung eines möglichen semiintimen Kontaktes nur schemenhaft am Horizont auftauchte, und dass er es tatsächlich so weit hatte kommen lassen, sich mit einer Frau, die er an *dem* Abend erst kennengelernt hatte, zu küssen, das gab es eigentlich gar nicht. Er erinnerte sich an ihren Namen, weil seine Mutter ebenfalls Johanna hieß und er, als sie einander vorgestellt wurden, nichts Besseres zu sagen gewusst hatte als: »Du heißt Johanna? Hey, meine Mutter heißt auch Johanna!«

Er stand seitlich hinter ihr und erkannte sie erst beim zweiten Hinsehen. Sie hatte sich verändert. Damals hatte sie ihr blasses Gesicht noch hinter einem Schleier zerzauster Haare verborgen und einen Schlabberpulli getragen, dessen Ärmel länger gewesen waren als ihre Arme. An sie heranzukommen war eine Entdeckungsreise gewesen. Jetzt hatte sie einen gestuften Kurzhaarschnitt, den Roswita fesch genannt hätte (und sie hätte recht gehabt), trug Schuhe mit vier bis fünf

Zentimeter hohen Absätzen und ging selbstbewusst. Zwischen ihrer Hose und dem, was ihren Oberkörper bedeckte, war ein schmaler Streifen gebräunter Haut zu sehen. Tom nahm an, dass vorne der Bauchnabel rausguckte, Piercingwahrscheinlichkeit circa dreißig Prozent. Sie duftete dezent.

Er erschrak ein wenig, es war wie Luftanhalten. Jemanden, den man irgendwann irgendwo im Nachtleben getroffen hatte, erwartete man nicht in der Montagmorgenrealität bei Tageslicht wiederzusehen. Etwas Nervosität, weil er unsicher war, ob sie ihn wiedererkennen würde, und wenn ja, wie er sich verhalten sollte. Sie küsste sich sicher häufiger mit fremden Männern als er mit fremden Frauen, und wahrscheinlich nicht nur das. Deshalb ging Tom davon aus, dass er in ihrer Erinnerung zu Rührkuchen verblasst war, während sie bei ihm noch als Schwarzwälderkirsch umging.

Sie zahlte, nahm einen Stapel Zeitschriften von der Theke und verließ das Geschäft. Sie sah ihn nicht an, lächelte aber im Vorbeigehen: Hab' dich längst erkannt! Wie war das möglich? Sie hatte nicht einmal den Kopf in seine Richtung gedreht. So etwas konnten nur Frauen.

Als er vor das Geschäft trat, stand sie wartend auf dem Bürgersteig. Ihr Körper war ihm zugewandt, ihren Blick aber schickte sie die Straße runter. Kein Piercing. Er hatte sich mit einer Klassefrau geküsst! In zwei Metern Entfernung blieb er stehen, machte auf lässig und wartete, bis nichts mehr darüber hinwegtäuschen konnte, dass die Straße runter nichts zu sehen war. Er hatte den Verdacht, sie zähle leise von zehn rückwärts. Bei null drehte sie ihm den Kopf zu und sagte: »Du bist Tom, stimmt's?«

Tom war beeindruckt – und vielleicht doch kein Rührkuchen.

»Hmm.«

»Wir haben uns geküsst.«

»Hmm.«

»Weißt du noch, wie *ich* heiße?«

»Natürlich. Johanna. Hast du etwa gedacht, ich hätte deinen Namen vergessen?«

Schleimscheißer.

Sie gingen frühstücken. Tom stellte sein Handy aus. Es war Montag Vormittag, die Sonne schien, er hatte eine tolle Frau wiedergetroffen, hinter ihm lag ein frustrierendes Wochenende und vor ihm eine ganze Woche in Staub und Schweiß mit einem gequetschten Daumen. Wladimir konnte warten.

Sie plauderten miteinander, als hätten sie eine gemeinsame Vergangenheit; Tom musste sich gar nicht anstrengen. Manchmal sagte sie komische Sachen, wie: »*Ich* liebe Gemüse«, oder: »*Alle* Franzosen sind schizophren«, an ihr aber war das irgendwie nett und nicht dämlich wie bei den meisten anderen. Kürzlich hatte ihre Schwester geheiratet. Johanna hatte sie mit einer Platzwunde inklusive Gehirnerschütterung ins Krankenhaus fahren müssen, nachdem ihr betrunkener Schwiegervater sie beim Tanzen zielsicher gegen eine Säule gesteuert hatte.

Tom hatte nichts Adäquates entgegenzusetzen, also erfand er eine Geschichte und berichtete von *seinem* letzten Familientreffen, auf dem er für seine Verwandtschaft einen Freund erfunden habe, bei dem zu übernachten er vorgab, um sich nicht bei einem von ihnen einquartieren zu müssen. Stattdessen war er in ein Hotel gegangen, weil er seine Ruhe wollte. Tom wurde mutig: »Das Bett war so groß, darin hätte ich zwei Frauen mit übernachten lassen können.«

»Und, was hast *du* gemacht?«

»Pay-TV angeschaltet und mir einen runtergeholt.«

Sie lachten.

Johanna: »Egoist.«

»So hab' ich es noch nie betrachtet.«

Hatte er tatsächlich noch nicht. Komische Vorstellung. War

es tatsächlich so? Gab es Frauen, die Männer nicht nur gewähren ließen, sondern richtig Spaß am Sex hatten? Nicht solche wie Sandra, für die es harte Arbeit war, sondern welche, die es genossen? Tom musste einen Schuldkomplex haben: Er kam sich bereits wie eine Bestie vor, wenn er Helen die Hand auf den Bauch legte.

Er musste los, länger konnte er Wladimir nicht warten lassen. Bevor sie sich verabschiedeten, erzählte ihm Johanna, dass eine Freundin von ihr am Mittwoch eine Vernissage veranstaltete. Danach könnten sie noch in eine neu eröffnete Bar gehen, von der Johanna gehört hatte. Helen würde von morgen an für den Rest der Woche auf einer Fortbildung sein, irgend etwas Chirurgisches, wofür sie sich neuerdings interessierte. Es wäre einfach. Tom zögerte und kam sich furchtbar pubertär vor.

Johanna war enttäuscht. Weshalb brauchte er so lange, um sich zu überlegen, ob er mit ihr ausgehen wollte?

»Lass mich raten: Du hast eine Freundin?«

Ein-und-zwan-zig, zwei-und-zwan-zig … Nicht, dass Tom ernstlich erwogen hätte, Helen zu verleugnen, aber die Antwort hätte schneller kommen können.

»Ja.«

»Aber – es läuft nicht.«

»Könnte man so sagen. Wir lieben uns, aber wir … na ja … begehren uns nicht mehr.«

Jedenfalls sie mich nicht.

Johanna war genervt. Immer dieselbe Leier. Weshalb nur mussten Männer sich immer erst zu Märtyrern und Opfern ihrer Beziehungen stilisieren, damit sie vor sich einen Seitensprung rechtfertigen konnten? Das war so ermüdend! Außerdem interessierte es niemanden.

Tom war im Begriff, zu einem weitschweifenden Erklärungsversuch anzusetzen, aber Johanna schnitt ihm das

Wort ab. Sie wollte ihm gerne eine Chance geben, aber wenn er jetzt die Ich-weiß-was-ich-jetzt-mache-ist-falsch- oder, schlimmer noch, die Ich-weiß-nicht-was-ich-tun-soll-Gebetsmühle in Gang setzte, würden alle Illusionen zu Staub zerfallen.

»Was ist jetzt mit Mittwoch? Kommst du mit?«

»Auf jeden Fall.«

Abends neben Helen im Bett fühlte Tom sich viel schäbiger als nach dem Fiasko mit Sandra. Dabei hatte er mit Sandra … gefickt traf es wohl am besten, und mit Johanna nur gefrühstückt. Aber man konnte sich auch für etwas schuldig fühlen, bevor man es getan hatte.

Helens Verabschiedung am nächsten Morgen war spröde, dabei würde sie für fünf Tage weg sein: »Also, mach's gut. Bis Sonntag.«

Sie küsste ihn auf die Wange und strich ihm über den Oberarm. Keine Ahnung, was er diesmal wieder falsch gemacht hatte, aber fast war er ihr dankbar. Beim Arbeiten zerfetzte er das Stromkabel, als er mit der Schleifmaschine darüberfuhr.

* * *

Johanna hatte Tom ihre Adresse gegeben. Um drei Minuten vor acht drückte er den Klingelknopf. Messing. Ihre Schritte kamen durch den Flur, dann ging die Tür auf. Die untergehende Sonne durchflutete ihre Wohnung, im Gegenlicht sah sie wie eine Heilige aus. Die heilige Johanna, dachte er. Warm und lieblich drang das Licht auf den Treppenabsatz, Tom war völlig bezuckert. Sie war wunderschön, eine Verheißung, wie sie dastand und lächelte, der Staub tanzte um sie herum in einem Kegel aus honigfarbenem Licht, und langsam sollte er etwas sagen, aber alles, was er hätte sagen können, wäre unangemessen gewesen, lächerlich, bedeutungslos. Er betrachtete die feinen Härchen an ihren Unterarmen und die tiefen Schatten, die ihren Hals und ihre Schulter in eine geheimnisvolle Landschaft verwandelten, sehnsüchtige Musik erfüllte ihre Wohnung, und so, wie sie ihn jetzt ansah, sollte er wirklich langsam etwas sagen, aber er konnte nicht, denn er war gerade ganz fasziniert von ihren Schlüsselbeinen, die sich unter ihrer matt glänzenden Haut abzeichneten, und den schlanken Armen und dachte, dass sie verdammt lange an dem Pullover gestrickt haben musste, den sie damals getragen hatte, bis die Ärmel länger geworden waren als *diese* Arme, und sie zeigte wieder diesen schmalen Streifen Haut über der Hose, der wie ein Gürtel aussah, bis dieses schwarze Trägerdings anfing, und wenn sie ihn nicht für völlig debil halten sollte, dann *musste* jetzt etwas kommen, also sagte er: »Ich habe nachgedacht«, seine Kehle fühlte sich an wie in ein Korsett geschnürt.

»Ist mir auch schon passiert. Und?«

»Wir sollten es tun.«

»Wir sollten *was* tun?«

Ihre Augenbrauen wölbten sich, als hätte er etwas über die Funktionsweise von Teilchenbeschleunigern erzählt. Seine Hilflosigkeit schmeichelte ihr.

»Du weißt schon – Sex. Wir sollten Sex haben. Heftigen Sex, jede Menge.«

»Jetzt sofort?«

»Meine Begierde duldet keinen Aufschub.«

Er stand da wie einzementiert, also nahm sie seine Hand und zog ihn in die Wohnung. Mit dem Fuß trat sie die Tür ins Schloss. Während ihre Körper sich aneinanderdrängten, fuhr ihr Finger die Umrisse seiner Lippen nach. Sie stellte sich auf die Zehenspitzen und träufelte süße Worte in sein Ohr, und ihre Zunge spielte mit ihnen, bevor sie sie fallen ließ, und ihr Atem war warm und schmeckte nach Lust, und sie drückte ihn an die Wand, schob sein T-Shirt hoch und küsste seine

Brustwarzen, und während die eine Hand sich in seinen Haaren verlor, strich die andere über seinen Hintern, sie lächelte und küsste ihn, seine Lippen gaben nach, und ihr Bein drängte zwischen seine, sie spürte, dass er schon ganz hart war, und sie lächelte, und ihre Hand glitt zwischen seine Schenkel …

Nach einem Marathonlauf durchs Paradies verließ Tom ihre Wohnung. Es war halb fünf morgens, Johanna schlief. Sein Auto trug ihn durch die noch träumende Stadt; nach Hause zu fahren schien ihm unmöglich. Der Geschmack der Luft erinnerte ihn an seine Kindheit, als seine Eltern im Sommer mit ihm Campingurlaub gemacht hatten. Er war immer als Erster wach gewesen und hatte sich leise in den Morgen hinausgestohlen. Das war, bevor sein Vater aus seinem Leben verschwunden war.

Am Alexanderplatz glitt lautlos ein Zug über eine Brücke; sein weißer Lichtstreifen zerschnitt die Nacht in zwei Teile. Der Dom stand majestätisch und schwieg. Die zwei Löwen vor dem Schauspielhaus am Gendarmenmarkt bewachten aufmerksam den menschenleeren Platz, und als Tom schließlich vor dem Stella-Theater den Wagen einparkte, wurde ihm klar, dass seine Fahrt ein Ziel gehabt hatte.

Seit einigen Wochen arbeitete Paul als Nachtportier im Hyatt. Er stand am Empfangstresen wie ein Captain auf seiner Kommandobrücke und schien nicht im Geringsten überrascht zu sein, als Tom plötzlich durch das Foyer auf ihn zukam. Eine lange Minute standen sie sich schweigend gegenüber, dann sagte Paul: »Du siehst aus wie Regen am Strand«, und Tom hätte heulen können vor Rührung.

Paul schob ihn in einen holzvertäfelten Fahrstuhl und drückte den obersten Knopf. Oben angekommen, führte er ihn über steingeflieste Gänge durch den verwaisten Wellnessbereich, vorbei am Swimmingpool und schließlich hinaus auf die Aussichtsterrasse, wo er ihn seinen Gedanken überließ, die die vergangenen Stunden umkreisten, dann Tage und Wochen und schließlich Monate und Jahre. So saß Tom über der Stadt und hielt sein Gesicht der aufgehenden Sonne entgegen.

Erste Schatten zeichneten die Umrisse der Gebäude nach, Farben hoben sich aus der Nacht; das Grün der Jalousien gegenüber, das Gelb eines Sonnenschirms. In einer Penthousewohnung auf der anderen Straßenseite ging Licht an. Eine Frau in weißem Bademantel bewegte sich durchs Zimmer. Sie telefonierte. Tom wunderte sich, dass an diesem Ort tatsächlich Menschen wohnten. Ein leises Rauschen lag über der Stadt, deren Luft ein schläfriger Dunst füllte. Unten auf dem Platz kroch ein orangefarbenes Reinigungsfahrzeug über die Straße; von oben sah es aus wie ein Krebs.

Die Frau im Bademantel hatte das Telefon auf den Tisch gelegt und war zur Terrassentür hinübergegangen. Tom konnte ihr Gesicht nicht erkennen, ahnte aber, dass sie ihn beobachtete, wie er auf der Bühne des Hotels im ersten Licht des Tages am Geländer lehnte. Sie schob die Tür zur Seite und trat auf die Terrasse. So standen sie sich gegenüber, um sie herum eine Stadt voller Menschen, die nichts von diesem Morgen wussten, nichts von dieser seltsamen Begegnung und nichts voneinander. In ein paar Stunden würde dies der geschäftigste Ort Berlins sein, doch über den Dächern war nichts davon zu spüren. Einem plötzlichen Impuls folgend, winkte er ihr zu. Sie hob zögerlich eine Hand.

»Das wird ein schöner Tag«, rief er.

Er glaubte sie lächeln zu sehen, aber sie antwortete nicht. Vielleicht hatte sie ihn auch nicht gehört. Ein Blick noch, der die Flüchtigkeit dieser Begegnung über die Straße trug, dann verschwand sie wieder in der Dunkelheit.

Manchmal drehte Tom seine Finger im Licht. Acht Stockwerke tiefer begann das Tagesgeschäft, die Geheimnisse der

Nacht zu verschlingen. Um sieben kam Paul mit zwei Gläsern frisch gepresstem Orangensaft, und sie saßen noch eine Stunde und schwiegen.

* * *

Zwei Tage lang fühlte Tom sich schwerelos, doch am Samstag kam der Jetlag. Zu Hause pilgerte er nur noch nervös durch die Wohnung, deshalb war er im Epikur, bevor es überhaupt öffnete. Charlotte stand über einen Tisch gebeugt und klemmte Zeitungen in Bügel.

»Tut mir leid, aber wir haben noch … Ach, Tom, du bist es! So früh?«

»Hi.«

Sie küsste ihn herzhaft, wie üblich.

»Schläfst du in letzter Zeit schlecht?«

»Wie kommst du darauf?«

»Paul hat mir erzählt, dass du ihn am Donnerstag im Hyatt besucht hast – morgens um fünf.«

»Ich wollte den Sonnenaufgang sehen.«

»Verstehe.«

Sie wirbelte durchs Café, stellte Blumen auf die Tische und platzierte Zucker und Salzstreuer. Die Köchin war noch nicht da, ihre Servicekollegin kam erst um zehn, vorher war nichts los. Charlotte machte zwei Milchkaffee und setzte sich zu Tom an den Tisch. Wie üblich kaute sie etwas – ein Croissant diesmal. Immer wenn Tom sie sah, aß sie etwas, ihr Stoffwechsel musste arbeiten wie eine Heuschreckenplage. Sie tranken. Plötzlich fiel ihr etwas ein: »Ich muss dir was erzählen. Neulich hab' ich von dir geträumt. Wir haben uns geküsst.«

»Wieso hast du nichts gesagt, dann hätte ich mitgeträumt.«

Sie beugte sich über den Tisch, um Tom zum Trost auf die Stirn zu küssen, hatte aber den Mund noch voll.

Tom: »Erst schlucken, dann küssen.«

»Vorsicht, ich bin empfänglich für so was.«

Als er begriff, worauf sie anspielte, wurde er rot. Richtig rot. Er fand, so etwas gehörte sich nicht. Schließlich war sie sechs Jahre mit einem seiner besten Freunde zusammen gewesen.

»Ich habe eigentlich das Croissant gemeint.«

»Ich aber nicht.«

»Hab' ich gemerkt.«

Sie lächelte verschwörerisch.

»Ist dir das unangenehm, wenn ich so offen darüber spreche, dass ich dir gerne einen blasen würde?«

»Und du? Macht es dir Spaß, mich in Verlegenheit zu bringen?«

»Und wie! Du bist immer so ... gut. Es wird Zeit, dass jemand mal etwas für *dich* tut.«

Die schlugen alle in die gleiche Kerbe. Er musste den Eindruck eines Märtyrers verbreiten. Es kam ihm vor, als hätte er nicht nur Helen, sondern auch seine Freunde betrogen. Alle dachten, er sei die Treue in Person, dabei unterschied er sich durch nichts von den anderen – außer durch sein Selbstmitleid. Er schämte sich. Vor Helen, vor seinen Freunden, vor sich selbst.

Klasse, Tom, das hast du jetzt davon! Und fang bloß nicht wieder mit deinem Selbstmitleid an, schließlich hättest du dich gut genug kennen müssen, um zu wissen, dass *du* so eine Aktion nicht ungestraft bringen kannst.

»Sorry, Charlotte, aber ich geh' jetzt besser.«

»Hab' ich dich schockiert?«

»Nein, nein, das ist es nicht.«

* * *

Den Sonntag brachte Tom damit zu, wie ein Hund durch die Wohnung zu schleichen, der eine Bestrafung erwartet. Er verstand es nicht: Alle hatten Affären und leisteten sich Seitensprünge, und niemand schien ein Problem damit zu haben – außer natürlich, wenn es herauskam. Warum nur kam er damit nicht klar? Immerhin waren Helen und er acht Jahre zusammen, da durfte so etwas schon mal passieren. »Das glaub' ich nicht«, hatte Charlotte gesagt, als sie darüber gesprochen hatten, weshalb er noch nie fremdgegangen war. Als müsste man einen Grund haben, es nicht zu tun.

Tom war einfach bis dahin noch nie fremdgegangen, weil … weil … – und dann kam ihm schlagartig die Antwort, so dass ihm beinahe die Tasse aus der Hand gefallen wäre – weil er sich sonst hätte eingestehen müssen, dass er nicht mehr in Helen verliebt war! Solange er ihr treu war, musste er sich nicht die Frage stellen, ob er sie noch liebte. Das also war es: Er hatte ihre Liebe verraten.

Die Last seiner Tat streckte ihn auf dem Sofa nieder, und er stand erst wieder auf, als er in der Nacht das Schloss knacken hörte. Er konnte Helen kaum unter die Augen treten. »Johanna« musste ihm in flammenden Lettern übers Gesicht geschrieben stehen, jeder Quadratzentimeter seines Körpers nach ihr riechen. Helen stellte die Taschen ab und lächelte erschöpft; die Fahrt war lang gewesen.

Tom: »Ich dachte, wir trinken noch ein Glas. Ich hab' eine Flasche kalt gestellt.«

»Danke, ist lieb von dir, aber ich will nur noch ins Bett.«

Im Vorbeigehen strich sie über seinen Arm. Kein Kuss, keine Umarmung, auf dem Tisch standen Rosen, die sah sie gar nicht. Sie lag bereits auf der Seite und schlief, als er ins Zimmer kam. Vielleicht. Tom legte sich auf den Rücken und starrte nervös an die Decke. Seine Gedanken beruhigten sich auch dann nicht, als er endlich einschlief. Am nächsten Morgen erzählte ihm Helen, er hätte im Schlaf geweint. Was sie getan hatte, wusste er nicht.

So sollte es für Wochen sein: Wenn er abends im Bett neben ihr lag und nach einer kleinen Ewigkeit ins Land der Träume hinüberzudösen begann, dann gab es zuvor ein paar endlose Minuten, in denen er schwerer atmete als sonst und der Versuchung widerstehen musste, es ihr zu erzählen. Zum ersten Mal fühlte er, dass es zu spät sein könnte. Dass sie sich zu weit voneinander entfernt haben könnten, um wieder zueinanderzufinden. Zu viel Schmerz und Abweisung, sie konnten nicht mehr zurück. Nichts wurde wieder so, wie es mal war.

Die Finsternis

Mittwochmorgen, 11. August. Die Nation befand sich in gespannter Erwartung einer totalen Sonnenfinsternis. Tom und Wladimir waren im Epikur zum Frühstück verabredet. Neun Uhr war ausgemacht, sie wollten den Vormittag nicht wieder ungenutzt verstreichen lassen. Bei Professor Tibatong, dessen Wohnung sie inzwischen seit Wochen mit Arbeit versorgte, warteten noch 260 Quadratmeter deutsche Eiche darauf, abgeschliffen zu werden.

In letzter Zeit war das Wetter eine zu große Versuchung gewesen. Immer wieder hatten sie tageweise blaugemacht, ihr Terminplan ging nicht mal mehr als Absichtserklärung durch. Es war wie in der Schule: Wenn zur ersten großen Pause eine bestimmte Temperatur erreicht war, gab es hitzefrei. An kniffligen Tagen musste man das Thermometer schütteln, aber wenn man wollte, ging es fast immer. Noch mehr Tage dieser Art allerdings durften sie sich nicht erlauben, sonst würde der Professor unwirsch werden.

Nach drei Monaten Zusammenarbeit hatte Tom einiges über Wladimir gelernt. Zum Beispiel, dass er auf keinen Fall vor zehn Uhr kam, wenn er um neun verabredet war. Aus diesem Grund fuhr Tom bei ihm vorbei und warf ihn um Viertel nach neun aus dem Bett. Wladimir öffnete missmutig die Tür und verschwand gleich darauf im Bad.

Tom: »Guten Morgen.«

»Schuhe aus!«

Wahllos zog Tom ein paar Einzelausgaben aus dem Notenregal und verfügte sich an den Flügel. Er hatte Glück, an dritter

Stelle lag die »Pavane pour une infante défunte«, eines seiner Lieblingsstücke. Na ja, es war nicht nur Glück; inzwischen wusste Tom ungefähr, wohin er greifen musste. Aus dem Bad kamen Geräusche wie aus einem verdorbenen Magen.

»Ist das nicht dieses französische Ding?«, rief Wladimir aus dem Hintergrund.

»Ja.«

»Was war das noch?«

»Ravel. Die Pavane für eine verstorbene Infantin.«

»Komisches Wort, Infantin, findest du nicht? Sag mal, wann hat dieser Ravel noch mal gelebt?«

»Achtzehnfünfundsiebzig bis neunzehnirgendwasdreißig. Er war winzig und mochte Hunde, die noch kleiner waren als er. Zu dem Stück gibt es eine schöne Anekdote: Er hat es der Gräfin Polignac gewidmet, die einen Salon unterhielt, in dem sich damals allerhand angesagte Schöngeister tummelten. Als er es vorstellte, soll zufällig Marcel Proust anwesend gewesen sein und spontan entschieden haben, dass dieses Stück dereinst auf seiner Beerdigung gespielt werden solle.«

»Und? Haben sie?«

»... Es auf seiner Beerdigung gespielt? Ich weiß nicht.«

»Tom?«

»Was ist?«

Wladimir kam aus dem Bad mit Schweißperlen auf der Stirn.

»Fahr schon mal vor. Ich komme nach, sobald ich drei Espressos, zwei Aspirin und einen Liter Wasser zu mir genommen habe.«

»Aber schlaf nicht wieder ein.«

»Jaja. Nerv nicht.«

»Also schön, bis gleich.«

Auf der Treppe schob sich eine Frau an Tom vorbei, die sich ein blutiges Handtuch um den Daumen gewickelt hatte.

»Entschuldigung«, sagte sie, ohne dass er gewusst hätte,

was er hätte entschuldigen können, und war an ihm vorbei, bevor er ihr seine Hilfe anbieten konnte.

Hier sind einige noch nicht ganz wach, dachte Tom und war ganz froh, dass Wladimir ihn vorgeschickt hatte. So konnte er in Ruhe die Zeitung lesen.

Charlotte arbeitete. Mit ihren ungezähmten Haaren sah sie manchmal wie eine Hexe aus und manchmal wie ein Engel. Heute war ein Engeltag. Sie gab gerne mit ihrem flachen Bauch an und trug zu kurz geratene T-Shirts. Ihre Begrüßung war überschwänglich: Sie hüpfte auf der Stelle, als sie Tom kommen sah, lief auf ihn zu und küsste ihn auf den Mund. Das war so ihre Art, er war kein Einzelfall.

Sie wirkte etwas chaotisch, aber auf eine einnehmende Art. Tom hatte beobachtet, dass manche Gäste dankbar waren, wenn sie die Bestellungen durcheinanderbrachte, dann konnten sie ihr gegenüber großzügig sein und sich als gute Menschen fühlen.

Paul und sie waren sechs Jahre zusammengewesen, bevor sie sich letztes Jahr getrennt hatten. Bis heute war keinem von beiden eine brauchbare Erklärung dafür eingefallen. Da jedoch weder Charlotte noch Paul sich seitdem an einer neuen Partnerschaft versucht hatten und sich nach wie vor gut verstanden, schliefen sie an sentimentalen Tagen wieder miteinander. Die mehrten sich in letzter Zeit. Trotzdem bestanden beide darauf, glücklicher zu sein, seit sie sich getrennt hatten, und im Freundeskreis fragte man sich gelegentlich, wo jetzt der Unterschied sein sollte. Ob man eine Beziehung hatte, meinte Lara, hing eben oft genug nur davon ab, wie man es benannte.

Mit der letzten Zeile »Aus aller Welt« erschien Wladimir und ließ sich träge in einen Stuhl fallen.

»Hi.«

Seine Augen lagen im Verborgenen, er hatte die dunkelste Sonnenbrille auf, die für Geld zu haben war. Tom wusste, sie waren rot gerändert von den Ausschweifungen des Vorabends.

Wladimir: »Was?«

Tom musste schmunzeln. Wladimir war ein Ignorant, aber seine Konsequenz verdiente Respekt. Sich nur keine Blöße geben.

»Mit der Brille verpasst du glatt die Sonnenfinsternis.«

»Sind wir heute witzig, ja?«

»Du siehst erbarmungswürdig aus.«

»Nett, dass du es erwähnst, aber ich hab' mich heute schon im Spiegel gesehen.«

»Durch *die* Brille?«

»Ha-ha.«

So wie Wladimir drauf war, würden sie beim Arbeiten die Minuten zählen.

Tom: »Wir haben noch einen langen Tag vor uns.«

Wladimir drehte den Kopf zur Seite, als hätte Tom ihm Ammoniak unter die Nase gehalten. Sprich bloß nicht *davon*. Charlotte kam und unterzog ihn ihrer Begrüßungsprozedur. Wladimir hielt abwehrend die Hände in die Höhe: »Hör bloß auf mit der Knutscherei, mich selbst zu berühren ist mir heute schon zu viel.«

Sie strich ihm mütterlich über den Kopf.

»Ich bring' dir erst mal 'n Kaffee.«

»Und ein Wasser mit zwei Aspirin.«

»Und wie steht's mit dem magischen Wörtchen?«

»Bitte.«

»So ist's recht.«

Mit einer burschikosen Drehung wandte sie sich vom Tisch ab und verschwand im Café.

»Die bringt mehr Leben an den Tisch, als notwendig wäre.«

Wladimir war mit Freunden ausgewesen, mitten in der Woche. Um sieben erst war er nach Hause gekommen, hatte nur zwei Stunden geschlafen. Dabei war er als Erster gegangen. Irgendwann zwischendrin hatte ihm ein zwanzigjähriges Möchtegernvorabendstarlet eine Unterhaltung aufgezwungen, während der sie ihn ganz euphorisch von ihrer anstehenden Brustvergrößerung in Kenntnis setzte. Von so etwas hielt Wladimir nichts, mit zwanzig schon gar nicht. Frauen sollten von Natur aus schöne Brüste haben. Wenn nicht – also … dann eben nicht. Die Unterhaltung hatte in der Frage gegipfelt, ob er zu dem Vorgespräch nicht mitkommen wolle, um sie in der Größenfrage zu beraten. Dabei war heute erst Mittwoch. Er wusste gar nicht, wie er da das Wochenende überstehen sollte.

Wladimir: »Das muss auch langsam mal aufhören. Meine Güte, ich bin vierunddreißig!«

Er schob die Brille ein Stück die Nase runter, blinzelte Tom aus Augen an, die genauso aussahen, wie Tom es vermutet hatte, und schloss: »Aber nicht vor Montag!«

Mit dem Kaffee besserte sich sein Gemütszustand, die Umwelt schob sich wieder in den Bereich seiner Sinneswahrnehmung.

Wladimir: »Ganz gutes Wetter heute.«

Das war geschönt. Für ein Hitzefrei hätten sie sich das Thermometer unter die Achsel klemmen müssen. Tom tat so, als wisse er nicht, worauf Wladimir hinauswollte.

Wladimir: »Meinst du, wir können unseren Zeitplan noch um einen Tag schieben?«

Es war eigentlich keine Frage, sondern eine Aufforderung an Tom, sich etwas einfallen zu lassen.

»Wir hinken jetzt schon Wochen hinterher.«

»Na, dann kommt es auf einen Tag mehr oder weniger ja wohl nicht an.«

»Ich könnte Tibatong anrufen und ihm sagen, der Kondensator unserer Schleifmaschine sei ›den Weg alles Irdischen‹ gegangen.«

»Tu das«, meinte Wladimir.

»Und? Wie steht's mit dem magischen Wörtchen?«

»Mein Gott, seid ihr heute anstrengend.«

Keine Viertelstunde später saßen sie im Auto auf dem Weg zum Titisee. So benannt, weil dort Berlins Partyhüpfer auch bei Tageslicht ihre Stärken zeigten.

»Was ist *das* denn?«, fragte Tom, als sie einstiegen, und zeigte auf den Beifahrersitz.

»Meine Badesachen. Hab' ich vorsichtshalber eingepackt.«

Als hätte Tom klar sein müssen, dass sie heute nicht arbeiten würden.

Der See war idyllisch in ein Waldstück eingebettet. Die Liegewiese hatte die Größe eines Fußballfeldes, zum Wasser hin verlief sie abschüssig, in der Mitte hing sie etwas durch. An den Längsseiten wurde sie von Wegen eingeschlossen, die vorzugsweise von Joggern und Spaziergängern genutzt wurden, die den See umrundeten. Die Plätze zwischen J 7 und O 10 boten die beste Übersicht, dafür lag man dort abschüssig.

Als Tom und Wladimir eintrafen, herrschte trotz des eher mittelmäßigen Wetters bereits reges Treiben – es waren Semesterferien. Wladimir entschied sich für einen Platz auf M 8. Nachdem sie ihre Positionen bezogen hatten, begann Tom, im SPIEGEL zu lesen. Wladimir breitete die Zeitung vor sich aus, doch das war nur eine Scheintätigkeit: In Wirklichkeit überwachte er die Bewegungen auf den Planquadraten wie ein Feldherr.

Wladimir: »Seit zehn Minuten versuche ich jetzt, diesen Artikel zu lesen, aber ständig werde ich gezwungen, nach Gesundheit atmenden Körpern zu glotzen. Erniedrigend ist das!«

»Gesundheit atmende Körper« – es war nicht anzunehmen, dass es auf der großen weiten Welt noch etwas gab, das in Wladimir eine solch metaphorische Kraft entfachen konnte.

»Wenn das ein Problem für dich ist, warum suchst du dir nicht ein einsames Plätzchen da vorne hinter der Biegung?«

»Bist du wahnsinnig? Wie sollte ich mich da auch nur eine Minute konzentrieren können, wo hier der große Jungfernauflauf stattfindet. Feste, wohlriechende, appetitliche Brüste, perfekt gebräunte Rücken mit einem seidigen Flaum im Lendenbereich, schlanke, wohlproportionierte, glatte ... o Mann, ich muss ins Wasser.«

Tom schaute ihm nach, wie er zum Wasser hinabschlenderte. Sehr lässig. Auf halbem Weg bemerkte Wladimir, dass er seine Brille noch aufhatte, machte kehrt und kam zurück mit einem Gesicht wie Stan Laurel, wenn er sich den Kopf kratzte. Ein anderer hätte jetzt gesagt: »Hab' ich glatt vergessen.« Nicht so Wladimir, für den gab es immer einen Schuldigen: »Hättest ja mal was sagen können.«

Die Luft, die aus dem Wald drang, war noch kühl. Ein gelegentlicher Windstoß stellte Tom die Haare auf, aber er widerstand der Versuchung, etwas überzuziehen. Er genoss die Freiheit, tatsächlich sagen zu können: Komm, scheiß auf die Kohle für heute, der Tag ist zu schön, um Dielen abzuschleifen. Dieses Privileg war unersetzbar.

Helen hätte es lieber gesehen, wenn Tom bei der Wahl seiner Jobs mehr Zielstrebigkeit und Durchhaltevermögen an den Tag gelegt hätte, statt sich wahllos von Job zu Job zu hangeln. Von Lara hatte er erfahren, dass Helen sich darüber beschwert hatte, dass er seine Jobs auflese, »wie andere einen Stein aufheben«. Er sagte es Helen nicht, weil sie dann beleidigt gewesen wäre – schließlich arbeitete sie nicht ohne Grund seit acht Jahren im selben Krankenhaus –, aber er mochte das Bild: Eine Straße, die hinter einem entfernten Hügel ins Ungewisse verschwand, und manchmal hob er auf seinem Weg einen Stein auf und steckte ihn ein, bis er ihn lange genug mit sich herumgetragen hatte und gegen einen anderen austauschte.

Tom: »Wie war das Wasser?«

»Kalt genug, um meine Kopfschmerzen zu besiegen. Und meine Geilheit. Fürs Erste.«

Zwei Frauen schlenderten gekonnt den unteren Weg entlang, blieben stehen und prüften mit ihren Blicken die Liegewiese auf freie Plätze. Beide trugen Schuhe mit unsinnig hohen Absätzen, auf denen sie sich erstaunlich sicher fortbewegten – der Weg war steinig. Die eine, Mimi, war sehr blond, ihre Begleiterin Elsa brünett. Ihre Haare hatten sie sich mit unübersehbaren Sonnenbrillen aus dem Gesicht geschoben, die sie auf dem Kopf trugen wie Diademe.

Wladimir duckte sich, als er sie sah. Lieber hätte er den Stuck in Tibatongs Wohnung mit der Zahnbürste freigelegt, als an einem solchen Tag mit Elsa konfrontiert zu werden. Ihre Kontaktlinsen lagen noch in seinem Bad. Dort lauerten sie jede Nacht in ihrem durchsichtigen Behälter und warteten darauf, dass er morgens ins Bad kam. Sie hielten den Platz zwischen seiner Elektrozahnbürste und dem Aftershave besetzt und schienen ihn aus ihren schalenförmigen Käfigen heraus zu beobachten. Wladimir hatte sie schon oft in einer Schublade verschwinden lassen wollen, aber irgend etwas hatte ihn immer davon abgehalten.

Wladimir: »Schöne Scheiße.«

»Was ist?«

»Da drüben sind Mimi und Elsa.«

Auch Tom machte sich klein. Er kannte Elsa besser, als ihm lieb war. Sie deutete auf einen Platz unten am Wasser – auf I 2 war etwas frei. Mimi flüsterte ihr kurz ins Ohr, danach entschieden sie sich für einen Platz auf F 6. Wladimir verfolgte aus der Deckung jeden ihrer Schritte.

Natürlich wusste Tom auch, wer Mimi war. Jeder in Berlin kannte Mimi. Most ambitious party girl. Gnadenlose Selbstausbeuterin. Für ein Titelfoto auf einer drittklassigen Illustrierten wäre sie nackt verkehrt herum auf einem Rüsselschwein geritten oder hätte sich in eine Wanne Mousse au chocolat legen und anschließend von geifernden Männern ablecken lassen. Vor zwei Jahren, mit zarten vierundzwanzig, hatte sie sich entschlossen, einen 76-jährigen Seifenfabrikanten zu heiraten, der mehr Geld hatte, als ein ganzes Orchester von ihrer Sorte ausgeben konnte. Daher ihr Spitzname: Mimi. Von Mimi Papandreou. Die Stadt war seit Monaten mit Plakaten gepflastert, auf denen sie ordinär lachend bis zum Brustwarzenansatz im Schaum versank und die neue Körperlotion aus dem Hause ihres Mannes anpries: »Für danach«.

Ihr Vater war ein hohes Tier in der Stadtverwaltung, gegen den gerade ein Verfahren anhängig war, weil ein Finanzprüfer einige Ungereimtheiten bei der Vergabe eines offiziellen Bauvorhabens am Leipziger Platz nicht hatte ignorieren können. Elsa wirkte neben ihr immer etwas fade, und keiner hätte je gesagt: »Da kommt Elsa mit ihrer Freundin Mimi.« Wladimir drückte es so aus: »Die schwimmt in Mimis Kielwasser.«

»Weißt du, warum sie sich nicht unten ans Wasser gelegt haben?«, fragte Wladimir, nachdem die beiden sich umständlich auf dem Rasen ausgebreitet hatten.

»Wegen der besseren Übersicht?«

»Quatsch. Wegen Marco.«

»Welcher Marco?«

»Du kennst Marco nicht? Der Typ da vorne mit der schwarzen Stringbadehose?«

Auf J 4 lag ein kompakter Körper südländischer Bauart mit Mafiosisonnenbrille, behaartem Hintern und einer Uhr, die selbst aus der Entfernung wie eine Rolex aussah.

Tom: »Sagt mir nichts.«

»Immobilienschieber. Eine Zeitlang hat er sich gerne mit seinen Fuzzis im Gogo an dem runden Tisch breitgemacht und sich von Mimi Champagner in Kübeln bringen lassen.«

»Ich dachte, Mimi arbeitet nicht im Gogo.«

»Er hat sie extra dafür bezahlt. Jedes Mal fünfzig Euro. Einmal Kübel nehmen und auf den Tisch stellen. Ganz einfach. Das war alles.«

»Und?«

»Irgendwann hat er sie so mit Koks abgefüllt, dass sie sich von ihm in der Garderobe hat bumsen lassen. Im Stehen. Zwischen dem Kleiderständer und den Taschen. Sie war so zu, dass sie den Ausgang mit der Toilette verwechselt hat. An der Kleiderausgabe war ganz schön was los. Seitdem traut er sich nicht mehr hin.«

»Dieses ölige Haarteil da vorne, das so aussieht wie die komplette italienische Nationalmannschaft?«

»Genau das. Klar, dass sie keinen Bock darauf hat, sich die ganze Zeit von ihm auf den Arsch glotzen zu lassen.«

»Dafür hat sie sich aber erstaunlich wenig anmerken lassen.«

»Wer weiß, vielleicht ist sie ihm dankbar. Ihrem Ruf als Berlins Vorzeigeluder hat die Aktion jedenfalls nicht geschadet.«

Elsa suchte mit ihren Blicken die Wiese nach bekannten Personen oder solchen, die es werden konnten, ab. Als sie Tom und Wladimir entdeckte, verdüsterte sich ihr Gesicht. Sie stieß Mimi mit dem Finger an.

Jemand muss ihr die Wahrheit erzählt haben, dachte Tom.

Die würde mir am liebsten mit ihrer Nagelfeile die Augen ausstechen, dachte Wladimir.

Beide hatten recht.

Tom hatte eine große Schale mit Erdbeeren dabei, die er morgens geschnitten hatte, um nicht pünktlich bei Wladimir auftauchen und *noch* länger warten zu müssen.

»Magst du?«

»Gewaschen, geschnitten und in einer Tupperdose verpackt. Mann, bist du manchmal spießig.«

»Du *musst* sie nicht essen.«

»Doch, klar! Gib her.«

Er probierte eine: »Und gezuckert! Manchmal bist du sogar superspießig.«

»Was ist denn an einer Tupperdose spießig?«

»Das versteht sich ja wohl von selbst. Tupperdosen sind spießig, Punkt.«

»Das versteht sich überhaupt nicht von selbst.«

»Der Rasen ist grün, und Tupperdosen sind spießig.«

»Blödsinn.«

Wladimir schob sich die nächste Erdbeere in den Mund und dachte einen Moment nach: »Gibt's mal wieder Probleme mit Helen?«

»Was hat das denn *da*mit zu tun?«

»Also ja.«

Das hatte Tom jetzt davon. Nett hatte er sein wollen und Wladimir ein paar Erdbeeren angeboten, zum Dank wurde er zum Spießer erklärt und auf seine Situation mit Helen zurückgeworfen, die er gerade erfolgreich ausgeblendet hatte. Und die Erdbeeren waren auch gleich weg.

Wladimir legte sich auf den Rücken. Seine Augen wurden so vollständig von der Brille abgeschirmt, dass Tom nicht sehen konnte, ob sie geöffnet oder geschlossen waren.

»Es geht los«, murmelte er.

»Was geht los?«

»Die Sonnenfinsternis. Hier, nimm die Brille, dann siehst du es.«

Tom setzte sich die Brille auf und beobachtete, wie der Mond die erste Ecke aus der Sonne herausbiss. Mit bloßem Auge war es nicht zu erkennen. Es sah unheimlich aus. Kein Wunder, dass die Menschen früher angesichts solcher Naturereignisse das Ende der Welt fürchteten.

Er hatte sich eine von diesen Spezialbrillen besorgen wollen, es bei drei verschiedenen Optikern versucht, aber nur müde Blicke und Schulterzucken geerntet. Das Freundlichste, was er zu hören bekommen hatte, war: »Die Leute sind wie verrückt nach den Dingern, als wär' danach nichts mehr wie vorher.«

Wladimirs Brille aber war selbst einer Sonnenfinsternis gewachsen. Mit ihr hätte man sich in einen Vulkan stürzen können und es nur daran gemerkt, dass es heiß wurde.

Tom: »Was willst du eigentlich mal machen?«

»Was ist denn das für 'ne Frage?«

»Seit über drei Monaten arbeiten wir jetzt zusammen. Meine T-Shirts kann ich gesammelt wegschmeißen, meine Hände sind voller Hornhaut. Die ganze Wohnung riecht nach Holzstaub, sogar meine Bücher. Helen hat schon den totalen Horror. Hast du dich noch nie gefragt, was danach kommen soll?«

»Ich weiß nicht. Wir können gut davon leben, es gibt niemanden, der uns Vorschriften macht ...«

»Was ist mit deinem Studium?«

»Was soll damit sein? Es ist gerade achtundzwanzig Semester alt geworden. In dem Alter stirbt man noch nicht.«

»Ich dachte, du hättest es an den Nagel gehängt.«

»Das ist das Schöne an Sachen, die man an den Nagel hängt: Man kann sie jederzeit wieder herunternehmen.«

»Du willst fertig studieren?«

»Sachte, sachte. Im Moment hängt es noch ganz gut.«

»Kann es sein, dass du Angst davor hast, es zu beenden?«

»Angst? Wieso?«

»Du müsstest dich fragen, was du danach machen willst, wie dein Leben mal aussehen soll.«

»Müsste ich das?«

»Job, Beziehung, Kinder – nichts regelt sich mehr von selbst. Es ist nicht wie früher, wir müssen darüber nachdenken, was wir machen wollen, uns entscheiden.«

»Müssen wir das?«

»Ich denke schon.«

»Du denkst immer zu viel.«

Tom erkannte, dass er von Wladimir nur so viel wusste, wie er seit drei Monaten jeden Tag zu sehen bekam.

Tom: »Wie war das denn früher bei dir zu Hause, hat sich da alles von selbst geregelt?«

»Keine Ahnung. An meine Mutter habe ich keine Erinnerung. Sie ist bei einem Autounfall ums Leben gekommen, da war ich zwei. Seitdem hat mein Vater immer eine Freundin gehabt, die ihm den Haushalt gemacht hat. Ich bin von mindestens einem Dutzend Frauen großgezogen worden, von den meisten kannte ich bald nicht mal mehr die Namen. Mein Vater übrigens auch nicht, nehme ich an. Wenn es denen dann zu blöd wurde, eine Halbwaise aufzuziehen und nicht geheiratet zu werden, haben sie sich verabschiedet. Für meinen Vater war das okay, glaube ich. Er hat halt immer eine neue gefunden, die den Job gemacht hat. Hätte er mal keine gehabt, hätte er eine Haushälterin eingestellt. Musste er aber nicht.«

»War das nicht komisch für dich?«

»Wieso?«

»Mich wundert einfach, weshalb du dich weigerst, dir Gedanken darüber zu machen, wie du mal dein Leben einrichten willst.«

»Aber ich hab' mir mein Leben doch eingerichtet.«

»Als Provisorium.«

»Das Leben *ist* ein Scheißprovisorium.«

»Hast du die Art, wie dein Vater gelebt hat, nie hinterfragt?«

»Wozu? Jeder macht es so, wie er meint, es machen zu müssen.«

Damit war das Thema erschöpft. Tom fühlte sich missverstanden. Wladimir machte es sich zu einfach. Diese Das-Leben-ist-wie-es-ist-Einstellung nahm er ihm nicht ab.

Er selbst sah sich als Kind einer klassischen Scheidungsfamilie: Mütter, die Jahre oder Jahrzehnte gebraucht hatten, um gegen ihre Statistenrolle als Hausfrau aufzubegehren, und mehr wollten, als nur zu funktionieren, standen hilflosen Vätern gegenüber, die sich nicht von ihrem Patriarchenposten trennen wollten und nichts begriffen, bevor es zu spät war.

An dem Tag, als Toms Eltern sich trennten, hatte sein Vater mit hündischem Blick neben dem Auto gestanden und darauf gewartet, dass sie endlich abfahren würden. Tom saß auf der Rückbank, Mutter weinte am Steuer. Sie waren auf dem Weg in eine andere Stadt, in ein neues Leben. Vor der Abfahrt steckte sein Vater ihm noch etwas durch das geöffnete Fenster zu: einen grünlichen Stein, der glattgeschliffen war und poliert. Er hatte die Form eines Eis und lag schwer in Toms Hand.

»Siehst du den schwarzen Punkt hier?«

Vater drehte den Stein so, dass Tom die Stelle sehen konnte. Er nickte.

»Das ist sein Herz. Er hat ein trauriges Herz, du musst ihn trösten.«

Tom wusste nicht, was sein Vater damit meinte. Einen Stein trösten? Ein Stein hatte kein Herz, das war gelogen. Ein Stein war ein Stein. Wahrscheinlich wollte er Tom damit etwas sagen, aber was? Nie konnten die Erwachsenen sagen, was sie meinten, immer blieb etwas unausgesprochen. Tom verstand das nicht. Er nahm sich vor, Vater danach zu fragen, aber nicht jetzt – Mama weinte zu sehr. Als sie sich jedoch das nächste Mal sahen, waren sieben Jahre vergangen, und Tom hatte die Frage nach dem Stein, wie so viele andere Fragen auch, längst vergessen oder sich die Antworten selbst gegeben.

»Jeder macht es so, wie er meint, es machen zu müssen« – während der Mond sich langsam vor die Sonne schob, ging Tom immer wieder Wladimirs Satz durch den Kopf. Und als es plötzlich kühl wurde und der Himmel sich verfinsterte, weil die Sonne fast vollständig in den Mond eingetaucht war, begann er zu verstehen, dass das Bild einer intakten Familie eine Sehnsucht war, mit der er seit der Scheidung seiner Eltern jeden Morgen aufstand und die er jeden Abend mit ins Bett nahm. Und während auf der Wiese alle ihre Spezialbrillen aufsetzten und die Köpfe in den Nacken legten, starrte Tom auf den See hinaus und fing an zu weinen, und er war froh, dass niemand bemerkte, wie er auf dem Handtuch saß und die Tränen seine Wangen hinabliefen, weil alle mit dem Finger in den Himmel zeigten, als wären da oben zehn Sonnen, zwischen denen man sich entscheiden müsste. Besonders froh war er, dass Wladimir es nicht mitbekam; der hätte gar nichts kapiert.

Seit seinem Gespräch mit Lara, bei dem sie ihm gesagt hatte, dass es vielleicht ganz gut wäre, wenn Helen und er sich trennten, weil Helen dann endlich keine Angst mehr haben müsste, hatte Tom nicht aufhören können, darüber nachzudenken, weshalb er so krampfhaft an ihrer Beziehung festhielt, und langsam dämmerte ihm, dass es nicht so viel mit Helen zu tun haben könnte, wie er glaubte, sondern dass es die Idee ihrer Beziehung war, die er nicht loslassen konnte – und dass er und Helen diese Idee vielleicht niemals würden verwirklichen können.

Nach zehn Minuten war das Spektakel vorbei, das Licht wieder an und Toms Tränen versickert. Die Liegewiese hatte sich gefüllt wie ein Konzertsaal, bevor der Maestro auf die Bühne kam. Freie Plätze waren rar geworden.

Zwei Frauen betraten die Bildfläche, nicht älter als sechsundzwanzig. Für Wladimir ein magisches Alter. Den Kinderschuhen entwachsen, aber noch unbekümmert, frisch und lebenshungrig. Die beiden Zauberwesen besiedelten einen Platz auf NO 7, kaum fünf Meter von Tom und Wladimir entfernt. Als die Rothaarige mit dem lächelnden Sommersprossengesicht ihren Rock abstreifte, unter dem sie bereits ihre Badehose trug, und sich voller Anmut das T-Shirt über den Kopf zog, musste Wladimir schlucken, und Tom meinte für einen Moment seine Brillengläser beschlagen zu sehen. Die Dunkelhaarige war weniger grazil gebaut, wirkte dafür aber um so lebendiger.

Tom kam Wladimirs Ausspruch von vorhin wieder in den Sinn: »Gesundheit atmende Körper« – sollte keiner sagen, er wüsste nicht, wovon er sprach. »Süß« und »Saftig«, dachte Tom und schämte sich etwas.

»Die sind aus dem Lette-Verein«, flüsterte Wladimir.

Ein Gütesiegel. Schon Tucholsky soll den Ausspruch geprägt haben: »Willst du eine nette fürs Bette, geh zu Lette.« Wenn Tom und Wladimir nicht gerade am anderen Ende der Stadt arbeiteten, gingen sie in der Mensa der traditionsreichen Modeschule Mittag essen. Zwölf Uhr, Lette-High-Noon, der einzige Termin, zu dem Wladimir nicht zu spät kam. Seine Tage schichteten sich darum wie Artischockenblätter um ihr Herz. Um halb eins kamen die MTA-Azubis, dann gaben die Designerinnen ihr Besteck ab, und das Essen schmeckte nur noch halb so gut.

»So, aus dem Lette-Verein also?«

Das war nicht Toms Stimme, sondern die von Helen, die plötzlich hinter ihnen stand. Sie hatte zwei Tage frei und offensichtlich erwartet, Tom hier zu treffen. Wladimir und er waren so durch »Süß« und »Saftig« beansprucht gewesen, dass sie ihr Kommen nicht bemerkt hatten. Ein schlechter Start.

Letzte Woche hatten Tom und sie eine Auseinandersetzung gehabt, vorausgesetzt, man konnte es so bezeichnen, denn Auseinandersetzungen mit Helen waren eigentlich keine. Es waren kleine Begräbnisse, bei denen unter allgemeiner

Anteilnahme Ängste und Enttäuschungen in einer Gruft des Schweigens versenkt wurden. Das Ergebnis war immer dasselbe: Beide grollten, und nichts war geklärt. Tom war danach so frustriert gewesen, dass er einen müden Augenblick lang gedacht hatte, dies könnte ihre letzte Gemeinsamkeit sein: der Groll.

Helen grüßte Wladimir mit mehr Distanziertheit als notwendig, legte sich neben Tom und gab ihm einen von diesen leblosen Küssen, die sie ihm früher nie gegeben hatte. Als Erstes teilte sie ihm mit, dass sie nur kurz bleiben könne. Sie müsse noch mal ins Krankenhaus, eine neue Behandlungsschiene werde vorgestellt.

»An deinem freien Tag?«

»Ging nicht anders. Der Termin ist kurzfristig angesetzt worden.«

Wozu kam sie dann überhaupt?

»Tut mir leid«, sagte sie, und Tom wusste, es *tat* ihr leid. Nach so vielen Jahren konnten sie jedes Schweigen des anderen deuten. Sie streichelte seinen Arm auf eine Art, die ihm melancholisch vorkam. Als er sie ansah, wurde er von einer Woge zärtlichen Gefühls erfasst, und wieder einmal konnte er nicht verstehen, weshalb sie nicht glücklich sein konnten. Sie sah toll aus heute, frisch und zart, mit diesem natürlichen Schein, der sie manchmal umgab.

Tom verschränkte die Arme hinter dem Kopf und hielt seine Augen geschlossen. Wenn Helen sich jetzt neben ihn legen und ihn berühren würde, dann wäre alles gut, für den Moment wenigstens. Aber sie tat es nicht. Sie hielt ihre Knie umschlungen und blickte auf den See hinaus. Ihre Anspannung infizierte die Umgebung; Tom fühlte es mit geschlossenen Augen. Er versuchte, sich zu entkrampfen, und es gelang ihm, ein bisschen einzudösen.

Entfernt hörte er, wie Wladimir und Helen sich über ihn

hinweg unterhielten. Er bekam nicht richtig mit, worum es ging, aber in Helens angestrengt heiterer Stimme schwang ein lauernder Unterton mit. Als er wieder auftauchte, war Helen gerade damit beschäftigt, Wladimir vorzuwerfen, wie unzivilisiert er sei. Es sollte scherzhaft klingen, gelang ihr aber nur halb.

Wladimir: »Ein Mann ist genau in dem Maße zivilisiert, wie er seine naturgegebenen Instinkte unterdrücken kann.«

»Soso. Und was ist mit uns Frauen?«

»Was mit euch Frauen ist?«

Wladimir ließ seinen Blick schweifen und dachte nach. Zwei Sekunden, das war genug.

»Keine Ahnung. Wer soll euch schon verstehen? Nach meiner Einschätzung verstehen die meisten Frauen sich selbst kaum.«

»Wie müsste denn eine Frau idealerweise beschaffen sein?«

Wladimir winkte ab: »Vergiss es. Eine Frau kann nie die Lösung sein, höchstens das Problem.«

»Es gibt sicher Frauen, die das andersherum sehen.«

»Natürlich! Und sie hätten recht. Aus eurer Sicht sind natürlich wir das Problem. Daran kannst du doch schon sehen, was ihr für ein verrücktes Geschlecht seid.«

Helen musste lachen und legte Tom ihre Hand auf den Oberschenkel; *das* war wirklich zu albern.

Manchmal war sie so versöhnlich, dann streifte sie all ihre düsteren Schleier ab und strahlte wie ein Engel. Scheiß auf Johanna, dachte Tom, scheiß auf Elsa, scheiß auf »Süß« und »Saftig« und all die anderen Torten, die da in der Sonne lagen, und scheiß auf … Sandra, ach du Scheiße, die gerade zielstrebig auf ihn zusteuerte, aus Bereich B 2 / C 3, wo er sie unglaublicherweise übersehen hatte. Ihre Augen funkelten entschlossen.

Bei Tom angekommen, stemmte sie eine Hand in die

Hüfte, würdigte Helen und Wladimir keines Blickes, und sagte: »Hey, Tom, wie geht's deiner Leiste? Alles wieder in Ordnung?«

Tom rang um seine Fassung.

»Danke, alles bestens.«

»Schön.«

Sie zeigte jedem von ihnen einmal ihre Zähne, schulterte ihre Tasche und verschwand in Richtung Parkplatz. Helen sah Tom an, als sei zu ihren Füßen soeben ein Meteorit eingeschlagen. Ihre Engelsaura hatte sich augenblicklich verflüchtigt.

»Was war *das* denn?«

Wladimir versteckte sich hinter seiner Brille, blätterte scheinbar unbeteiligt im SPIEGEL und telefonierte mit Paul.

Helen: »Also?«

»Das war Sandra. Ich kenne sie eigentlich gar nicht. Hat sich mal auf einer Party lautstark bei Roger über ihre beliebtesten Sexualpraktiken ausgelassen. Ich hab' ihr gesagt, dass mir vom Zuhören schon die Leiste weh täte, und sie war beleidigt. Das ist alles.«

»Mh ... Mit den Leistenschmerzen, die du neulich hattest, hat das nicht zufällig zu tun?«

»Sehr witzig.«

»Findest du?«

»Nein, finde ich nicht.«

»Was machst du?«

»Ich gehe baden.«

»Dein schlechtes Gewissen abkühlen?«

»Auch das ist nicht witzig.«

Das Wetter war nicht so, dass man sich nach einer Abkühlung gesehnt hätte. Tom musste sich überwinden, ins Wasser zu steigen. Auf dem See war nicht viel los. Da, wo man noch stehen konnte, harrte eine ambitionierte Mutter ihrem Kind zuliebe aus und beobachtete, wie ihr kleiner Moppel seine Schwimmente zu ertränken versuchte. Zwei nackte ältere Damen schritten forsch an Tom vorbei, der unentschlossen im Wasser stand, und ließen sich in den See sinken, als hätte er Badewannentemperatur.

»Hui!«, sagte die eine, dann schwammen sie los. Vereinzelt ragten Köpfe aus dem Wasser wie versprengte Tennisbälle, weiter draußen gab es eine Handvoll Hartgesottener, ein Schlauchboot mit sich küssenden Teenagern und eine herrenlose Plastikinsel mit einer lustlosen pinkfarbenen Palme darauf. Tom hechtete ins Wasser und kraulte auf den See hinaus, bis sein Kopf einer von den verschlagenen Tennisbällen war. Aus der Entfernung sah die Liegewiese richtig beschaulich aus. Er entdeckte Helen und Wladimir, die sich wieder unterhielten. Am Ufer stritten sich zwei Hunde um einen leblosen Ball, und eine Gruppe Jogger schob sich langsam durch das Bild.

Tom tauchte mit geschlossenen Augen, bis ihm die Luft ausging. Jetzt ein Fisch sein! Dann hätte er stundenlang unter Wasser bleiben können und erst wieder auftauchen müssen, wenn alle gegangen waren. Einmal. Einmal in acht Jahren! Und dann so was. »Wie geht's deiner Leiste?« Und Helen saß daneben. Tauch! Tauch unter, Tom. Tauch und werd ein Fisch.

Als er zum zweiten Mal in die kälteren Schichten hinabglitt, sah er im trüben Dunkel des Wassers plötzlich eine Schwanzflosse vor sich aufblitzen und gleich darauf wieder verschwinden. Dann gleich noch einmal – auf der anderen Seite, und näher. Ein riesiger Fisch musste ihn umkreisen, ein Wels vielleicht. Tom dachte schon, dass er wieder in die tieferen Regionen des Sees abgetaucht sein musste, als er wie aus dem Nichts frontal auf ihn zukam; vor Schreck vergaß Tom, dass ihm die Luft ausging. Und dann erkannte er, dass es gar kein Fisch war, sondern … eine Nixe! Eine Seejungfrau mit einem Schwanz wie ein Fisch und einem Gesicht wie … Johanna!

Sie schwamm ganz nah an ihn heran, bis sich beinahe ihre Gesichter berührten; ihre Haare schwebten um ihren Kopf, und ein geheimnisvolles Lächeln umspielte ihre Lippen. Sie sah ihm kurz in die Augen, als frage sie sich, was dieser komische Mensch hier unten wohl zu suchen habe, und war im nächsten Moment wieder verschwunden. Als Tom auftauchte und nach Luft japste, hatte er Sternchen vor den Augen.

Er zog noch ein paar Kreise, und das rätselhafte Bild verflog wie ein Traum. Schweren Herzens, und noch immer etwas benommen, schwamm er zurück.

Wladimir war vollauf damit beschäftigt, von der Anziehungskraft des rothaarigen Sommersprossenmodels zu schwärmen, das zwei Handtücher weiter lag: »Mein Gott, ist die süß«, sagte er, und – so säuerlich, wie Helen das Gesicht verzog – wahrscheinlich nicht zum ersten Mal.

»Schon, aber etwas klein, findest du nicht? Außerdem reden die zwei *nur* dummes Zeug. Seit ich hier bin, sind die am Schnattern, und nichts von dem, was ich gehört habe, hätte einen von uns in den letzten zehn Jahren interessiert.«

»Na und? Die interessieren sich in dem Alter eben für andere Dinge, ist doch okay. Als ich so alt war, hab' ich bei den teuren Autos durch die Scheibe geglotzt, um zu gucken, was auf dem Tacho steht.«

»Und da willst du wieder hin?«

»Du bist doch nur neidisch.«

»Auf ihre Jugend? Ja, etwas vielleicht. Aber das Privileg der Jugend ist kurz und …«

»… unersetzbar.«

»… trügerisch.«

»Ach ja?«

»Ja. Es verstellt den Blick auf das Wesentliche. Du bist doch das beste Beispiel: Du bist so auf Jugendlichkeit ausgerichtet, dass du deine diffusen Bindungsängste gar nicht bemerkst. Warum versuchst du es zur Abwechslung nicht mal mit einer richtigen Frau?«

Sie meinte damit eine mit gereifter Persönlichkeit, die ihn am Ende sogar fordern könnte. Eine wie sie also.

»Ach, glaub mir, das hab' ich doch!«, rief er aus. »Aber es ist nun einmal so, dass bei Frauen spätestens mit achtundzwanzig der körperliche Verfall einsetzt. Also ... Es gibt welche, die schaffen es noch ein paar Jahre länger, aber die sind selten. Das ist nicht schön, und ich verstehe, dass das für viele Frauen ein Problem ist, aber für mich ist es eben auch eins. Und dann diese Kinderscheiße. Mit einer Frau über dreißig auszugehen ist völlig sinnlos, spätestens beim zweiten Mal bekommt sie diesen Gesichtsausdruck, und du weißt, dass sie sich gerade überlegt, ob du der Vater ihrer künftigen Kinder sein könntest. Und da wunderst *du* dich, dass ich ›diffuse Bindungsängste‹ habe? Die sind *null* diffus, kann ich dir sagen.«

»Aber jemanden wie diese kleine Schnattergöre könntest du doch unmöglich lieben.«

»Wer will denn so was?«

»Ach komm! Jeder will Liebe. Niemand ist gerne allein. Mal ehrlich: Heimlich sehnst du dich doch auch nach einer Frau, mit der du dein Leben teilen und zusammen alt werden kannst.«

Wladimir wand sich. Konfrontationen mit dem Thema Liebe & Alter war er nicht gewachsen.

»Bloß nicht. Alt zu werden ist doch an sich schon schlimm genug, aber seinen eigenen Niedergang auch noch in dem Körper gespiegelt sehen zu müssen, der jeden Morgen neben dir liegt ... Das kann sich doch nur ein Masochist wünschen. Willst du das?«

»Natürlich. Jede Frau wünscht sich den Mann fürs Leben. Heiraten, Kinder kriegen, Wolke Nummer sieben für den Rest des Lebens.«

Sie redete, als hätte sie gar nicht bemerkt, dass Tom wieder zurück war. Dabei war der letzte Satz für seine Ohren bestimmt, nicht für Wladimirs. Als hätte sie einen anderen schon längst geheiratet.

»Weißt du was? Du bist frauensüchtig«, platzte sie schließlich heraus.

Wladimir: »Ist das was Schlimmes?«

»Wenn man Frauen nur als Beute sieht, die es zu erlegen gilt? Ich weiß nicht, ob das schlimm ist, auf jeden Fall ist es armselig.«

Jetzt wurde es Wladimir zu bunt. Was sollte der Scheiß? Das war schließlich kein Tribunal hier.

Wladimir: »Weißt du, was *du* bist?«

»Auf jeden Fall nicht männersüchtig.«

»Nee, du bist beziehungssüchtig! Und wenn das die Wahl ist, die ich haben soll, dann bin ich tausendmal lieber frauen- als beziehungssüchtig.«

»Du überdeckst doch nur deine Bindungsunfähigkeit!«

Das hörte Wladimir nicht zum ersten Mal.

»Blödsinn, da stehe ich zu.«

Tom hatte ein schlechtes Gewissen, weil es ihn auf Wladimirs Seite zog. Er unternahm einen Schlichtungsversuch: »Vielleicht ist Wladimir eher beziehungs*unwillig* als *-unfähig*.«

Helen: »Was soll denn das jetzt?«

Der kritische Punkt war erreicht, Tom hatte die Wahl: Wahrheit oder Diplomatie, Havarie oder Schadensbegrenzung. Als hoffnungsloser Fall entschied er sich natürlich für die Wahrheit.

»Ich verstehe nicht, weshalb du Wladimir vorwirfst, ein Leben ohne Beziehung, aber nicht ohne Sex zu führen. Wir leben doch nicht im Mittelalter.«

Heimlich beneidete Tom ihn natürlich, denn bei ihm lief es seit einiger Zeit eher andersrum: Er hatte jede Menge Beziehung, aber keinen Sex.

Betretenes Schweigen.

Helen kämpfte gegen einen ungeheuren Rechtfertigungsdruck an, und außerdem fühlte sie sich im Stich gelassen – von ihm, Tom, ihrem ach so tollen Freund. Statt dass der ihr den Rücken stärkte, wie er es getan hätte, wenn er wirklich zu ihr stehen würde, sprang er für seinen ewig pubertären Wladimir in die Bresche. Dabei war der ein totaler Gefühlskrüppel. Unfähig, sich auf jemanden einzulassen und Verantwortung zu übernehmen. Unfähig zu lieben! Ein totaler Egoist! Und Tom saß da und nahm ihn in Schutz. Er sollte lieber mal darüber nachdenken, was Loyalität bedeutete. Liebe ist bedingungslos, du Schleimer! Helen konnte nicht länger an sich halten: »Wladimir, du tust mir ehrlich leid. Ich hatte ja keine Ahnung, was für ein armseliges Leben du führst.«

»Du sagst es. Schlimm, nicht?«

»Kein Wunder, dass du nichts auf die Reihe kriegst. In deinem Kopf ist einfach nur Platz für eins.«

»Und was soll das sein?«

»Sex. Jagen, erlegen, ficken. Das ist deine armselige kleine Welt.«

Wladimir verschlug es für einen Moment die Sprache, dann machte die Verwunderung dem Ärger Platz: »Na und! Was soll denn daran schlimm sein? Sex ist doch was Tolles!«

Helen wollte nicht die verzickte Emanze geben, aber zurückstecken wollte sie auch nicht, auf keinen Fall: »Das bestreitet ja gar niemand, aber ...«

»... aber Scheißdreck. Du hast ja keine Ahnung, wie sehr ich es leid bin, mich für meine Geilheit schuldig fühlen zu sollen. Und außerdem: *Ihr* wollt doch auch immer nur das eine!«

»Ach ja? Und was soll das sein?«

»Ihr wollt verehrt, getröstet, geliebt und vor ALLEM ...« – er breitete die Arme aus – »VERSTANDEN werden.«

»Du hast ja keine Vorstellung ...«

»... *Du* hast keine Vorstellung! Du hast keinen blassen *Schimmer* davon, wie man als Mann zu heucheln gezwungen ist. Erst mal muss man euch anquatschen, da seid ihr euch nämlich zu fein für. Dann darf man euch ins Kino einladen – wenn man Glück hat. Und nicht in irgendeinen Film, o nein! Etwas fürs Herz muss es sein: ›Liebe mich‹, oder ›Tröste mich!‹, oder ›Nimm-mich-in-den-Arm-ich-bin-eine-Frau-und-suche-nach-LIEBE!‹« (Von hier an Crescendo bis zum Schluss.) »Geistreich, witzig und charmant muss man sein, und, nicht zu vergessen, sonst geht nämlich *gar* nichts, VERSTÄNDNISVOLL!«

»Du bist so ein Arschloch!«

»Und du kannst die Wahrheit nicht vertragen.«

Und die ganze Zeit saß Tom zwischen ihnen, so oder so.

Wladimir ging schwimmen. Nach dieser Nummer musste er sich abreagieren. Nicht, dass er Helen vorher gemocht hatte, aber sie war ihm auch nicht unsympathisch gewesen. Toms Freundin halt. Bisschen komisch und etwas zu alt für seinen Geschmack, aber das war Toms Problem, nicht seins. Zog die so eine Show ab. »Frauensüchtig.« Unglaublich!

Am Ufer stand ein nackter Mann, der nicht müde wurde, seinen Hund zum Apportieren ins Wasser zu schicken. Wladimir war angeekelt. Er hatte noch nie verstanden, weshalb manche Menschen anderen ihre Nacktheit aufdrängen mussten. Und sich dann auch noch das Wasser, in dem man schwimmen wollte, mit Hunden teilen zu müssen – da konnte er ihnen ja gleich den Arsch abwischen. Er schwamm mit hoch erhobenem Kopf und tauchte erst unter, als er den

Hund in keimsicherer Entfernung wusste. Ein Fisch müsste man sein, dann könnte man jetzt den ganzen Tag im Wasser bleiben und müsste sich über nichts Gedanken machen. Stattdessen ließ man sich von so einer Furie den Tag versauen.

Helen und Tom saßen schweigend nebeneinander. Schon lange hatte sie sich wieder auf ihr Territorium zurückgezogen. Der winzige Grasstreifen zwischen ihren Badetüchern war Niemandsland, vermint, undurchquerbar. Als Helen kurz davor war, in Tränen auszubrechen, sah Tom aus dem Augenwinkel jemanden auf sie zukommen. Es war Elsa, die aussah, als würde sie dem Jüngsten Gericht vorstehen. Tag der Abrechnung, dachte Tom. Perfektes Timing. Und dann: Das ist das Ende. Seit Stunden musste sie auf ihrem Handtuch geschmort und den richtigen Zeitpunkt abgewartet haben. Ihre Brust bebte vor Aufregung. Sie war immer noch verletzt, und, ganz ehrlich, Tom tat es wirklich leid, aber das half jetzt auch nichts mehr. Sie hatte sich etwas zurechtgelegt, das nicht herauskommen wollte, schließlich sagte sie mit gepresster Stimme: »Ach, Tom, grüß doch bei Gelegenheit deinen toten Zwillingsbruder von mir, du Arschloch. Und Wladimir kannst du auch gleich grüßen, hoffentlich werdet ihr beide vom Blitz erschlagen.«

Mit diesen Worten machte sie kehrt und ging zu Mimi zurück, die das Intermezzo voller Schadenfreude verfolgt hatte. Der reinste Meteoritenschauer heute.

Helen: »Vergiss es. Noch so eine Geschichte ertrage ich heute nicht. Ich muss sowieso los.«

Tom war erleichtert, sich nicht noch eine Ausrede einfallen lassen zu müssen. Helen kämpfte sich in ihre Schuhe – neue Schuhe, mit Absätzen, wie sie ihr sonst zu hoch waren –, stand auf, strich sich den Rock glatt, faltete ihr Handtuch und klemmte es unter den Arm.

»Ist vielleicht ganz gut, dass ich gehen muss, dann behindere ich wenigstens niemanden bei seinen Aktivitäten«, sagte sie, und so, wie sie diese Worte jetzt vor seine Füße warf, leuchtete hinter ihnen eine Befriedigung auf, die Tom sprachlos machte. Als sei sie nur gekommen, um ihn verachten zu können. Entschlossen marschierte sie davon. Zum Glück war Wladimir noch im Wasser, so musste sie sich nicht auch noch von dem verabschieden. Sollte er BRAVO lesenden Schulmädchen nachgeifern, bis ihm der Sabber die Kinnlade heruntertroff.

Tom blickte ihr wehmütig nach. Was war denn heute nur los? Er war doch der Letzte hier, der mit diesem ganzen Party-Lifestyle-Körperkult-Szene-Mist irgend etwas zu tun hatte. Koksende Partyhopper, selbstausbeuterische Trendmiezen, Rolex, Pomade im Haar und neulich bei Kerner seine Titten ins Bild gehalten und sich selbst beweihräuchert – das interessierte ihn doch alles gar nicht. Das war nicht er! Alles, was er in den letzten acht Jahren verbockt hatte, kam an einem Tag auf ihn zurück, und das, wo Helen neben ihm lag. Dabei wollte er doch nur eine Frau, die ihn liebte, einen Job, der ihn nicht frustrierte, und eine Familie. Offenbar hatte er nichts von dem, was er wollte, und alles von dem, was er nicht wollte – und das nicht zu knapp.

Wladimir kam aus dem See. Er hätte den direkten Weg wählen können, schlenderte aber über N 6, wobei er die Gelegenheit nutzte, seiner Sommersprossenphantasie im Vorbeigehen »hi« zu sagen, die ihm ein reflexartiges Lächeln schenkte und trotz ihres zarten Alters genau wusste, was lief.

Er setzte sich die Sonnenbrille auf und legte sich wieder auf sein Handtuch. Nach kurzer Bedenkzeit sagte er: »Es ist vorbei.«

Tom: »Was ist vorbei?«

»Die Finsternis. Alles wieder da, wir haben noch mal Glück gehabt. Wo ist eigentlich Helen?«

Ada

Zum Frühstück hatte sich Ada ein Croissant geholt. Das machte sie sonst nicht, aber an diesem Morgen wollte sie sich etwas Gutes tun; ihr Vater hatte Geburtstag. Sie hatte Kopfschmerzen. Danke, Vater. Es war gerade noch auszuhalten. Sie würde ihn nicht anrufen, aber sie dachte an ihn. Das war ihre Art, ihm alles Gute zu wünschen. Mehr durfte er von Ada nicht erwarten.

Bereits im Treppenhaus hatte sie ihren Nachbarn Klavier spielen hören – wie ein Geburtstagsständchen für ihren Vater. Die Musik war ihr entgegengekommen, als sie die Treppen emporgestiegen war. Sonst spielte er zu dieser Zeit nicht. Als Ada den Schlüssel ins Schloss schob, versiegte die Musik. Sie fürchtete schon, er habe aufgehört und würde sie mit ihren Kopfschmerzen alleine lassen. Doch dann spielte er ein Stück, so seltsam schön, dass es sich wie eine große warme Hand auf ihren Nacken legte. Eine Musik, die über jeden Zweifel erhaben war und alle Zeit der Welt zu haben schien. Genügsam verklangen die Harmonien, nur um in einer vollendeten Aufeinanderfolge wieder Raum für sich selbst zu schaffen. Als wären darin all die Antworten enthalten, nach denen man ein Leben lang halbherzig suchte.

Als es vorbei war, stand sie immer noch im Flur, mit den Schlüsseln in der Hand. Dabei hatte sie doch frühstücken wollen. Sie nahm drei Cocktailtomaten aus dem Korb und viertelte sie. Vater wusste, dass sie nicht anrufen würde, trotzdem hoffte er darauf. Bei der dritten Tomate erwischte sie ihren Daumen. In einer Reflexbewegung warf sie das Messer in die Spüle. Das Blut suchte sich einen Weg über ihre Handfläche. Der Schmerz war auszuhalten.

Sie besah sich den Schnitt. Es würde gehen. Damit konnte sie arbeiten, sofern er ordentlich verbunden wäre. Zum Arzt musste sie damit nicht. Sie erwartete, dass ein intensiver Schmerz einsetzte, aber er kam nicht. Es blieb ein fernes Brennen. Nicht schlimm, eher angenehm fast. Es gab ihr das Gefühl, lebendig zu sein, sie selbst zu sein. Es war *ihr* Schmerz. Ihr Kopfweh war nun auch nicht mehr so stark. Als könnte das austretende Blut den Druck in ihrem Kopf lindern.

Um den Boden nicht zu besudeln, wickelte sie sich ein Handtuch um den Finger, bevor sie im Bad auf die Suche nach Verbandszeug ging. Die Musik war verklungen. Über ihr rauschte Wasser, er musste im Bad sein. Sie wusste noch immer nicht, wie er aussah. Pflaster. Sie hatte nur Pflaster. Das würde zwar mit Mühe den Schnitt abdecken, ihn aber sicher nicht auf Dauer zusammenhalten. Am Nachmittag würde sie zur Arbeit gehen, dort gab es jede Menge Verbandszeug. Aber bis dahin konnte sie schlecht ihren Daumen mit einem Handtuch umwickelt halten.

Sie konnte ihren Nachbarn fragen. Warum nicht? Er würde ihr helfen. Natürlich würde er das. Sie hatte zwar noch nie einen Nachbarn um etwas gebeten, aber bei ihm konnte sie es wagen. Und sie musste nicht fürchten, wortlos vor ihm zu stehen. Im schlimmsten Fall hielt sie ihm einfach ihren Daumen hin, er würde wissen, was zu tun war. Nervös ergriff sie ihre Schlüssel, biss sich einmal kräftig auf die Unterlippe und öffnete die Wohnungstür.

Auf der Treppe kam ihr ein Mann in Latzhose entgegen. Er roch nach Holz. Im Vorbeigehen hielt sie den Kopf geneigt und entschuldigte sich. Vor der Tür ihres Nachbarn biss sie sich ein weiteres Mal auf die Unterlippe, ihre Beine liefen im

Geiste weiter die Stufen hinauf. Dabei war sie doch nur eine Nachbarin, die sich in den Finger geschnitten hatte und um Verbandszeug bat. Halt die Beine still, und sei nicht so kindisch!

Ada war verwirrt. *So* hatte sie ihn sich nicht vorgestellt. Sie erinnerte sich an ein Foto von Gustav Mahler aus einem Schulbuch. Jeder Winkel dieses Gesichts hatte bei ihr Mitgefühl hervorgerufen. Etwas in der Art hatte sie erwartet. Jedenfalls nicht diesen Hünen, der ihr in Unterhose die Tür öffnete und den ganzen Rahmen ausfüllte, mit einem Körper wie aus der Reklame und einem Gesicht wie eine Axt. Ungefähr sechs Sekunden lang geschah gar nichts, außer dass Ada sich diesem halbnackten Mann gegenüber zunehmend unbehaglicher fühlte, dem das aber gar nicht peinlich zu sein schien. Langsam zog er eine Augenbraue in die Höhe.

»Meine Hand«, sagte Ada eilig. »Ich hab' mir in den Daumen geschnitten. Ich wollte Tomaten ... Hätten Sie etwas Verbandszeug für mich?«

»Massig. Benutze ich fast täglich. Komm rein.«

Sie betrat seine Wohnung wie eine Kirche. Es war sauber – und überall gab es Bücher. Die Wohnung war voll davon.

»Sie haben aber viele Bücher.«

»Hm? O ... ja. Viele Bücher, allerdings. Setz dich, ich hol' Verbandszeug.«

Er verschwand um die Ecke. Seine Stimme drang aus dem Bad: »Ich hab' gerade Kaffee aufgesetzt, willst du auch einen?«

»Ich mag Kaffee«, rief sie.

Kurz darauf erschien er mit einer großen Metallkiste. Erleichtert nahm Ada zur Kenntnis, dass er sich ein T-Shirt und eine Hose angezogen hatte. Er mahlte den Kaffee mit einer kleinen elektrischen Mühle, es roch verführerisch.

»Mögen Sie auch so gerne den Geruch von frischem Kaffee?«

»Keine Ahnung, frisch gemahlen schmeckt er einfach besser. Zeig mal deine Hand.«

Daran hatte sie in der Hektik gar nicht gedacht! Er würde sie anfassen. Natürlich, er musste sie ja anfassen, wie sollte er sonst den Daumen verbinden? Manchmal war sie wirklich zu dumm, so unüberlegt. Was sollte sie denn jetzt nur tun? Kaum jemals hatte ein Mann sie anfassen können, ohne dass es nicht wenigstens unangenehm gewesen wäre. Oft genug war es unerträglich, als verbrenne ihre Haut. Sogar, wenn sie es eigentlich wollte. Mit Frauen, das war etwas anderes. Bei ihrer Friseurin zum Beispiel, da war es ihr nicht unangenehm. Ada und sie hatten eine stumme Übereinkunft; sie würde ihr niemals weh tun.

Es ging. Bei der ersten Berührung schreckte sie zurück, aber dann ging es. Er konnte sie anfassen, es war nicht schlimm. Er musste besondere Hände haben. Hände, die Noten in Melodien verwandelten und Schmerz in Träume. Vor Aufregung bekam sie Gänsehaut.

»Alles klar?«, fragte er.

»Jaja. Keine Sorge, ich werde nicht ohnmächtig.«

Er wickelte vorsichtig das Handtuch ab und hielt mit der freien Hand ihren Arm. »Bist du sicher, dass du das nicht lieber nähen lassen willst?«

»Es wird so gehen.«

Vorsichtig drückte er daran herum.

»Wie du meinst. Also, ich desinfizier' das jetzt, und dann mach' ich dir einen kleinen Verband drum.«

»Ja, vielen Dank.«

Er kramte in seiner Kiste und legte nacheinander sorgsam auf den Tisch, was er dafür benötigte. Das Desinfektionsmittel war dasselbe, das sie im Krankenhaus benutzten. Bevor er nach der Flasche griff, zog er sich Handschuhe über, so wie Ada es bei der Arbeit tat. Sie war ein bisschen beleidigt, denn so sah es aus, als hätte sie AIDS, aber es zeigte ihr auch, dass er auf Sauberkeit Wert legte, und das war gut.

»Wird brennen.«

»Ich weiß. Ist nicht schlimm.«

Sie beobachtete, wie er ihren Daumen versorgte. Sie hatte recht gehabt, er wusste, was zu tun war. Besser hätte es ein Arzt auch nicht machen können. Wahrscheinlich wusste er in jeder Situation, was zu tun war. Sie nahm all ihren Mut zusammen, wer wusste, ob sie es noch einmal wagen würde, an seiner Tür zu klingeln: »Sie haben gerade Klavier gespielt, nicht?«

»Na ja. Also eigentlich ...«

»... Was Sie zuletzt gespielt haben ... also, das Stück eben ...«

Sie hoffte, er würde ihr den Faden aus der Hand nehmen, doch er sagte nur: »Hm?«

»Also, das war sehr schön. Ich meine, wirklich schön. Etwas ganz Besonderes.«

So, nun war es raus, und er war dran.

»Ravel. Die Pavane für eine tote Infantin.«

Sie sah verständnislos zu ihm auf.

Wladimir: »Ravel. Maurice mit Vornamen. Achtzehnfünfundsiebzig bis neunzehnirgendwasdreißig. Klein. Sehr klein. Mochte Hunde, die noch kleiner waren als er. Komisches Wort, nicht? Infantin. Möchte zu gerne wissen, wer sich das ausgedacht hat. Gibt 'ne nette Anekdote zu dem Stück.«

Und er erzählte ihr die wundervolle Geschichte, wie Hemingway das Stück zufällig bei einer Geburtstagsfeier gehört und sofort entschieden hatte, dass dieses – und nur dieses – Stück später auf seiner Beerdigung gespielt werden sollte, und wie es dadurch berühmt geworden war.

»Und was machen Sie, wenn Sie nicht gerade Klavier spielen?«

»Willst du nicht aufhören, mich zu siezen? Ich bin Wladimir.«

Er war so unkompliziert, es war richtig befreiend. Nicht so … vergeistigt, wie sie ihn sich vorgestellt hatte, aber trotzdem irgendwie außergewöhnlich. So wie das Stück, das er vorhin gespielt hatte. Am liebsten hätte sie ihn gefragt, ob er ihr etwas vorspielte. Nur für sie. Aber das traute sie sich dann doch nicht.

»Ich bin Ada. Dann also: Was machst *du*, wenn du nicht gerade Klavier spielst?«

»Ich vernachlässige mein Studium.«

»Was studieren … studierst du denn?«

»Du meinst, was studiere ich nicht: Luft- und Raumfahrttechnik.«

»Oh, wie schön.«

»Was, dass ich es schleifen lasse?«

»Nein, dass du es studierst, meine ich.«

»Tu ich ja nicht.«

»Ja, aber eigentlich studierst du es doch.«

»Hm.«

»Luft- und Raumfahrttechnik, meine ich.«

»Ja, ist klar.«

»Und das ist doch schön.«

Wladimir fragte sich, was daran besonders schön sein sollte. Er wusste nur, dass es niemals zu Ende ging, und das fand er weniger schön.

»Ich weiß nicht. Wenn du meinst.«

»Du bist ein Mann, der nach den Sternen greift.«

Er musste lachen: »Eher einer, der andere auf den Mond schießt.«

Als sie wieder in ihrer Wohnung war, bekam sie ihre Tage. Hätte sie sich denken können. Ihr Menstruationszyklus war das reine Chaos. Er folgte nur einer Regel: Es passierte immer, wenn sie im Stress war.

Das erste Mal hatte sie ihre Tage bekommen, als Oma gestorben war. Da stand sie neben dem Grab, und plötzlich merkte sie, dass ihr Schlüpfer ganz feucht und klebrig war. Vor Scham hatte sie so getan, als könne sie den Anblick des Sarges nicht ertragen, und war weinend davongelaufen. Oma war ihre beste Freundin gewesen – jetzt irgendwie sogar noch mehr. Danach passierte monatelang erst mal gar nichts.

Einmal hatte sie am Ku'damm auf dem Bürgersteig gestanden und überlegt, wo sie etwas zu trinken kaufen könnte, als ein Mann im Vorbeigehen den Kopf wandte und sie anlächelte. Sie musste ihm gefallen haben, und er schämte sich nicht dafür. Sie konnte gar nicht reagieren, so überrascht war sie. Später kaufte sie sich an einem Zeitungskiosk eine kleine Flasche Wasser. Der Verkäufer sagte: »Gute Entscheidung. Eine schöne Pflanze muss genügend Wasser haben, sonst geht sie ein.«

Er hatte Ada gemeint, sie war ganz durcheinander. Warum sollte jemand sie schön finden? Ausgerechnet sie. Und doch war es so. Vor lauter Glück ging sie essen. Der Salat, den sie bestellte, war sandig – furchtbar. Die Tomaten hart, der Schafskäse alt, das Dressing viel zu ölig. Aus Angst, sich rechtfertigen zu müssen, wagte sie nicht, ihn zurückgehen zu lassen. Sie würgte ihn bis auf einen entschuldbaren Rest hinunter und fühlte sich ganz schrecklich dabei. Endlich zu Hause, war ihr Schlüpfer getränkt von schmierigem Blut.

Als Ada am Nachmittag die Stufen zum Labor hinabstieg, war sie dankbar für die Kühle im Keller. Sie hatte sich umgezogen, Haube und Handschuhe übergestreift, und wollte mit dem Zentrifugieren der ersten Proben beginnen, als sie Stimmen vor ihrer Tür hörte, und Schritte. Seltsam. Um diese Zeit kam sonst höchstens mal ein Pfleger, der ein überflüssiges Bett abstellte. Dann hörte sie plötzlich Gestöhne und das Knarzen eines Bettgestells, das bewegt wurde. Schließlich konnte sie nicht widerstehen und öffnete ganz leise die Tür einen Spaltbreit. Da sah sie die beiden auf einem ausrangierten Krankenbett, das zur Abholung im Flur stand.

Die haben gar nicht gemerkt, dass sie da war. Es war ein langer Flur, und ganz kahl. An den Wänden gab es lauter Striemen, weil sie immer beim Rangieren mit den Betten dagegenstießen. Das Licht war komisch, so trüb, Ada musste die Augen zusammenkneifen. Trotzdem leuchtete es in jeden Winkel.

Sie hatte noch nie gesehen, wie jemand Sex machte. Der Mann lag auf dem Rücken, seine Hose bis zu den Knien herabgezogen, die Frau stand über ihn gebeugt und befriedigte ihn mit dem Mund – wie eine aufgezogene Puppe. Und alles auf dieser durchgewetzten grün karierten Matratze. Das war so entwürdigend. Niemals würde Ada das Glied eines Mannes in den Mund nehmen. Sie hatte gehört, dass es Frauen gab, die sogar den Samen schluckten. Bei dem Gedanken drehte sich ihr der Magen um.

Der Mann stöhnte: »Schlaf mit mir, bitte. Ich will mit dir schlafen!«

Und während die Frau mit einer Hand weiter seinen Penis rieb, streifte sie umständlich ihre Schuhe ab und zog sich Hose und Schlüpfer aus. Den Rest behielt sie an. So stieg sie auf das Bett und kniete sich über ihn. Im Kittel! Albern.

Er stöhnte die ganze Zeit, wie im Film: »Ich liebe dich, ahh, ich liebe dich so sehr …«

Plötzlich umfasste er mit seinen Fingern ganz fest ihren Po und drückte sie auf sich.

»Kommst du?«, fragte sie, »bist du gekommen? Du kannst nicht einfach so kommen, das weißt du doch.«

»Ich … es tut mir leid«, sagte er und streichelte ihr Gesicht.

Sie hörte auf, sich zu bewegen, und legte ihren Kopf auf

seine Brust. Ganz lange lagen sie so, ohne sich zu bewegen, ihr nackter Po schimmerte in dem fahlen Licht. Das war so peinlich! Um nicht vor Verlegenheit loszulachen, biss Ada in ihren Zeigefinger. Später fragte er: »Was sollen wir nur tun?«

Da saßen sie schon wieder angezogen nebeneinander. Ihre Beine hingen von der Bettkante, ohne den Boden zu berühren – wie bei Kindern. So von der Seite konnte Ada sein Gesicht erkennen. Er war einer von den Chirurgen. Ein attraktiver Mann, wenn er nicht gerade mit heruntergezogener Hose auf einem alten Krankenbett lag, in dem schon wer weiß wie viele Menschen mit allen möglichen Krankheiten gelegen hatten. Sehr gepflegt, mit glatten dunklen Haaren, die immer ordentlich nach hinten gekämmt waren. Und er hatte ganz glatte Haut, gar nicht faltig. Ada sah ihn manchmal, wenn sie Spätschicht hatte, wie er das Krankenhaus verließ. Er hatte einen eigenen Parkplatz mit Namensschild und eine große dunkelblaue Limousine. Einmal hat ihn seine Frau abgeholt. Sie hatte ein Kind dabei, und eigentlich dachte Ada, sie hätten ganz glücklich ausgesehen.

»Das kann doch nicht ewig so weitergehen.«

»Ich weiß es nicht«, sagte die Frau traurig. Da tat sie Ada dann doch leid, wie sie so neben ihm saß und ihren Kopf an seine Schulter gelehnt hatte. Bestimmt war sie sehr einsam.

Nachdem sie gegangen waren, lehnte Ada noch lange mit dem Rücken an der Tür und hielt die Augen geschlossen. Heute sind komische Dinge passiert, dachte sie, und erinnerte sich an die Spatzen, die während der Sonnenfinsternis ganz irritiert über den Bürgersteig geflattert waren, und an den Morgen, als sie sich geschnitten hatte. Und an die Begegnung mit ihrem Nachbarn – Wladimir. Selbst jetzt fühlte sie noch den klopfenden Puls in ihrem Daumen, wenn sie die Röhrchen mit den Blutproben aus der Zentrifuge nahm.

Zwillinge

Wladimir: »Sag mal, ist Helen eigentlich immer so drauf? Wenn ja, dann frag' ich mich, wie du es bis jetzt mit ihr ausgehalten hast. Ein falsches Wort, und die geht ab wie 'ne Rakete.«

Tom: »Während du ja völlig ruhig geblieben bist.«

»Was willst du? Glaubst du, ich sitze einfach da und höre mir an, was für ein ach so armseliges Arschloch ich doch bin, und halte ihr dann auch noch die andere Wange hin?«

»Du warst nicht gerade diplomatisch.«

»Wer die Wahrheit nicht verträgt, der soll sie nicht herausfordern.«

Tom wollte loyal sein: »In manchen Dingen hat sie recht, finde ich.«

»Ach ja?«

»Ja. Ein fester Arsch verstellt bei dir einfach den Blick aufs Wesentliche.«

»Ich dachte, ein fester Arsch sei das Wesentliche.«

»Mal im Ernst. Wenn ich sehe, wie du selbst der naivsten Zippe einen sympathischen Charakter andichtest, solange nur ihr Hintern knackig genug ist, dann finde ich das ziemlich entwürdigend.«

»Ach? Sind wir jetzt bei der Würde angelangt?«

»Es zeugt nicht gerade von Wertschätzung – auch nicht dir selbst gegenüber.«

Wladimir verdrehte die Augen: »Das Ende aller Erotik.«

»Erotik hat etwas mit dem Kopf zu tun. Was du meinst, ist Sex.«

»Na schön, dann eben das Ende vom Sex.«

»Nur so, wie du ihn praktizierst.«

»Ich soll also ab sofort lieber Cellulite-Ärsche kneten, weil das von größerer Wertschätzung mir selbst gegenüber zeugt?«

»Stell dich nicht blöd. Du weißt, was ich meine. Du bist so auf Äußerlichkeiten fixiert – der Mensch dahinter interessiert dich gar nicht.«

»Hm. Und jetzt?«

»Keine Ahnung, sieht schlecht für dich aus.«

»Also ... Wenn ich mir Helen und dich so ansehe, sieht es eher schlecht für dich aus. Oder bist du glücklich mit deiner Beziehung?«

»Nein.«

»Wie sieht es mit Sex aus?«

»Don't ask.«

»So, und jetzt sag mir: Weshalb bist du mit Helen zusammen?«

Schweigen.

»Ich weiß nicht – Liebe.«

Tom kam sich wie ein Märtyrer vor.

»Sentimentaler Quatschkopf.«

»Mag sein, aber so ist es nun mal.«

»Von mir aus. Aber seit wann hat Sex etwas mit Liebe zu tun?«

»Ich weiß, worauf du hinauswillst, aber Sex ohne Liebe ist ... leer.«

Wladimir setzte sich auf, was jetzt kam, erforderte Nachdruck.

»Eins kann ich dir sagen: Von Liebe allein wird *mein* Schwanz nicht hart, und wenn wir in unserem Leben nur vögeln dürften, wen wir tief und innig und von ganzem Herzen lieben, dann kämen wir nicht weit.«

Sein Elan war erschöpft, er rückte sich seine Brille zurecht und glitt zurück in die Waagerechte.

Tom: »Vielleicht hast du einfach noch nicht geliebt. Wenn man jemanden liebt, meint man, dass es immer so weitergehen müsste, und man kann nicht einfach hinnehmen, wenn es nicht so ist. Sonst würde auch keiner jemals auf die Idee kommen zu heiraten. Es ist verrückt, heiraten, meine ich. Jeder weiß, dass es nicht funktioniert, und doch sehnen sich alle danach.«

Wladimir: »Alle Frauen vielleicht.«

»Alle Frauen – und ich.«

»Du?«

»Ja, ich. Ich würde Helen gerne heiraten. Heiraten, eine Familie gründen, das ganze Programm.«

»Mann, muss es dir schlechtgehen. Die Heirat markiert das Ende einer Entwicklung, das weiß doch jeder. Jedes Märchen *endet* mit der Heirat. Danach bewegt sich nichts mehr. Statik. Der schleichende Tod.«

»Wenn du liebst, hast du keine Wahl.«

»Sag' ich doch: Liebe ist die totale Unfreiheit.«

»Nicht, wenn es dir gelingt, immer auf dem Grat zu wandeln.«

So wie du und Helen, haha, dachte Wladimir, und verdammt, Tom dachte es auch.

Wladimir: »Sag mal, bist du echt so naiv? Im wirklichen Leben gibt es keine Freiheit in der Beziehung, da gibt es Freiheit *oder* Beziehung. Ich habe nie kapiert, weshalb alle so scharf darauf sind.«

»Weil Liebe dir das Gefühl gibt, dass du nicht umsonst lebst. Die perfekte Illusion.«

»Also gibt es Liebe gar nicht wirklich?«

»Doch, natürlich. Das Gefühl ist unbestreitbar, die Illusion ist real. Nur das, was sie dir vormacht, ist gelogen.«

Wladimir wendete den Gedanken in seinem Kopf hin und her: »Dann verhält es sich mit der Liebe also wie mit dem Ich?«

Tom war verblüfft. So komplexe Überlegungen war er von Wladimir nicht gewohnt.

Tom: »Kannst du den noch mal wiederholen?«

»Neulich hab' ich in einem Buch meines Vaters geblättert – irgendein Immanuel. Eine Kritik von irgendwas. Zuerst hab' ich gedacht, die haben sich verdruckt – Sätze wie ein Zimmer voller Schleifstaub: Du siehst nichts. Ich habe versucht, etwas davon zu verstehen. Es war so eine Art Denksportaufgabe. Also … Da stand irgendwo, dass unser Ich an sich völlig substanzlos ist – so wie ein Vakuum – und dass wir nur annehmen, eins zu besitzen, weil wir den ganzen Tag lang Dinge tun, die uns ohne ein Ich völlig sinnlos erscheinen müssten: Wenn ich kein Ich habe, wer sagt mir dann, dass ich Ketchup auf meine Pommes will – so ungefähr. Also … Wenn ich dich richtig verstanden habe, dann ist es mit der Liebe genauso: Keiner hat sie je gesehen, aber wir nehmen an, dass sie exis-tiert, weil wir keine andere Möglichkeit haben, uns dieses Gefühl zu erklären.«

Tom konnte es nicht glauben: »Exakt!«

»Ich stelle mir das Ich ja eher als etwas vor, das sich füllt. So wie der Beutel von unserem Absauggerät. Der saugt einfach alles auf, was ihm vor die Nase kommt, und zum Schluss hast du einen prall gefüllten Beutel mit allem, was so ein Leben ausmacht: elf Liter Staubsauger-Ich.«

So wie dein Vater, dachte Tom, nur dass der Bücher aufgesaugt hatte.

Tom: »Du hättest früher mit Lesen anfangen sollen, da ist eindeutig Potential vorhanden.«

Wladimir: »Was ich nur nicht verstehe: Weshalb denkst du über so etwas überhaupt nach?«

»Weil ich glaube, dass es uns weiterbringt, wenn wir darüber nachdenken, warum wir bestimmte Dinge tun und andere nicht.«

»Und? Bringt es dich weiter?«

»Nein.«

Paul, der bis um sieben Uhr früh gearbeitet hatte, konnte nicht wieder einschlafen, nachdem Wladimir ihn mit seinem Anruf aus dem Bett geklingelt hatte, und war ebenfalls an den See gefahren. Als er Tom und Wladimir jetzt so träge auf ihren Badetüchern liegen sah, wurde er leicht missgünstig.

»Na, Jungs, wieder schwer am Schuften?«, fragte er, während er sein Handtuch ausrollte.

Tom hörte ihn gar nicht. Er dachte an Helen und fragte sich, woher diese merkwürdige Mischung aus Wut, Verletztheit und tiefer Befriedigung rührte, die Helen als Nachgeschmack hinterlassen hatte.

Auch Wladimir gab Paul keine Antwort: Die Rothaarige ließ ihm keine Ruhe. Er sprach von ihr wie von einem Pfirsich, der genau die richtige Reife besaß.

»Was für eine Schönheit! In dem Alter sind sie einfach unschlagbar.«

Tom wurde ärgerlich: »Begreif es doch endlich: Schönheit an sich ist alterslos. Was du meinst, ist, was deinen Schwanz hart macht. Das ist etwas anderes.«

Wladimir: »Junge Menschen sind einfach mal schöner als alte.«

»Du meinst, junge Körper sind knackiger als alte, d'accord. Aber einen glücklichen Menschen wirst du auch im Alter noch gerne ansehen. Es gibt nur nicht besonders viele. In der Jugend sind viele schön, weil ihnen das Leben zu Füßen liegt und sich als Reich unbegrenzter Möglichkeiten präsentiert, aber die meisten sind irgendwann desillusioniert und begreifen ihr Leben als einen Haufen verpasster Chancen und ungenutzter Möglichkeiten. Dann ist die Schönheit auch dahin.«

Paul ging baden, und Tom und Wladimir kamen stillschweigend überein, das Thema Alter und Sexualität nicht weiter zu strapazieren; Toms Laune war ohnehin im Keller. Er legte sich demonstrativ auf den Rücken und schloss die Augen. Endlich kehrt Ruhe ein, dachte er.

Als Paul wieder aus dem Wasser kam, traf er auf einen Mann mit stoppeligem Kurzhaarschnitt, der sein Mountainbike den unteren Weg entlangschob. Er sah nicht nur aus wie ein Surfer, er war einer. Modische Shorts, modische Turnschuhe ohne Socken, modisches Hemd offen über einem weißen T-Shirt, modische Uhr. Eine, mit der man endlos oft ins Wasser fallen konnte, ohne dass sie einen im Stich ließ.

Es war Martin, ein Freund. Ein netter Kerl mit jugendlichem Charme, geradeheraus, wohlmeinend. Paul mochte, dass er kein Aufschneider, sondern ein ganz normaler Typ war, der auch gar nichts anderes sein wollte. Ein »Normalo«, wie Lara gesagt hätte, was Paul ganz passend fand, weil es zeigte, dass ganz normale Menschen in einer Welt zwanghafter Interessantheiten inzwischen zu den Exoten gehörten. Martin war seit einigen Monaten fertiger Jurist, und in einer Hinsicht war er wie die meisten Juristen: Er glaubte, nicht wie die anderen zu sein.

Sein Vater war auch Jurist. Und Wirtschaftsprüfer. Sein Großvater ebenfalls. Gelegentlich beherbergte die Kanzlei nun die ganze Familie. Eigentlich hatte Martin ein Bed and Breakfast in Australien aufmachen und jeden Morgen nach dem Frühstück mit seinem Surfboard die Wellen zähmen wollen, aber das war nicht einfach in so einer Familie, und irgendwann war es ihm nicht mehr so wichtig gewesen, und er hatte stattdessen sich selbst gezähmt. Jetzt fuhr er im Sommer hin und wieder übers Wochenende an die Ostsee und dümpelte mit seinem Board auf dem gekräuselten Wasser herum. »In *unserer* Familie ist noch alles in Ordnung«, sagte die Großmutter gerne.

Neulich hatte er einen wirklich schlechten Tag gehabt, weil er seinen ersten Prozess in den Sand gesetzt und sich am Abend nach einer Flasche Chablis die Sinnfrage gestellt hatte. Da kam es ihm vor, als hätte er seinen toten Träumen das Fell abgezogen und würde sie jetzt auf der Haut und am Handgelenk tragen.

Paul zeigte ihm ihren Liegeplatz und ging zu Tom und Wladimir zurück. Martin schlang sich sein Handtuch um den Hals und ging zunächst zu Elsa hinüber, die mit ihm studiert hatte. Tom beobachtete, wie sie mit ihrer Hand die Augen abschirmen musste, um zu ihm aufsehen zu können. Nach einer Weile kam er zu ihnen herüber. Paul war bereits in die Zeitung vertieft.

»Hi, Tom«, und zu Wladimir, den er nicht kannte: »Hallo.«

Tom: »Hallo, Martin, wie geht's?«

»Gut. … Sag mal, über dich erfahre ich ja die wildesten Geschichten. Als ich Elsa eben gefragt habe, ob sie nicht mit zu euch rüberkommen will, hat sie mir erzählt, dass du versucht hast, sie nach meiner Examensparty ins Auto zu zerren. Als das nicht geklappt hat, bist du vor ihrem Wagen auf die Knie gegangen und hast sie angebettelt, dich mitzunehmen?«

»Was!?«

»Sie hat gesagt, du hättest vor Wut darüber, dass sie dir einen Korb gegeben hat, die Lichter von ihrem Auto eingetreten. Stimmt das?«

»Großer Gott, was für ein Unsinn.«

»Hab' mich schon gewundert – wo ihr euch doch auf meiner Party so innig unterhalten habt.«

Er breitete sein Handtuch aus, legte sich quer zu Füßen der anderen und schaute Tom erwartungsvoll an.

»Was ist? Schieß los.«

Wladimir war hellhörig geworden. *Die* Geschichte kannte auch er noch nicht.

Eigentlich wollte Tom es lieber nicht erzählen, schließlich hatte er sich Elsa gegenüber ziemlich unverantwortlich verhalten, und wenn er nicht gewusst hätte, dass sie ihn zum Teufel jagen würde, wenn er zu ihr ginge, hätte er sich längst bei ihr entschuldigt.

Wladimir: »Mach dir keine Sorgen, Elsa ist 'ne echt hohle Nuss. Was immer du getan hast, ich verzeihe dir.«

Martin sah irritiert zu ihm hinüber. Er war nicht gerade mit Elsa befreundet, aber immerhin hatten sie zusammen studiert, man kannte sich eben. Auch Tom fragte sich, wie Wladimir dazu kam, so über sie zu sprechen.

An dem Tag, als das mit Elsa passierte, war einiges zusammengekommen: Helen und Tom hatten eine von ihren krampfigen Auseinandersetzungen gehabt, das heißt, er war ehrlich genug gewesen, zuzugeben, dass er lieber alleine auf Martins Examensparty gehen wollte. Genau genommen hatte er nur ja sagen müssen.

Helen: »Gib es ruhig zu, du würdest lieber ohne mich gehen.«

»Ja.«

Er wusste, wie der Abend mit ihr laufen würde, sie hatten das schon oft genug durchgespielt. Sie würde an ihm kleben, und er würde sich die ganze Zeit wie an die Leine gelegt vorkommen. Auf dem Rückweg würde er sich wünschen, zu Hause geblieben zu sein. Wahrscheinlich wäre er diplomatischer gewesen, wenn er an diesem Nachmittag nicht gerade das erste und einzige Praktikum seines Lebens hätte antreten sollen.

Er hatte sich bei einer Zeitschrift beworben und war ganz stolz gewesen, genommen worden zu sein. Bevor es losgehen sollte, hatte ihm der Chefredakteur allerdings noch ein paar salbungsvolle Worte mit auf den Weg geben wollen. So war er nach zwei Stunden in einem stickigen Sekretariat, in denen Tom der Assistentin der Geschäftsleitung beim Telefonieren zugesehen hatte, in das Büro des Chefredakteurs gebeten worden, und da saß dieser aufgedunsene, selbstzufriedene Mensch hinter seinen Schreibtisch gezwängt, und während Tom sich noch fragte, wie er da wohl hingekommen war, fiel ihm auf, dass er nicht nur fett war, sondern irgendwie … ranzig. Er war kaum älter als Tom, wenn überhaupt. Der Blick seiner Schweinsäuglein suchte sich den Weg ins Freie aus einem Gesicht, wie es ein Zweitklässler im Handwerksunterricht knetete. Tom drückte seine kalte verschwitzte Hand und dachte, dass er sich lieber von einem Dobermann die Kniekehlen ablecken lassen würde. Der Chefredakteur grinste ihn an, und Tom grinste zurück, und sein Grinsen sagte: »Ich mag dich nicht.«, und Toms Grinsen sagte: »Ich weiß.«

»Nun«, hob er an, und ein saures Tröpfchen verfing sich in seiner Braue, »ich wär' dann also Ihr neuer Chef.«

Tom stand wortlos auf und ging, um sich dem nächstbesten Dobermann an den Hals zu werfen.

Er beschloss, die Geschichte mit Elsa für sich zu behalten. Er hatte wirklich kein gutes Gefühl dabei: »Nicht der Rede wert, vergesst es, Jungs.«

»Ich kann mir schon denken, warum Elsa dir das erzählt hat«, sagte Paul plötzlich zu Martin, den Tom hinter seiner Zeitung ganz vergessen hatte, der aber an dem Abend mit von der Partie gewesen war.

»Lass hören«, sagte Wladimir, den die Neugier noch einmal in die Senkrechte zog.

Paul: »Tom?«

Paul war verschwiegen wie ein Papagei, aber wenigstens fragte er, bevor er die Geschichten seiner Freunde preisgab. Tom zog die Schultern hoch und blickte auf den See hinaus. Der Tag war sowieso gelaufen, im Moment war ihm alles egal.

»… Von mir aus.«

Paul setzte an: »Bevor ich euch die Story erzähle, müsst ihr etwas wissen: Tom kann Elsa nicht leiden. Konnte er noch nie. Beruht übrigens auf Gegenseitigkeit. Und an dem Abend von Martins Party war er schon vorher schlecht drauf, weil er Stress mit Helen hatte. Jedenfalls: Als wir reinkommen, steht Elsa allein an der Theke und zieht ein Gesicht, als würde sie nur auf jemanden warten, der sie herausfordert.«

Es stimmte, Tom mochte Elsa nicht. Er mochte nicht, wie sie sich Mimi anbiederte, und noch weniger mochte er ihre Art, anderen das Gefühl zu vermitteln, sie müssten dankbar dafür sein, mit ihr denselben Raum teilen zu dürfen. Sie war einer der wenigen Menschen, deren bloße Anwesenheit Tom körperliches Unbehagen verursachte.

Paul breitete vor Wladimir und Martin den Abend noch einmal aus: Tom und Elsa standen also nebeneinander an der Theke, und Elsa konnte es sich nicht verkneifen, ihn zu provozieren. Während er auf seine Bestellung wartete, sagte sie: »Na, musst du dir Mut antrinken?«

»Wofür sollte ich den brauchen?«

»Wenn du es nicht weißt …«

Tom fand, dass ihm dieser Tag genug zugemutet hatte, und war nicht bereit, weitere Zugeständnisse zu machen. Mit Seelsorgermiene ließ er Elsas Herausforderung ins Leere laufen und tat stattdessen verständnisvoll: »Es stimmt mich wirklich traurig, dass du mir gegenüber so negativ eingestellt bist.«

»Soll das ein Witz sein?«

»Keineswegs.«

So ging das eine halbe Stunde lang. Immer wieder versuchte Elsa, Türen einzurennen, die entweder schon offen waren oder sich als Plüschkissen erwiesen. Dann hatte er sie so weit: Sie musste sich eingestehen, dass er nicht der war, für den sie ihn immer gehalten hatte. Und plötzlich fing sie an, Intimitäten auszuplaudern, über sich und ihre Identitätsprobleme zu reden, dass Männer alles taten, um Frauen nicht zu sich selbst finden zu lassen, weil sie sich vor starken Partnerinnen fürchteten.

Tom hatte Skrupel. Elsas Offenheit hatte ein ehrliches Gespräch verdient, aber sie war wie ein verstimmtes Klavier: Selbst wenn sie etwas Richtiges oder Schönes sagte, klang es falsch. Nachdem sich ihr ganzer Frust Bahn gebrochen hatte und sie verletzlich war wie ein Hund, der seinem Gegner die Kehle hinstreckt, biss er zu: »Jaja, sicher.«

Elsa war konsterniert, weil er es wagte, ihre Probleme nicht zu würdigen, und zählte auf, was sich Männer alles einfallen ließen, damit ihre Frauen nur ja nicht selbständig wurden: Dass sie ihnen untersagten, mit Freunden auszugehen, oder von ihnen verlangten, ihr Studium an den Nagel zu hängen, weil sie es nicht verkraften konnten, wenn ihre Frauen schlauer waren als sie selbst. Natürlich war es in Wirklichkeit ihre Geschichte, und Tom wunderte sich selbst, wie er es geschafft hatte, dass sie ihr Innerstes nach außen kehrte. Während sie ihm ihr Leben zu Füßen legte, dachte er: Vielleicht solltest du lieber mal überlegen, was mit *dir* nicht stimmt, dass du immer bei Arschlöchern landest. Gelangweilt drehte er sein Glas: »Ja, da muss jeder selber sehen, wie er mit klarkommt« – so als hätte er alles gesehen, alles erlebt.

Elsa schäumte vor Wut über seine Ignoranz. Da war jemand, der ihr ihre intimsten Ängste entlockte, und alles, was er dazu zu sagen hatte, war: »Ja, klar.« Sie beschimpfte Tom, dass er nicht so überheblich tun sollte, denn er hätte keine Ahnung, wovon sie überhaupt redete. Tom blieb ruhig und sagte ganz weich, dass er ihr nicht verübeln könne, so zu denken, dass er wisse, was für ein Gefühl das sei.

Elsa: »Ach ja? Dann erzähl doch mal, was dir so Schlimmes widerfahren ist. Hat dich deine Mutter früher im Tütü zum Sportunterricht geschickt?«

Und Tom sah sie von unten herauf an, obwohl er dreißig Zentimeter größer war, und sagte: »Zwilling.«

Paul wurde in seinen Ausführungen von Martin unterbrochen: »Zwilling? Das war alles?«

Paul: »Das war alles. Sie denkt natürlich, er meint sein Sternzeichen, und faucht: ›Wie, Zwilling? Ich bin Skorpion, na und? Ich Tarzan, du Jane, oder was soll das?‹«

Nach einer endlosen Pause hauchte Tom ihr zu, er sei einer von zwei Zwillingen. In Elsa keimte eine Ahnung auf, dass sich dahinter ein echtes Identitätsproblem verbergen könnte, aber sie war schon voll in Fahrt und konnte irgendwie nicht mehr anhalten: »Du meinst, es gibt dich zweimal?«

Wieder ließ Tom sie schmoren, bevor er mit Grabesstimme antwortete: »Nicht mehr.«

Elsa kam ins Stocken und spürte, dass ihre Identitätsprobleme neben denen von Tom gleich völlig blass aussehen könnten, während er, in dem sicheren Gefühl, sich den Ball zentimetergenau auf den Elfmeterpunkt gelegt zu haben, Anlauf nahm. Er erzählte von seinem eineiigen Zwillingsbruder und dass sie letztes Jahr zusammen Urlaub auf Key West gemacht hätten. Nach einem dieser einmaligen Sonnenuntergänge wollten sie auf dem Weg zurück ihren letzten Urlaubsabend in einer Bar ausklingen lassen, als ihnen auf ihrer Straßenseite ein Auto entgegenkam, und das, wo die Straße breit genug gewesen wäre, dass ein halbes Dutzend Autos nebeneinander hätten fahren können. Jedenfalls: Der andere Wagen kam ins Schleudern, und Tom versuchte noch, irgendwie auszuweichen, aber wie ferngelenkt raste das Auto in die Beifahrerseite.

»Senior«, englisch ausgesprochen – Tom erklärte Elsa, dass seine Eltern seinen Bruder so genannt hätten, weil er zehn Minuten früher auf die Welt gekommen wäre als er –, Senior also war sofort tot, während Tom jetzt mit ein paar Schrammen, einem Schleudertrauma und all den Schuldgefühlen weiterleben müsste.

Elsa war inzwischen leichenblass geworden und bekam keinen Ton mehr raus. Tom setzte nach: Wie sich herausgestellt habe, sei der Fahrer des anderen Autos völlig stoned und besoffen gewesen und hatte zynischerweise nicht mal eine Schramme abbekommen, weil das Auto seines Daddys natürlich mit Airbag ausgerüstet war. Inzwischen saß er in Florida im Gefängnis, von wo er Tom mit Briefen überschüttete, die alle so klangen, als wollte er sich von seiner Schuld reinwaschen, also hatte Tom ihm geschrieben, er solle damit aufhören.

Elsas Feindseligkeit hatte sich inzwischen in zärtliche Zuneigung verwandelt; sie bedachte Tom mit mitleidigen Blicken. Um ihr den Rest zu geben, beschrieb Tom, wie er seitdem regelmäßig nachts aufwachte und dann seine linke Körperhälfte wie gelähmt war, so dass er nur seinen rechten Arm und sein rechtes Bein bewegen konnte – als wäre er nur noch zur Hälfte am Leben. Zum Schluss legte er ihr seine Hand auf den Arm und sagte: »Entschuldige bitte, ich hoffe, ich habe dir nicht den Abend verdorben. Ich gehe jetzt besser. Mach's gut.« Elsa hatte Tränen in den Augen und konnte nur noch schlucken. Als Tom und Paul auf dem Bürgersteig standen, flog plötzlich die Tür hinter ihnen auf, und Elsa kam herausgelaufen.

»Tom, warte!«

Sie fiel ihm um den Hals: »Es tut mir leid, Tom, es tut mir so schrecklich leid!«

Tom hatte das schlechteste Gewissen seines Lebens und hätte ihr am liebsten sofort gesagt, dass alles eine Verarsche war, denn er wusste, irgendwann würde sie es erfahren, aber er konnte nicht, so wie sie heulte, und ein bisschen fühlte es sich auch gut an. So gut, dass er wünschte, die Geschichte wäre wahr.

Martin: »Das hast du nicht wirklich getan, Tom?«

Tom: »Ich bin nicht stolz drauf.«

Wladimir: »Ich wär' stolz drauf. Ist doch 'ne geile Geschichte.«

Wladimir dachte an seine Liebesnacht mit ihr zurück, von der hier niemand etwas ahnte, und an ihren überstürzten Aufbruch. Ihm ging auf, dass Elsa nicht nur sauer gewesen war, weil er ihren Namen verwechselt hatte, sondern weil ihr bei der Gelegenheit auch gleich noch klargeworden sein musste, dass sie damals verarscht worden war.

Die Sonne brach unerwartet durch die Wolkendecke und verwandelte die Wiese in ein Lichtermeer. Aus Blättern wurde Lametta, und der See lag da in flüssigem Gold. Nicht einmal Wladimir blieb unbeeindruckt.

»Wow«, sagte er, und mehr gab es tatsächlich nicht zu sagen. Und während Tom sich über Wladimirs ungeahnte Empfänglichkeit für die Schönheiten der Natur wunderte, sagt der: »Noch mal wow« und meinte diesmal den Hintern der rothaarigen Versuchung, der ganz zufällig in seine Richtung zeigte, als sie und ihre Freundin sich zum Gehen rüsteten.

Ihr Weg führte sie an Wladimir vorbei, der sich in Sekundenschnelle in eine römische Statue mit Sonnenbrille verwandelte. Neben ihm angekommen, hielt sie inne und lächelte auf ihn herab. Das Licht malte einen Feuerkranz um ihren Kopf, ihre Schuhe, die sie erst auf dem Weg anziehen würde, pendelten erwartungsvoll an ihrem Zeigefinger hin und her.

»Ciao.«

Wladimir hätte am liebsten eine Ganzkörperbrille gehabt. Er verfluchte sich, weil er sich nicht vorher schon etwas zurechtgelegt hatte und ihm jetzt einfach keine originelle Pickup line einfallen wollte, aber warum sagte sie auch einfach »ciao«? Da gab es irgendwie keinen Einstieg. Und so blieb ihm nichts anderes übrig, als ebenfalls »ciao« zu sagen und sie ziehen zu lassen. Sie zuckte lässig mit der Schulter und federte elegant die Wiese hinauf. Wladimir machte ein Gesicht, als erwarte ihn zu Hause ein Hinrichtungskommando. Paul, Martin und Tom dachten alle dasselbe. Als die Zimtschönheit fast außer Sicht war, tönte es unisono aus drei Kehlen: »Idiot!«

Wladimir hatte ausnahmsweise niemanden, auf den er die Schuld schieben konnte, und sagte: »Stimmt!«, sprang auf und lief ihr nach. Er musste sich sputen, aber der Weg war steinig und er barfuß – er lief über glühende Kohlen. Tom, Paul und Martin sahen ihm nach, wie er eilig hinter einer Biegung verschwand.

Keine fünf Minuten später kam er zurück, und so verkrampft er ihr vorher gefolgt war, so lässig schlenderte er jetzt den Weg entlang.

Paul: »Hast du sie noch erwischt?«

Wladimir: »… Hm?«

Tom: »Ob du sie eingeholt hast?«

»Oh. Ja. Auf dem Parkplatz.«

Paul: »Und?«

»Hm? Oh. Desdemona. Sie heißt Desdemona.«

Martin: »Desdemona?«

»Ja. Komisch, nicht?«

Tom: »Sonst noch was?«

»… Was?«

Paul: »Werdet ihr euch wiedersehen?«

»Oh. Ja, heute Abend. Wir gehen ins Kino – ›Zweiohrküken‹.«

Tom: »›Zweiohrküken‹?!«

»Vielleicht ist der gar nicht *so* schlecht.«

Jetzt, da Desdemona gegangen war, gab es für Wladimir keinen Grund mehr zu bleiben.

»Ich hab' genug. Tom, was ist mit dir?«

Toms Gedanken waren gefangen in den Ereignissen der

letzten Stunden. So viel Unbill, wie ihm heute widerfahren war – das ließ sich kaum steigern. Er war frustriert. Und müde. Jeder Ort war so gut wie der andere.

»Von mir aus.«

Paul beschloss, dass der beste Einstieg für einen Abend wie diesen noch immer der aktuelle Spielfilm auf Sky war, während Martin noch mal bei Elsa vorbeiging, um sie davon in Kenntnis zu setzen, dass ihre Version von seiner Examensparty sich nicht mit der von Paul deckte.

Tom sah mit Unbehagen einem weiteren kleinen Begräbnis mit Helen entgegen. Zur Not konnte er sich bei Paul einklinken, aber eigentlich machte er sich nichts aus Fernsehen.

Wladimir wollte sich auf sein Date einstimmen. Desdemona war wirklich etwas Besonderes, so eine lief einem nicht jeden Tag über den Weg. Mit der könnte er es länger aushalten. Diese Anmut! Und dieses Lächeln. So beflügelt wie jetzt gerade hatte er sich schon lange nicht mehr gefühlt.

»Ich freu' mich«, hatte sie gesagt und dabei gelächelt, dass er für einen Moment die Steine unter seinen Fußsohlen nicht mehr gespürt hatte. Und er stand da wie ein Tropf und sagte: »Ich mich auch.«

Ada hatte sich Phosphorsterne gekauft, eine ganze Tüte voll. Sie sahen ganz blass aus, so farblos. Bei Nacht aber, wenn sich das Zimmer langsam auflöste, offenbarten sie ihre verborgene Schönheit. Dann verschwanden die Kanten und Ecken nach und nach, und die Sterne traten hervor. Es waren zwei Monde dabei und sogar ein Raumschiff. Das war zum Zusammenstecken und hing jetzt an einem Faden von der Decke. Wenn sie bei offenem Fenster schlief, bewegte es sich leicht im Luftzug. Manchmal spielte Wladimir, wenn es draußen schon dunkel war, seine Himmelsmusik. Dann lag Ada auf dem Rücken in ihrem Bett und strich von Zeit zu Zeit mit dem Zeigefinger über die Narbe an ihrem Daumen. Das beruhigte sie.

Irgendwann würde Ada sie ihm zeigen, ihre Sterne. Er würde sie mögen. Er war ein Mann, der nach den Sternen griff, der sich nicht zufriedengab mit dem, was ihm das tägliche Leben auftischte. Sie stellte sich vor, wie Wladimir in dem Raumschiff, das von der Decke hing, um die Erde schwebte. Wenn er hinabblickte, kreisten seine Gedanken um sie, und wenn sie zum Himmel hinaufsah, wusste sie, dass er dort oben an sie dachte. Das war die reinste Liebe, die es geben konnte.

* * *

Sie wusste nicht, warum sie es getan hatte. Sie wollte einfach wissen, was für ein Gefühl das war, in sein eigenes Fleisch zu schneiden. Mit Absicht zu schneiden. Sie hatte an neulich denken müssen, als sie sich geschnitten hatte, und dass es wie eine Erleichterung gewesen war. Später hatte sie auch mal gedacht, dass es vielleicht wegen Vater gewesen war, schließlich hatte er an dem Tag ja Geburtstag gehabt.

Zwei Wochen danach hatte sie es dann absichtlich getan, an einem Sonntag. In der Küche. Da war ein komisches Gefühl, als sie das Messer ansetzte. Ein Gefühl wie ... Lust? Ihr Beckenboden wurde ganz weich, sie musste sich hinsetzen. Die Brustwarzen waren auch ganz hart, und ihre Hände und Füße haben gekribbelt. Es ging dann aber ganz einfach. Sie setzte das Messer an und zog es langsam über die Kuppe ihres Daumens. Sie achtete darauf, den Schnitt vom letzten Mal nicht zu kreuzen. Bevor die Haut aufplatzte, wurde sie weiß. Der Spalt lief dann ziemlich schnell mit Blut voll, da war sie noch gar nicht fertig. Wieder musste sie den Daumen mit einem Küchentuch umwickeln, es war nichts anderes da. Sie hatte nicht daran gedacht, dass es bluten würde, manchmal war sie einfach gedankenlos. Der Schmerz kam ganz langsam, als ginge sie durch warmen Nebel, und als er dann da war, fühlte sie sich wieder wie befreit.

Ada war stolz darauf, weil sie sich besser fühlte, weil es *ihr* Schnitt war. Sie wischte das Blut weg und wusch das Messer ab. Ein wenig war sie enttäuscht, weil sie sich vorgestellt hatte, das Schneiden könnte sich angenehm anfühlen, wie bei einer reifen Nektarine oder einer saftigen Birne. Aber Haut und Fleisch hatten aneinandergeklebt, das Innere stumpf und unwillig. Vielleicht lag's auch am Messer.

Inzwischen hatte es zu bluten aufgehört. Der Spalt war geschlossen, aber die Seiten passten nicht richtig aufeinander. Diesmal würde sie es nähen lassen müssen, da half auch kein Wladimir. Natürlich nicht in ihrer Klinik, nachher hätte sie da noch jemand erkannt und komische Fragen gestellt. Schon einmal war sie von einem Arzt angesprochen worden, der sie gefragt hatte, ob sie nicht zur Sommerfeier kommen wollte, sie sei doch die MTA aus dem Labor. Da hatte sie sich furchtbar erschreckt, weil sie immer gedacht hatte, dass niemand sie sehen würde.

Vorne an der Ecke gab es eine kleine Ambulanz. Eine Ärztin hatte Dienst, zum Glück kein Arzt. Als Ada sagte, sie habe sich aus Versehen geschnitten, guckte sie zweifelnd, sagte aber nichts. Die andere Narbe war noch so frisch. Sie wollte Ada gleich drei Tage krankschreiben, aber das kam nicht in Frage, in der Klinik sollte nicht über sie geredet werden. Bei der Arbeit ließ sie immer größtmögliche Sorgfalt walten, sie wollte auf keinen Fall, dass jemand an ihr etwas auszusetzen hatte. Niemals war sie nachlässig. Das nächste Mal durfte sie nicht den Daumen nehmen und auch lieber nicht das geriffelte Messer, sondern eins mit glatter Klinge. Dann würde sie besser wissen, wie tief sie schnitt.

Zu Hause wurde sie von Musik empfangen, Wladimir flüsterte ihr wärmende Worte ins Ohr. Wie ein guter Geist. Seit er da war, fühlte sie sich sicherer. Dann wurden all die Dinge unbedeutend, die ihr so oft diese grässlichen Kopfschmerzen bereiteten. Jetzt spielte er wieder etwas, das sie beruhigend umfing. Musik, die höhere Wahrheiten zu enthalten schien und ihr die tröstende Sicherheit gab, dass in allem ein verborgener Sinn enthalten war.

* * *

Von ihrem Großvater hatte sie eine Fotoausrüstung geerbt, die seitdem unberührt in einem Koffer unter dem Bett lag. Ada verstand nichts davon. Ihr Großvater hatte so schöne Bilder gemacht, sie war ihrer nicht würdig.

Doch dann war der Geburtstag ihres Vaters gekommen, an dem sie sich aus Versehen in den Finger geschnitten hatte, und die Begegnung mit Wladimir und diese seltsame Sonnenfinsternis und das Liebespaar im Krankenhaus. Und als sie am Abend nach Hause ging, wollte sie irgend etwas von diesem Tag zurückbehalten, das sie immer an ihn erinnern würde. Sie zog den Koffer unter dem Bett hervor und bestaunte die schwere Kamera; eine Stunde später war der erste Film voll.

Seitdem fotografierte sie alles, was in ihrem Leben wichtig war: die Sonne, wenn sie abends durchs Küchenfenster schien, die Bücher in ihrem Regal, die Phosphorsterne an ihrer Schlafzimmerdecke. Sie nahm die Kamera mit zur Arbeit und fotografierte den Gang mit dem fahlen Licht, sich drehende Reagenzröhrchen, das Gittergestell, das im Stationszimmer auf sie wartete.

Zu ihrer Überraschung gefielen ihr die Bilder, auch wenn sie manchmal nicht scharf waren oder Gegenstände nicht so zeigten, wie Ada sie gesehen hatte. Es war ihre Welt, der Teil davon, den sie mochte. Sechsundzwanzig wählte sie aus – so viele, wie sie Jahre alt war –, ließ sie vergrößern, kaufte passende Rahmen dazu und hängte sie in der Wohnung auf.

* * *

Sie waren wieder da. Am Wochenende. Der Arzt und die Frau mit den Sommersprossen. Diesmal machten sie es andersherum. Die Frau lag unten, und er rieb seinen Körper auf ihr. Er war ganz nackt. Auf der Brust und den Schultern hatte er lauter dunkle Haare, zuerst dachte Ada, es wären Schatten. Immer wieder stieß er sich von dem Fußteil ab in sie hinein. Die Frau hatte ihren Kittel anbehalten, sonst war auch sie nackt. Ihre Kleidungsstücke lagen vor dem Bett auf dem Boden verstreut. Sie hatte ihre Beine um seine Hüften geschlungen und auf seinem Rücken verschränkt. Sie fasste ihn an den Seiten, als wollte sie ihn ermutigen. Ada konnte sein verzerrtes Gesicht erkennen. Hätte er in diesem Moment die Augen geöffnet, hätte er sie gesehen.

Dann waren sie fertig. Ada wich zurück, das Licht im Labor hatte sie schon vorher gelöscht. Eine Weile passierte gar nichts, dann hörte sie seine tiefe Stimme: »Was ist los, warum weinst du?«

»Schon gut, ist gleich vorbei.«

»Jetzt sag schon! Mit dir stimmt doch etwas nicht.«

Ada wagte einen Blick durch den Spalt. Die Frau hatte sich aufgesetzt und hielt sich die Hände vors Gesicht. Ihre Leberflecken sahen in dem fahlen Licht wie schwarze Tropfen aus. Er griff ihre Unterarme.

»Jetzt sag mir schon, was los ist. Helen! Bitte!«

»Ich bin schwanger, das ist los!«

Dann sagte lange keiner etwas, nur ihr Schluchzen war zu hören.

»Von wem ist es?«

»Von wem wohl? Von dir natürlich! Ist das die einzige Sorge, die du hast, dass es nicht von dir sein könnte?«

»Nein, entschuldige.«

»Schon gut. Tut mir leid. Eigentlich wollte ich es dir gar nicht sagen.«

Wieder wurde es still.

»Was willst du tun? Ich meine, was sollen wir tun?«

»Es abtreiben lassen, was denn sonst.«

»Aber wir könnten … also …«

»Wir könnten *was*?«

»Du weißt, wie ich zu dir stehe, zu uns. Ich will dich. Ich will ein gemeinsames Leben – mit dir.«

»Ach, Klaus, du bist verheiratet, hast du das vergessen? Du hast eine Frau und ein Kind, und ich habe jemanden, den ich liebe, mit dem ich aber nicht mehr zusammen sein kann, weil … ich weiß auch nicht, warum. Jedenfalls kann ich Tom nicht einfach verlassen. Was stellst du dir vor, was ich ihm sagen soll? ›Du, Tom, tut mir leid, ich liebe dich, aber irgendwie hat das keinen Zweck mehr, und außerdem bin ich schwanger von einem Kollegen, mit dem ich seit einem halben Jahr ein Verhältnis habe.‹«

»Aber ich dachte, ihr liebt euch nicht mehr.«

»Wir schlafen nicht mehr miteinander, das ist etwas anderes.«

»Aber wenn es das ist, was du willst? Das Kind, meine ich. Ich habe dir gesagt, dass ich bereit bin, meine Familie zu verlassen, wenn du dich für mich entscheidest. Richtig entscheidest. Wir könnten ein gemeinsames Kind haben, alles andere ist doch unwichtig.«

»Was redest du da? Es gibt *nicht* nur uns, alles andere ist *nicht* unwichtig, und ich werde es *nicht* behalten!«

Unter Wasser

Tom hatte begonnen, vor dem Einschlafen zu onanieren – neben Helen. Er hatte früher schon daran gedacht, es aber nie gewagt. Dann hatte er Iron Man im Kino gesehen und war in Kämpferlaune ins Reich der sexuellen Frustrationen und nutzloser Genitalien zurückgekehrt, während Wladimir und Paul noch in die Bar 25 gegangen waren.

Als er ins Schlafzimmer kam, schlief Helen bereits. Viertel vor elf. Na sicher. Er bemühte sich nicht, besonders leise zu sein, kroch unter seine Decke, und keine zehn Minuten später war er deutlich entspannter. Helen bewegte sich nicht. Wollte sie ihm allen Ernstes suggerieren, sie hätte nichts bemerkt? Gut, der Abstand zwischen ihnen war so groß wie die Straße von Gibraltar – bei gutem Wetter konnte man gerade den gegenüberliegenden Kontinent sehen –, aber ihm vorzumachen, es sei ihr entgangen, das war kindisch.

Die Szene wiederholte sich. Helen zeigte ihm die kalte Schulter, und er onanierte. Nach fünf Tagen hielt sie es nicht mehr aus.

»Geht das jetzt schon wieder los?«, fragte sie plötzlich in die Dunkelheit hinein.

»Was meinst du?«

»Dass du es dir machst.«

»Du meinst, dass ich onaniere?«

»Was denn sonst?«

»Stört es dich?«

»Ja. Es ist erniedrigend.«

Wo war er hier? In einem Fünfziger-Jahre-Heimatfilm?

»Nein, erniedrigend ist es, um Sex betteln zu müssen.«

»Was soll denn das heißen?«

»Das muss ich dir nicht wirklich erklären, oder?«

»Doch.«

»Na schön. Im laufenden Kalenderjahr hatten wir noch keinen Sex, ohne dass die Initiative dazu, um es mal vorsichtig auszudrücken, von mir ausgegangen wäre – von dem einen Mal neulich abgesehen.«

»Blödsinn.«

»Kein Blödsinn. Ich habe es aufgeschrieben.«

Sie setzte sich auf, es blieb ihr nichts anderes übrig. Spätestens jetzt konnte sie ihn einfach nicht länger ignorieren.

»Du führst Buch über unser Sexualleben?«

»Wir haben keins.«

»Das ist ja pathologisch.«

»Es hilft.«

»Es hilft?«

»Ja. Ich weiß jetzt, dass es keinen Grund gibt, weshalb ich mich von jeder Kleinigkeit runterziehen lassen sollte, nur weil es in unserer Beziehung nicht mehr läuft.«

»Du redest wie ein Therapeut.«

Tom zuckte mit den Schultern. Wahrscheinlich hatte sie recht, aber was änderte das? Helen lehnte an der Wand und wusste nicht weiter. Tom starrte an die Decke, sein Schwanz hatte sich für heute verabschiedet.

Helen: »Und jetzt?«

Wir könnten Sex haben, dachte er, aber er wusste, das war keine gute Idee.

»Wir müssen kein Liebespaar sein, es zwingt uns niemand.«

»Du meinst, du würdest gerne ohne schlechtes Gewissen in der Gegend rumvögeln.«

»Klingt, als wüsstest du, wovon du sprichst.«

»Lenk nicht ab!«

»Ich meine, ich möchte gerne begehrt werden und begehren dürfen.«

»Dann können wir uns ja gleich trennen.«

»Möchtest du das?«

»Nein! Ich brauche dich doch. Wir können uns nicht einfach so trennen.«

Einfach so?

»Ich will nicht gebraucht, ich will begehrt werden.«

»Aber wir lieben uns doch.«

»Hört sich an, als wären wir einander ausgeliefert.«

Helen stand auf und verschwand im Bad. Tom hörte, wie sie weinte und sich gleichzeitig erbrach. Mit der Wahrheit, das war schwierig, man durfte sie nur in homöopathischen Dosen verabreichen. Sollte er zu ihr gehen? Und was dann? Er wusste es nicht. Er wusste gar nichts mehr.

* * *

Seit Monaten rannten sie nur noch im Kreis um den trüben Tümpel ihrer Liebe. Das klare Wasser hatte sich nach und nach verflüchtigt, und jetzt war nur noch der Schlamm übrig. Ein zufälliger Beobachter hätte nicht sagen können, wer bei diesem Rennen wen verfolgte, aber in Toms Vorstellung war immer er es, der hinter Helen herlief. Doch sie hielt ihn auf Distanz, Angst macht schnelle Beine. Er sah sie immer nur von hinten.

Gegen sieben würde Helen von ihrem Seminar zurückkommen. Tom wollte sie mit einem Essen empfangen: Lammkeule zu Kerzenschein und Rotwein. Sie mochte Lammfleisch. Nach dem Aufstehen hatte er zwei Stunden lang wie ein Löwe im Käfig Kreise in der Wohnung gedreht, dann hatte er Wladimir angerufen.

»Mir fällt die Decke auf den Kopf.«

»Ich wollte gerade mit Paul Fahrrad fahren. Wenn du willst, komm mit.«

»Gib mir zwanzig Minuten.«

Bei den üblichen achtzig Kilometern von Paul und Wladimir würde Tom nur dann mithalten können, wenn er sich hartnäckig im Windschatten hielt und sie Mitleid mit ihm hatten.

Sie hatten keins. Bis zur Glienicker Brücke konnte er dranbleiben, danach musste er sie ziehen lassen. Am Kronprinzessinnenweg trafen sie sich wieder. Paul und Wladimir sahen aus, als seien sie gerade aufgestanden.

Paul: »Ah, Tom, alles klar?«

»Könnte nicht besser sein«, schnaufte Tom.

Den Nachmittag vergammelten sie auf Wladimirs Sofa. Auch er hatte Sky, es war auszuhalten. Irgendein Actionfilm, gespickt mit Superheroes, die Stürze aus 25 Metern Höhe locker mit den Knien abfedern konnten oder aber wenigstens mit futuristischen Motorrädern durch ausgetrocknete Flussbetten jagten, gleichzeitig ein halbes Dutzend Verfolger eliminierten und zusätzlich eine Bombe entschärften und den Sicherheitscode des Pentagons entschlüsselten. Eine Stunde lang starrte Tom auf die Mattscheibe. Dann gab es eine Bildstörung, und er setzte sich an den Flügel, gab aber nach drei Stücken wieder auf. Er packte seine Sachen zusammen.

Paul: »Willst du nicht die zweite Halbzeit sehen, jetzt, wo es so spannend ist?«

War es das?

»Helen kommt heute abend von einer Fortbildung zurück.«

»Na, dann viel Spaß.«

Die Lammkeule schmorte im Ofen, auf dem Tisch brannten Kerzen, und der Rotwein atmete auf der Fensterbank – so erwartete Tom Helens Ankunft. Seine Stimmung hatte sich nicht gebessert. Er machte sich Vorwürfe, weil er sich nicht über ihre Rückkehr freuen konnte. Es war paradox: Er vermisste sie, trotzdem wollte er nicht, dass sie zurückkam. Vielleicht sollte er sich nicht so viele Gedanken über Helen machen, sondern zur Abwechslung mal über *sich* nachdenken. Wenn er ehrlich war, musste er sich eingestehen, dass die Lammkeule vor allem aus Pflichtgefühl im Ofen schmorte und nicht aus Liebe.

Ihr Lächeln war angestrengt, sie sah müde aus. Tom bekam einen ihrer Tiefkühlküsse.

»Das riecht aber gut. Was ist los, hast du ein schlechtes Gewissen?«

Tom fühlte, wie sich sein Hals zusammenzog.

»Weshalb sollte ich?«

»Weil du mit einer anderen vögelst, nehme ich an.«

Ein Fußtritt vor die Brust, aus heiterem Himmel. Den musste sie lange geprobt haben.

»Wie kommst du denn darauf?«

»Stimmt's oder stimmt's nicht?«

»Nein, stimmt nicht. Ich schlafe mit keiner anderen.«

»Das soll ich dir glauben?«

»Natürlich sollst du mir das glauben, ich belüge dich nicht.«

»Willst du mir allen Ernstes erzählen, dass du in all den Jahren, die wir jetzt zusammen sind, niemals fremdgegangen bist?«

»Was soll denn das jetzt? Wird das so etwas wie eine Generalabrechnung?«

»Was das soll? Ich will's wissen, das ist alles. Kann doch nicht so schwer sein. Ganz einfache Frage: Hast du mich je betrogen?«

»Was ist denn mit dir los? Ich dachte, wir versuchen es mit einem gemütlichen Abend und einem schönen Essen, und bevor du überhaupt richtig da bist, wird hier die heilige Inquisition inszeniert.«

»Hast – du – mich – je – be – trogen?«

Hatte er sie betrogen? War das betrügen? Einmal mit einer anderen ins Bett zu gehen?

»Wie meinst du das?«

»Wie ich das meine? Willst du mich für blöd verkaufen? Ob du mit einer anderen im Bett warst, will ich wissen!«

Also ja. Nach ihrer Definition – ja. Nach seiner – knifflig, er hatte keine. Helens Halsschlagader pulsierte, ihre Augen glühten: »Was ist los? Musst du so lange nachdenken, bis du weißt, ob du mit einer anderen im Bett warst, oder hast du Schwierigkeiten, sie zusammenzuzählen?«

»Ich verstehe nicht, was das soll?«

»Das musst du nicht. Sag mir einfach, ob du mit einer anderen gevögelt hast.«

Tom war wütend – und würde um eine Antwort nicht herumkommen. Es war also ganz einfach: lügen oder die Wahrheit sagen.

»Ja.«

»Ja?«

»Ja. Einmal. Du kennst sie nicht. Ich hab' sie auf einer Party kennengelernt, es hat sich so ergeben. Du warst nicht da, und ich wollte Zuneigung. Mehr als Zuneigung. Das ist alles. Ich hab' sie seitdem nicht wiedergesehen. Bist du jetzt zufrieden?«

Helen starrte an Tom vorbei ins Leere, gleich würde sie anfangen zu weinen. Es machte ihn aggressiv.

»Wann?«

»Noch nicht so lange her.«

»Arschloch. Du verdammtes Arschloch! Wieso hast du mir das angetan?«

Selber Arschloch, wieso fragst du danach?

»Ich hatte nicht das Gefühl, dir etwas anzutun. Ich wollte etwas *für* mich tun, nicht *gegen* dich.«

»Du biegst dir immer alles so hin, dass du es vor dir entschuldigen kannst.«

»Ich hab' versucht, es so hinzubiegen, aber es hat nicht funktioniert.«

»Die vom See. Es war diese Zicke vom See, stimmt's? Die dich nach deiner Leiste gefragt hat.«

Das war unfair, die zählte nicht.

»Nein, die vom See kannst du vergessen.«

Möglichkeit Nummer drei: lügen *und* die Wahrheit sagen.

»Na wunderbar. Dann kann ich dir jetzt ja auch sagen, dass ich nicht von einem Seminar komme.«

»Sondern?«

»Nicht, was du denkst.«

»Was denke ich denn?«

»Du denkst, ich hätte mich mit einem anderen vergnügt.«

»Und, wo warst du?«

»Ich war in Dortmund – bei Elke. Ich musste zum Arzt.«

Tom kannte ihre Cousine. Helen und sie waren in Kindertagen eng befreundet gewesen. Er hatte sie ein paarmal auf Familienfesten gesehen. Sie war etwa in Helens Alter, attraktiv, alleinerziehende Mutter von zwei Kindern und außerdem erfolgreiche Anwältin. Eine Überfrau, die ihre menschliche Seite nicht vergessen hatte. Im Stillen hatte Tom manchmal gedacht … also, etwas mehr von dem Wesen ihrer Cousine hätte Helen nicht geschadet.

»Du fährst zu deiner Cousine, um zum Arzt zu gehen?«

»Ich wollte nicht, dass du etwas davon mitbekommst.«

»Wovon redest du?«

»Hast du es noch nicht kapiert? Ich war schwanger, deshalb war ich bei ihr. Ich hab' es abtreiben lassen. Und nach dem, was du gerade gesagt hast, weiß ich, dass es richtig war. Und bevor du irgendwelche dummen Fragen stellst: Ja, es war von dir.«

Sie wollte stark sein, aber es ging nicht. Sie fiel in sich zusammen. Regungslos starrte sie an ihm vorbei. So machte sie es immer, wenn sie weinte. Ihm ging es genauso: Er wollte stark sein, konnte aber nicht.

Was für ein beschissener Zufall! Ein einziges Mal nur hatten sie in den letzten Wochen miteinander geschlafen – nach diesem denkwürdigen Tag am See, als die Sonnenfinsternis ihm gleich noch diesen Meteoritenhagel beschert hatte. Helen hatte sich abends neben ihn gelegt und wortlos ihre Hand unter den Bund seiner Hose gleiten lassen. Als er sie fragend ansah, sagte sie nur: »Zieh dich aus.«

Es war einfach eine Anweisung gewesen.

Die ganze Zeit über hatten sie sich angesehen, auch als er kam. Es war gespenstisch gewesen. Wieder etwas, das er nicht verstanden hatte. Und ausgerechnet da musste sie schwanger werden.

Helen: »Was machst du?«

»Ich gehe meine Tasche packen.«

»Aber ich will nicht, dass du gehst.«

»Du weißt doch gar nicht, was du willst.«

»Geh nicht, bitte!«

Paul öffnete ihm die Tür. Tom stand mit verschmiertem Gesicht auf dem Treppenabsatz, die Tasche neben sich.

Paul: »Vergiss das mit dem Strand. Du siehst aus wie Regen. Regen ohne Strand.«

Dass Helen ein Kind von ihm hatte abtreiben lassen, konnte Tom nicht verwinden. Die Abtreibung selbst warf er ihr nicht vor, nicht mal, dass sie ihm dafür die Schuld gab. Ihre Beziehung lag am Boden und wand sich in den letzten Zügen – keine gute Voraussetzung für ein gemeinsames Kind. Auch, dass sie vorher nicht mit ihm darüber gesprochen hatte, leuchtete ihm ein. Seine Einstellung kannte sie. Es war ihr schwer genug gefallen, da musste sie sich nicht noch mit seinem Kinderwunsch belasten.

Der Grund, weshalb er nicht darüber hinwegkam, war ein anderer: Helen hatte ihm gezeigt, dass er nicht derjenige war, mit dem sie eine Familie gründen wollte. Wenn sie ein Kind gewollt hätte, und wenn sie es von *ihm* gewollt hätte, dann hätte sie es behalten, auch wenn die rosarote Phase ihrer Beziehung vielleicht für immer vorbei war. Wozu also weitermachen? Er wusste, eigentlich wollte sie einen Mann, ein Kind, eine Familie, aber die Aussage hinter der Abtreibung war: Nicht mit dir.

Desdemona

Tom: »Wie war eigentlich deine Verabredung mit Desdemona? Hat sie dir den Shakespeare gemacht?«

Wladimir: »Sprich bloß nicht *da*von.«

»Weshalb? Was ist passiert?«

»Nix ist passiert.«

»Geht es präziser?«

»Das ist präzise. Nichts ist passiert, gar nichts. Sie ist nicht gekommen.«

»Sie hat dich versetzt?«

»Das ist es, was ich dir zu sagen versuche.«

»Hätte ich nicht gedacht, so, wie sie sich von dir verabschiedet hat.«

»Ich auch nicht, aber so ist das: Sobald du das kleinste bisschen Gefühl investierst, kriegst du in die Fresse.«

Tom wunderte sich über Wladimirs Verletzlichkeit – und setzte gleich noch einen drauf. Heute wollte *er* mal austeilen: »Du hast echte Gefühle?«

»Tja, da staunst du, was?«

»Überhaupt nicht, hab' ich immer schon vermutet.«

»Na, dann weißt du es ja jetzt.«

»Schäm dich nicht, das ist ganz normal. Geht allen so. Ist einfach nur eine neue Erfahrung für dich.«

»Sehr witzig. Ich schäme mich nicht, ich ärgere mich.«

»Vielleicht solltest du Buddhist werden. Dann könntest du deine Begierden überwinden.«

»Was du heute für einen Mist redest! Die Buddhis gehen mir auf die Nerven. Wer kann denn allen Ernstes seine Begierden überwinden wollen? Lass uns lieber weitermachen, sonst tragen sie noch mal unsere Skelette aus dieser Wohnung.«

Tibatongs Domizil war von Woche zu Woche größer geworden, jede erledigte Arbeit hatte zwei neue nach sich gezogen. Zwischendrin hatte der Professor einen Unfall gehabt und vorübergehend ins Krankenhaus gemusst, so hatte er sich nicht über den Fortgang der Arbeiten auf dem Laufenden halten können. Da hatten Tom und Wladimir etwas Boden gutgemacht, aber längst nicht genug. Wenn Tom morgens die Wohnung betrat und die vor ihm liegende Arbeit abschätzte, kam er sich vor, als würde er mit einem Esel an einem Pferderennen teilnehmen.

Wenigstens bei den Bodenschleifarbeiten war ein Ende abzusehen. In den drei größten Zimmern lag Tafelholzparkett mit Intarsien und Tropenholzfilets, die nach hundert Jahren dünn waren wie gut geschnittener Parma-Schinken. Die große Maschine hätte ihnen das Zeug sofort um die Ohren geschleudert, also war ihnen nichts anderes übriggeblieben, als die gesamte Fläche mit dem Schwingschleifer abzuziehen, per Hand, auf den Knien. Erst mit vierziger, dann mit achtziger Körnung. Bereits nach dem ersten Tag hatte Tom seine Beine nur gewaltsam wieder geradebiegen können, jeder weitere hatte es noch schlimmer gemacht. Zum Schluss, nach zwei Wochen, hatte er sich erst auf die Seite fallen lassen und eine Weile wie ein Käfer auf den Rücken drehen müssen, bevor er wieder aufstehen konnte.

Inzwischen war neben den hinteren beiden Zimmern nur noch ein mittelgroßes Schlafzimmer mit Fischgrätparkett abzuschleifen, an dem Tom im Moment arbeitete – das heißt, an dem er gearbeitet hätte, wenn es nicht gerade Sturm geklingelt hätte, weshalb er mittendrin aufhören musste.

Wenn jemand sich so vehement mit dem Klingelknopf auseinandersetzte wie derjenige, der gerade vor der Tür stand, dann hatte er meistens eine Beschwerde vorzutragen. Oft tat es Tom ja auch leid, aber er konnte das Parkett schlecht mit einem Wattebausch abschleifen. Es hatte sich gezeigt, dass es besser war, wenn *er* in solchen Fällen die Tür öffnete; Wladimir war einfach zu undiplomatisch. In mancherlei Hinsicht waren sie inzwischen wie ein altes Ehepaar: Jedem waren bestimmte Aufgaben zugewachsen, ohne dass sie je darüber gesprochen hätten.

»Unter Ihrer Tür kommt Staub durch.«

Die Hauswartsfrau hatte eine Jogginghose an, die selbst in ihren besten Zeiten abscheulich ausgesehen haben musste und genauso ausgewaschen war wie ihre Dauerwelle nebst Färbung: Rot hatten sie werden sollen, Orange war es gewesen, jetzt war es tote Asche über letzter Glut. Ihre Stimme klang wie Fingernägel, die über eine Tafel kratzten.

Als wäre die letzte Nacht nicht schlimm genug gewesen. Nach einer halben Flasche Grappa hatte sich Tom betäubt auf Pauls Isomatte fallen lassen, war aber bereits nach vier traumlosen Stunden Schlaf mit fürchterlichen Kopfschmerzen und dem deutlichen Gefühl, eine tragische Dimension erreicht zu haben, wieder erwacht. Auf der Suche nach einem einsamen Helden, mit dem er sich in seinem Leid verbrüdern könnte, hatte er Pauls Bücherregale durchkämmt und in einer verschwiegenen Ecke Raymond Chandler getroffen, der ihn verlässlich durch die Nacht begleitet hatte, bis Paul ins Zimmer kam und wortlos eine Aimee-Man-CD einlegte.

Jetzt, im Angesicht dieses Hauswartinfernos, fühlte Tom wieder Chandlers langen Schatten, der ihm wie ein großer Bruder den Rücken stärkte. Tom: »Dust is my business.«

»Was?«

»Staub ist mein Geschäft. Klingt natürlich nur halb so schön.«

»Versteh' ich nicht.«

Wie auch.

Sie erwartete, dass er etwas sagte. Konnte sie haben.

»Ist nicht meine Tür.«

»Versteh' ich immer noch nicht.«

»Diese Tür hier« – Tom zeigte mit dem Daumen hinter sich –, »unter der der Staub durchkommt« – er deutete nach unten …

Sie guckte wie eine Eule.

Tom: »… Sie sagten, es sei *meine* Tür.«

Hu-huuu.

Tom: »Trifft nicht zu.«

Sie: »Wissnsewas? Das ist mir zu blöd. Ich geh' und sag' meinem Mann Bescheid.«

Während sie die Stufen runtereierte, jagte Tom ihr mit seiner Chandler'schen Zeigefingerpistole von hinten eine Siebenmillimeter durch die Kniescheibe. Musste höllisch weh tun. Als er die Tür schloss, drang Wladimirs Stimme aus einem der vielen Zimmer; er war auf Wanderschaft, weil er nicht wusste, wo er den Beitel zuletzt hingelegt hatte.

»Du hast Beschwerden auch mal freundlicher abgebügelt!«

Seit wann interessierte ihn so etwas?

»Die Zeiten ändern sich!«

Die nächste Unterbrechung ließ nicht lange auf sich warten. Keine Viertelstunde später drückte sich ein ungeduldiger Finger erneut die Kuppe an der Klingel platt. Beim Abschalten der Maschine zog Tom eine Riefe ins Parkett, mitten im Feinschliff mit dem Fünfziger-Papier. Schöner Mist! Fehler, die einem jetzt noch unterliefen, ließen sich nur noch schwer beheben. Unwirsch stapfte er zur Tür.

Der eingestaubte Rotfuchs hatte seinen Mann mitgebracht, die beiden waren ein Traumpaar. Er trug Hosenträger mit vielen kleinen Hertha-Emblemen – wie Briefmarken zum Abreißen. Etwas Verkrustetes klebte an seinem Kinn. Irgendwo in seiner Hose war bestimmt ein Bier versteckt.

»Hörnsema. So jeht det nich, Sie könnhiernich den janzen Tach so laut sein.«

Es war wie bei Tom und Wladimir, jeder hatte seinen Bereich: Sie war für den Staub zuständig, er für den Lärm.

Tom: »Rechte oder linke Tasche?«

»Wat?«

»Nicht so wichtig. Wo waren wir? Ach ja, der Lärm. Wissen Sie, genau genommen bin das nicht ich, der hier so laut ist, sondern die Maschine.«

»Det isma ejahl.«

»Mir eigentlich auch.«

»Wat issnu? Hörnse uff?«

»Neee.«

»Denn müssma die Polizei rufn.«

»Die Nummer ist eins, eins, null«, sagte Tom und schloss die Tür.

Bei ihrem allerersten Auftrag, der Geburt des Tigers, hatte es einen erzürnten Nachbarn gegeben, der tatsächlich die Polizei gerufen hatte. Tom und Wladimir waren einigermaßen nervös gewesen, als plötzlich zwei Beamte in Uniform vor der Tür gestanden hatten. Die hatten dann aber lediglich eine Rechtsbelehrung vorgenommen und dem Nachbarn klargemacht, dass es aussichtslos war, deswegen Anzeige zu erstatten, sich für die Arbeitsunterbrechung entschuldigt und wieder verabschiedet. Seitdem nahmen Tom und Wladimir solche Drohungen gelassen auf.

Beim nächsten Mal klopfte es an der Wohnungstür, hammerschlagartig. Eine Riefe mehr – das arme Parkett. Als Tom öffnete, brüllte ihn die inzwischen vertraute Jogginghose an. Mit der Zeit verlor sie ihren Schrecken. Ihren Mann hatte sie diesmal nicht mitgebracht, der wollte nicht vom Fernseher weg. Die Polizei auch nicht.

Bevor sie das zweite Mal Luft holen konnte, durchkreuzte

Tom ihr Konzept: »Ihr Beinkleid ist so unauffällig wie eine Tarantel auf einer Sachertorte, Gnädigste.«

Sie war wild entschlossen, die Einwürfe dieses verrückten Handwerkers zu ignorieren. Der hatte sie ja nicht alle.

»Ich habe mit der Hausverwaltung gesprochen, Sie müssen das hier saubermachen!«

Sie fuhr mit dem Zeigefinger den Türrahmen entlang und hielt ihn Tom unter die Nase.

»Hier, sehen Sie! Ich kann nicht jeden Tag den Hausflur saubermachen, ich habe Schmerzen im Knie!«

Hehe, wundert mich gar nicht.

»Hehe, wundert mich gar nicht.«

»Was?«

»Sie haben es nicht geschafft, mich zu ignorieren.«

»Sie reden dummes Zeug.«

Glaubst du.

Tom ließ die Tür extra sanft ins Schloss schnappen. Wladimir stand hinter ihm und schüttelte ungläubig den Kopf: »Vielleicht sollte ich das heute lieber übernehmen. Beim nächsten Mal schießt sie dir sonst mit einer Schrotflinte die Eier weg.«

»Kommt nicht in Frage!«

»Was ist denn heute mit dir los? Hast du zum Frühstück schlechte Drogen genommen?«

»Nein, zum Abendessen. Ich hab' gestern meine Sachen gepackt und bin vorübergehend zu Paul gezogen. Wahrscheinlich drehe ich gerade durch, und mir springen die Sicherungen raus.«

»Musste ja so kommen.«

»Mehr hast du dazu nicht zu sagen?«

»Doch. Glückwunsch. Wenn ich die Wahl hätte zwischen Paul und Helen, würde ich auch Paul nehmen.«

Ada

Ada hatte sich ein Messer gekauft, ein schweres, ganz aus Metall – auch der Griff. Es war überall abgerundet, nirgends gab es eine Stelle, an der sich Schmutz festsetzen konnte. Wenn sie es länger in der Hand hielt, wurde es ganz warm. Es hatte genau die richtige Größe. Nicht so lang wie ein Brot- oder Fleischmesser, aber auch nicht so kurz wie diese viel zu leichten Dinger, mit denen sie ihre Äpfel schälte. Der Verkäufer hatte ihr versichert, dass ein schärferes nicht zu bekommen sei. Es hatte einen Extraplatz bekommen, neben dem Besteckkasten. Dort lag es auf einem Stück blauem Samt, das Ada extra gekauft hatte. Dieses Messer würde sie nur für sich selbst benutzen, den Rest der Zeit würde es dort liegen und warten.

Eigentlich war *das* das erste Mal – mit dem neuen Messer. »Global« stand darauf, das gefiel Ada. Sie fühlte sich groß dadurch. Das ganze Wochenende hatte sie gespannt auf den geeigneten Moment gewartet, jetzt war es so weit. Die Musik war auch wieder da. Wladimirs Musik. Traurig heute, wie zum Abschied. Es passte alles zusammen.

Sie zog sich frische Sachen an, entzündete eine Kerze, setzte sich an den Küchentisch und legte das Messer zwischen ihre Hände. Wie ein Ritual. Der Gedanke gefiel ihr; Rituale waren etwas Bedeutendes. Sie überlegte, wo sie schneiden sollte. Es war das letzte Mal. Das letzte Mal, dass keine Narbe auf ihrem Arm zu sehen sein würde. Wie jemand, der einen Berg bestieg und auf dem Gipfel seine Fahne aufstellte. Unbeflecktes Land.

Als sie das Messer ansetzte und über ihren Arm führte, war

sie so benommen, dass sie sich zunächst gar nicht rühren konnte. Sie legte es an die Stelle zwischen ihren Händen zurück und beobachtete, wie sich unter ihrem Arm eine Pfütze bildete. Der Tisch stand nicht gerade, das Blut lief langsam auf sie zu. Mit der freien Hand versuchte sie, es aufzuhalten, aber es war aussichtslos, und so ließ sie es auf den Boden laufen, wo es sich um ihre Zehen schlang.

Um den Boden nicht schmutzig zu machen, ging sie auf Fersen ins Bad und wusch sich im Waschbecken das Blut von den Füßen. Verbandszeug gab es immer noch nicht, sie hatte vergessen, welches mitzubringen. Aber Wladimir war ja da. Er würde ihr helfen, sie verstehen. Sie nahm ihren Schlüssel und zog leise die Tür ins Schloss.

Wladimirs Wohnungstür öffnete sich, bevor sie klingeln konnte. Ein Mann erschien, der müde aussah und abgekämpft. Ada war sich nicht sicher, aber vielleicht war es der, der ihr schon einmal auf der Treppe begegnet war. Er trug Sportsachen und roch verschwitzt, seine Haare waren verklebt. Von hinten hörte sie Wladimirs Stimme:

»Ach Tom!«

»Morgen um zehn in alter Frische im Epikur, ich weiß!«

»Und grüß Helen.«

Tom? Helen? Ada musste aussehen, als sei sie einem Gespenst begegnet, so ungläubig, wie er sie jetzt ansah. War das etwa der Tom, von dem die Frau im Krankenhaus gesprochen hatte? Er sah so anders aus als der Arzt. Ganz zerzaust und ungepflegt und irgendwie … gebrochen. Als ob er krank wäre, Leukämie oder so etwas.

Ob er etwas davon wusste? Von Helen und … wie hieß er? Klaus? Und von der Schwangerschaft? Ada fühlte plötzlich Anteilnahme für Helen. Wenn das der Tom war, von dem Helen gesprochen hatte, dann konnte sie verstehen, weshalb sie sich in die Arme von Klaus geflüchtet hatte. Wer konnte schon auf Dauer mehr Leid ertragen als sein eigenes? Klaus war Arzt und strahlte Souveränität aus. Ein Mann durfte nicht wanken; er musste stark sein und sicher.

»Ist alles in Ordnung?«

»Nein, ich meine, ja. Es ist … nichts. Es tut mir leid.«

Sie musste wirklich völlig verwirrt aussehen. Zum Glück kam Wladimir gleich und kümmerte sich um ihren Arm.

Später klingelte er, um ihr das Handtuch zu bringen, das sie in ihrer Aufregung hatte liegenlassen. Gerade als ihr die Worte ausgingen, ertönte ein Pfeifen.

»Das Kaffeewasser«, rief sie und lief in die Küche. »Komm doch rein!«

Noch nie hatte sie einen Mann in ihre Wohnung gebeten. Heute war der Tag der Premieren. Er stand im Türrahmen und hielt das Tuch in der Hand. Er lächelte. Es sah wunderschön aus.

»Leg es einfach irgendwo hin. Möchtest du Kaffee?«

»Immer.«

»Ich mach' ihn aber anders als du. Deutsch, mit Filter und Aufgießen und so.«

»Kein Problem.«

»Oder soll ich lieber …«

»… Nein, ist prima so, wirklich.«

Während sie den Kaffee aufgoss, schlenderte Wladimir durch den Flur. Sie konnte seine Schritte durch das Knarren der Dielen verfolgen.

»Ganz schön einsam, findest du nicht?«

»Was?«

»Deine Bilder – ganz schön einsam.«

»Magst du sie nicht?«

»Doch, doch, sicher.«

Sie kam in den Flur und fingerte an einem ihrer Blusenknöpfe.

»Ich würde dir gerne etwas zeigen.«

»Okay.«

Wie ein Reflex legte sich ihre Hand auf seinen Arm. Sie spürte ihre Brustwarzen steif werden und wagte nicht, an sich herunterzusehen. Eilig führte sie ihn ins Schlafzimmer.

Wladimir: »Du wolltest mir dein Schlafzimmer zeigen?«

Sie deutete an die Decke. Er folgte ihrer Bewegung mit dem Kopf.

»Was ist das?«

»Das sind Sterne. Meine Decke ist voll davon, ein ganzer Sternenhimmel! Vierundfünfzig und zwei Monde und ein Raumschiff. Da, schau!«

Wladimir war sich nicht sicher, was das sollte. Die lief eindeutig neben der Spur. Hatte sie die Sterne als Vorwand benutzt, um ihn ins Schlafzimmer zu lotsen, und erwartete jetzt Action von ihm, oder wollte sie ihm wirklich nur ihre komischen Leuchtdinger zeigen? Und wie erwartungsvoll sie ihn anstrahlte – total verdreht.

»Äh … schön.«

»Ich wusste, dass sie dir gefallen würden, weil du doch Raumfahrt studierst.«

»Ach so.«

»Ich glaub', der Kaffee ist fertig.«

Ein Glück.

»Schön.«

Zurück in seiner Wohnung, fühlte Wladimir sich deutlich erleichtert.

Desdemona

Tom war zu Schweiß und Staub zurückgekehrt. Zwei Reihen noch, dann würde er Tibatongs Schlafgemach endlich fertig geschliffen haben. Konnte doch nicht so schwer sein. Kaum aber hatte er die Maschine wieder auf Touren gebracht, da hämmerte es erneut an der Tür. Jetzt konnte die fette Wachtel was erleben. Er stellte die Maschine ab und wartete. *So* würde er nie fertig werden. Wieder klopfte es. Im Geiste ging Tom die Checkliste durch: Ohrschützer über Mütze über Staubmaske, Brille, Arbeitshandschuhe, Knieschützer. In der einen Hand den Beitel, in der anderen ein Stemmeisen – Roger. Er sah aus, als wollte er eine Bank in die Luft sprengen. Sie klopfte wieder. Jetzt bist du fällig, Schnecke.

Tom riss die Tür auf, und da stand plötzlich diese Frau vor ihm, und sie war das Gegenteil von dem, was er erwartet hatte, und sie sah ganz verstört aus, und irgendwo war er ihr schon mal begegnet, aber er konnte sich nicht erinnern.

»Hallo, Sie müssen Tom sein«, sagte sie und streckte ihm vorsichtig ihre Hand hin.

Er legte das Werkzeug auf den Boden, streifte seine Arbeitshandschuhe ab und ergriff ihre Hand.

»Herr Preuß ist … ich bin die Tochter von … also, ich bin …«

Tom zog mit der freien Hand den Klimbim von seinem Kopf und legte sein strahlendstes Lächeln auf.

»… Desdemona, ich weiß.«

Nur Tibatong konnte es fertigbringen, seiner Tochter so einen Namen zu geben. Das Lächeln einer Madonna und ach so rote Haare, die perfekte Synthese aus keusch und sinnlich. Sie sah aus, als hätte sie nicht vor, jemals zu altern.

»Kennen wir uns?«

»Nein, aber das macht nichts, denn Othello ist auch da. Othello!«

Sie konnte ihre Verwirrung nicht verbergen. Tom machte ein Gesicht, als sei er ihr Arzt: Vertrauen Sie mir.

Es tat sich nichts.

»War 'n Scherz, ich probier's noch mal. Wladimir!«

Endlich kam er um die Ecke gewackelt.

Wladimir: »Ach *du* hast den Beitel, da kann ich ja lange …«

Es regnete goldenes Konfetti von der Decke, gleich würde er sich die Flex auf den Fuß fallen lassen.

Tom: »Darf ich vorstellen: Desdemona – das ist Wladimir. Wladimir, du wirst es nicht glauben, das ist die Tochter von Tiba… von Prof. Preuß. Ich glaube, ihr kennt euch bereits.«

Desdemona lächelte verlegen. Tom konnte hören, wie Wladimirs Adamsapfel zuckte. Der hielt wie immer seine Hand vor die Brust: »… Äh … Hi!«

Das war nicht die Kühnheit, die Tom sich von Wladimirs Zusammentreffen mit seinem Minne-Ideal erhofft hatte, aber es war ein Anfang. Desdemona hatte nicht erwartet, ihn jemals wiederzusehen, und Wladimir hatte gehofft, ihr nie wieder begegnen zu müssen, aber das hatte er in der Aufregung ganz vergessen, und es machte auch gar nichts, denn bevor sie überhaupt nur seinen Gruß erwiderte, sagte sie: »Ich musste ins Krankenhaus, mein Vater hatte einen Unfall, ich wollte dich anrufen, aber ich hatte deine Handynummer nicht.«

»Ach so.«

Dann fiel es ihr doch noch ein: »Was für ein Zufall!«

Wladimir: »Finde ich auch.«

Tom: »Ich geh' mal Kaffee holen. Mit der Schleiferei, das wird heute sowieso nichts mehr.«

Bevor Wladimir und Desdemona sich überlegen konnten, was sie mit sich und der Situation anfangen sollten, schlüpfte Tom zwischen ihnen hindurch ins Treppenhaus, wo er auf den Stufen staubige Visitenkarten für die Hauswartsdrohne hinterließ.

Während Tom auf dem Weg zum Bäcker war, berichtete Desdemona, wie ihr Vater neulich, als sie am See gelegen hatten, bei dem Versuch gescheitert war, gleichzeitig dem Verlauf der Sonnenfinsternis und dem des Gehwegs zu folgen. Ein Laternenpfahl hatte seinen Weg gekreuzt, was keinerlei Konsequenzen hätte haben müssen, wäre da nicht der Monitor seines Computers gewesen, den er zum Auto hatte tragen wollen.

»Ein wahrhaft dunkler Moment«, soll er ausgerufen haben, als ihm der Monitor aus der Hand fiel und drei seiner Zehen nebst einem Vorderfußknochen zerquetschte.

»Zwei Kaffee, weiß mit Zucker?«, fragte die Bäckerin, die ihnen langsam das Du hätte anbieten können, bei den Mengen, die Tom und Wladimir in ihrem Laden schon vernichtet hatten.

Tom: »Drei, bitte, zum Mitnehmen.«

Die Bäckerin schaute verwundert. Tom flüsterte: »Hoher Besuch.«

»Ahh«, sagte sie, als wüsste sie genau, was er meinte.

Tom: »Ist Desdemona schon wieder weg? Ich hab' Kaffee mitgebracht.«

»Sie muss nur schnell etwas für ihren Vater abholen, dann kommt sie noch mal zurück und bringt Kuchen mit.«

»Wie nett von ihr.«

»Ja, nicht?«

Wladimir versuchte so zu tun, als sei nichts geschehen, und schraubte ungeschickt eine neue Scheibe auf die Flex. Seine Latzhose aber war mit Gänsedaunen gefüttert.

Wladimir: »Was grinst du denn so bescheuert?«

»Ich freue mich.«

»Idiot.«

Und weil Wladimir angefangen hätte, auf den Fingernägeln zu kauen, wenn er noch eine Minute länger so hätte rumstehen müssen, sagte er: »Ich flex' nur eben den Rand im Arbeitszimmer fertig.«

»Ist gut. Ich halte solange den Kaffee warm.«

»Schleif lieber die letzte Reihe im Schlafzimmer.«

»Dann hören wir nachher Desdemona nicht, und sie muss den Kuchen gaaanz alleine essen, und ihr seht euch nie, nie, niiiemals wieder.«

»Beruhig dich, ich hab' ihr den Schlüssel gegeben.«

»Na gut.«

Hoffentlich hatte Tibatong ein großes Bett. Vier mal fünf Meter wären gut. Das Parkett würde später wie ein Zebra aussehen, so oft, wie Tom den Feinschliff jetzt schon unterbrochen hatte. Wenn nicht auch noch ein Tiger dazukam, den man erst sehen würde, wenn alles versiegelt war. Tibatong würde in seinem Schlafzimmer von wilden Tieren umgeben sein. Tom nahm sich vor, den Rest so präzise wie möglich zu schleifen.

Das Ergebnis versöhnte ihn einigermaßen, doch als er bei der letzten Reihe angelangt war, wurde er durch ein Geräusch so abrupt aus seiner Konzentration gerissen, dass sich die Walze wie ein gefräßiges Tier ins Holz biss. Aus den Tiefen der heiligen Hallen dröhnte Wladimirs Stimme zu ihm. Eigentlich hörte er nur ein dumpfes »Mmmpphhfff«, aber er wusste, unter Wladimirs Maske klang es nach einem »AAAAAAAAHHH!«.

Im Arbeitszimmer tanzte ein wild gewordener Winkelschleifer mit 6600 Umdrehungen pro Minute über den Boden wie ein Tasmanischer Teufel auf der Suche nach einem Opfer. Wladimir hatte sich in eine Ecke geflüchtet und hoffte, unentdeckt zu bleiben. Mit dem ganzen Kram auf dem Kopf sah er aus wie Dustin Hoffman in »Outbreak«. Er hatte sich verletzt. Tom konnte nicht sehen, wo, weil er da kauerte wie ein Fötus, aber auf dem Boden war Blut, und nicht nur ein paar Flecken. Als die Flex Wladimirs Richtung einschlug, zog Tom hinter ihrem Rücken die Nabelschnur. Kurz vor Wladimirs Füßen ging ihr die Luft aus.

Der gestikulierte unkontrolliert und erzählte Tom etwas. Er hatte Schmerzen, aber sie hatten beide Gehörschutz und Maske auf, so wurde das nichts. Tom legte ab und sagte völlig gelassen: »Wie wär's, du würdest erst mal die Maske aus dem Gesicht nehmen? So versteh' ich kein Wort.«

»Mmmpffph mmompfph mmmmoumpfh!«

Dann sah Tom sein Bein, beziehungsweise diesen Riss in seiner Hose und den Spalt im Oberschenkel, und all das Blut, das da raussickerte wie aus einem Gartenschlauch, sich auf dem Boden mit dem Holzstaub vermischte und das Parkett versaute.

»Hoppla, das ist ja mindestens zwei Klafter tief.«

Nicht, dass Tom gewusst hätte, wie viel ein Klafter maß, aber es sah so archaisch aus. Und als wäre das noch nicht unpassend genug: »Ich schätze, die Hose kannst du wegschmeißen.«

»MMMMpfhhhopg mmmpffghmpgh!«

Was Tom von Wladimir unter der Maske sehen konnte, war ganz blass; er hielt sich mit beiden Händen den Oberschenkel, als drohte er abzufallen.

»Besser, wir binden das ab. Ich sehe mal nach, ob ich was Passendes finden kann.«

»MMMPPPHGFFFHHOPGH!!«

»Und nimm die Maske ab.«

Mit diesen Worten schlenderte Tom in die Küche und kramte gelassen in der Werkzeugkiste nach etwas, das er zum

Abbinden benutzen könnte, fand einen Parkettspanner, holte den Cutter aus dem Nachbarzimmer, ging zurück und trennte das Band ab. Dass er es nicht noch aufrollte, war wirklich alles. Anschließend ging er zu Mmmopffh-Wladimir zurück, der in der Zwischenzeit noch etwas blasser geworden war, band ihm den Oberschenkel ab (»MMPFARGG!«), alles ganz glitschig, stand auf, grinste dümmlich, sagte: »Nun nimm doch endlich die Maske ab«, drehte sich einmal um die eigene Achse, wobei er Desdemona an sich vorbei und den schönen Kuchen auf den Boden fliegen sah, sagte: »Ach, du bist es« und fiel in Ohnmacht.

Stimme 1: »Was ist denn mit dem hier?«

Der hat sich ins Bein geflext, dachte Tom. Das sieht man doch.

Stimme 2: »Ist kollabiert. Hat anscheinend den Anblick nicht verkraftet.«

O weh, der arme Wladimir.

Stimme 1: »Hallo, wachen Sie mal auf.«

Los, Wladimir, du schaffst es.

Stimme 1: »Hallo!«

Komm schon, Wladimir!

Jemand tätschelte in Toms Gesicht herum.

Stimme 1: »Aufwachen, bitte!«

Der meinte ihn!

Tom schlug die Augen auf und sah ein besorgtes Gesicht.

»Hallo, verstehen Sie mich?«

Warum nicht?

»Klar.«

»Gut, ich bin der Notar.«

»Oh, muss ich was unterschreiben?«

»Wie kommen Sie denn darauf?«

»Beim Notar muss man immer was unterschreiben.«

»Notarzt! Ich bin der Notarzt!«

Ein Glück.

»Prima.«

»Sie stehen unter Schock. Wir nehmen Sie mit zur Beobachtung.«

»Da bin ich aber froh.«

»Können Sie aufstehen?«

Toms Beine fühlten sich mehlig an, der Arzt musste ihn stützen. Desdemona stand zittrig im Türrahmen.

Tom: »Desdemona! Hi, wie geht's?«

Desdemona: »Was hat er nur getan?«

Als hätte Wladimir ein Verbrechen begangen. Tom war gerührt.

»Keine Sorge, das sind Momente, die zusammenschweißen.«

Auf der Treppe kam ihnen das Hauswartsehepaar entgegen, mit zwei Polizisten im Schlepptau.

»Die von der Konkurrenz waren schneller«, sagte Tom und dachte, dass es vielleicht doch nicht gut für ihn war, vor dem Aufstehen schon Chandler zu lesen.

Man ahnt es: Dieser Tag veränderte Leben. Zumindest das von Wladimir. Und das von Desdemona natürlich auch.

Drei Tage musste er im Krankenhaus bleiben. Tom fuhr jeden Tag kurz bei ihm vorbei. Immer fand er Desdemona an seiner Seite. Beim ersten Besuch sprang sie vom Stuhl auf, als hätte Tom sie bei etwas Verbotenem ertappt. Am zweiten Tag sagte sie nur: »Hallo, Tom, wie geht's?« Am dritten Tag hielten sie und Wladimir Händchen und sahen überglücklich aus. Desdemona hatte ihm einen Quark mit frischen Nektarinen zubereitet, der in einer Tupperdose auf dem Bettrand stand. Sie fütterte ihn, als hätte er sich nicht ins Bein, sondern in den Arm geflext. Wenn etwas danebenging, fingen sie an zu glucksen.

Nach fünf Minuten entfernte Tom sich wieder.

* * *

Drei Wochen später übergab Tom die fertig renovierte Wohnung an den Professor.

»Sehr schön«, fasste Tibatong die Eindrücke zusammen, während er mit seinen frisch verwachsenen Zehen durch die Zimmer humpelte.

»Diese Wohnung wird meiner Inspiration Schwingen verleihen.«

Als wäre es nicht so schon schlimm genug.

Er überreichte Tom das Geld in einem Umschlag. Zweiundzwanzigtausend Euro. Schwarz. In bar. Viertausend musste Tom für Material abziehen, blieben neun für jeden. Das würde eine Weile reichen. An der Tankstelle guckte man ihn schief an, weil er den Champagner mit einem Fünfhunderter zahlte, aber er hob nur die Schultern und sagte: »Hab's nicht kleiner.«

Mit sechzehn hatte er davon geträumt, mal so etwas zu sagen. Jetzt aber war es zu spät, er kam sich nur albern dabei vor. Unter anderen Umständen hätte er es vielleicht genießen können, aber die Trennung von Helen lag nicht mal vierzehn Tage zurück.

Nachdem er seine Tasche gepackt und zu Paul gezogen war, hatte es noch einmal zwei Wochen gedauert, in denen er und Helen endlose Nicht-Gespräche geführt hatten, bis sie schließlich einsehen mussten, dass sie auf der Stelle traten, und ihre Verbindung offiziell für gescheitert erklärten. Das war am 20. 09. 2009. Lara hätte wahrscheinlich die Zahlen verantwortlich gemacht.

Desdemona öffnete die Tür, Wladimir und sie waren inzwischen ein richtiges Paar. Auf dem Tisch in der Küche brannten Kerzen. Sie hatte Pasta gekocht, auf *seinem* Herd. Das musste ein großes Opfer für ihn gewesen sein. Seine Krücke lehnte an der Tischplatte.

»Setz dich doch«, sagte sie. »Möchtest du etwas mitessen?«

»Nein, danke, ich wollte nur ein Glas Schampus mit euch trinken.«

Es fühlte sich unschicklich an, mit ihr den Geldsegen zu feiern, den ihr Vater gerade über ihnen hatte niedergehen lassen – wie verpetzen.

»Was gibt's denn?«, wollte Wladimir wissen.

»Geld gibt's.«

Tom nahm den Umschlag aus der Tasche und zählte ihm achtzehn Fünfhunderter ab. Wladimirs Begeisterung darüber, dass Tom in seiner Abwesenheit den Job alleine zu Ende gebracht hatte, hätte euphorischer ausfallen können.

»Danke.«

»Bitte. Wie geht's deinem Bein?«

»In vierzehn Tagen bin ich wieder einsatzbereit. Ich hab' schon mit Konrad gesprochen, die haben jede Menge Arbeit für uns.«

Im »Kartell« war Konrad der einzige Hetero, auch wenn das auf den ersten Blick kaum zu erkennen war. Er trug die gleichen Kaschmirsakkos wie seine Kollegen, und seine empfindsamen Gesichtszüge wurden jeden Morgen von außerordentlich feingliedrigen Fingern rasiert. Alles, was Tom von ihm wusste, war, dass er seit drei Jahren unsterblich in dieselbe Frau verliebt war – unerwidert.

»Ich weiß nicht«, sagte Tom nach einigem Zögern. »Vielleicht steige ich lieber aus.«

In den vergangenen Tagen hatte Tom immer öfter gedacht, dass Tibatong vielleicht ihr letzter gemeinsamer Auftrag wäre. So, als müsste die Trennung von Helen auch das Ende der Zusammenarbeit mit Wladimir bedeuten. Betretenes Schweigen. Desdemona sah unglücklich aus. Sie mochte Tom und fand, er hatte einen guten Einfluss auf Wladimir.

Wladimir: »Meinst du nicht, du übertreibst es ein bisschen?

Nur, weil ihr euch getrennt habt, musst du doch nicht gleich dein ganzes Leben umkrempeln.«

»Komisch, dass du davon sprichst. Ich habe auch schon überlegt, ob das miteinander zu tun hat.«

»Und zu welchem Schluss bist du gekommen?«

»Zu keinem, wie immer.«

»Was willst du denn sonst machen?«

»Ich weiß noch nicht.«

Sie leerten die Flasche, dann ließ Tom sie allein. Über die Trennung von Helen zu reden trübte nur ihr junges Glück.

Abwärts

Eine neue Wohnung zu finden erwies sich als einfach. Das »Kartell« war voll des Mitleids und beraumte ein außerordentliches Meeting an. Sie versammelten sich um ihren ovalen Nussbaumkonferenztisch und sprachen ernst mit leisen Stimmen. Tom nippte unterdessen an einer Cola und blickte durch die Panoramaverglasung ihres Penthousebüros. Er kam sich vor, als hätte er etwas ausgefressen. Es wurde einige Male telefoniert, und drei Stunden später hatte Tom eine hübsche kleine Anderthalb-Zimmer-Wohnung am Planufer mit Blick auf den Landwehrkanal. Als er ging, legte Konrad ihm den Arm um die Schulter und sagte betont ernst: »Frauen können manchmal sehr grausam sein.«

Tom musste lachen. Konrad versuchte nicht, *ihn* zu trösten, sondern *sich*.

»Kopf hoch«, sagte Tom, »das wird schon wieder.«

Alleine in der neuen Wohnung, sackte Tom völlig zusammen. Dass er es geschafft hatte, Tibatongs Zimmerlabyrinth alleine fertig zu renovieren, erschien ihm rückblickend als unvorstellbarer Kraftakt. Bei der Arbeit war er stets von dem Gefühl begleitet gewesen, eine Schuld abzutragen. So richtig hat er das auch später nie verstanden.

Er war ständig müde. Die Luft zum Atmen schien er durch einen schmalen Strohhalm ziehen zu müssen – über Wochen. Manchmal glaubte er, wie ein alter Mann mit Buckel zu gehen. Abends saß er stundenlang vor dem Fenster, nachts kotzte er seine Seele in die Kloschüssel. Hinter seinem

Rücken wartete die frischbezogene Matratze wie ein Nagelbrett. Oft schreckte er auf und fand sich in seinem Stuhl sitzend. Er ernährte sich von Bier, Cola und Zigaretten. Den Aschenbecher auszuleeren kostete ihn bereits Überwindung. Wenn er an Helen dachte, war er der einsamste Mensch der Welt. Und er dachte immer an sie. Zum ersten Mal in seinem Leben wollte er nicht er selbst sein. Dankbar hätte er mit jedem getauscht, der zu einer Gleichgültigkeit des Herzens fähig war, statt sich nach Liebe sehnen zu müssen.

Es gab ein paar Tage, an denen er so tief fiel, dass seine Finger den Grund berührten. Das Schlimmste daran war, morgens aufzuwachen: Dann sah er auf dem Wecker, dass es erst fünf Uhr dreißig war, und konnte nicht glauben, dass er den Tag überstehen sollte. Und zum ersten Mal in seinem Leben hatte er Angst um sich.

Irgendwann würde es wieder aufwärtsgehen, das wusste er. Aber darauf zu warten war wie zu tauchen, wenn einem die Luft ausging. Man strampelte um sein Leben und versuchte durchzuhalten, bis man endlich die Oberfläche erreicht hatte. Und während man nichts weiter tun konnte, als zu hoffen, dass die Luft reichte, schlug das Herz immer panischer. Tom wusste, dass er die Oberfläche erreichen würde, aber das wusste man unter Wasser auch und konnte die Panik doch nicht unterdrücken.

Er schrieb Helen einen Brief, den er niemals abschickte, weil er nie fertig wurde. Der Anfang ging so:

Es ist nicht alles schlecht. Ich bin frei. Nur weiß ich nicht, wann dieses Gefühl endlich aufblüht und ob es ersetzen können wird, was es verdrängen soll. Ich habe Angst, nie wieder einem Menschen zu begegnen, dem ich mich so werde öffnen können. Diese Vertrautheit ist unersetzbar. Ein wundervoller Tag ist zu Ende gegangen, und nun sitze ich da, und es wird und wird nicht wieder hell, und langsam frage ich mich, ob die Sonne noch einmal aufgeht.

Es dauerte lange, bis er dahinterkam, dass er nicht so sehr den Verlust Helens betrauerte, sondern die glücklichen Momente, die sie miteinander erlebt hatten. Den Unterschied zu erkennen war nicht leicht, und oft half es auch nicht viel.

Ada

Was sollte sie nur tun? Wie sollte sie aus der Wohnung kommen? Was, wenn sie ihm im Treppenhaus begegnete? Unmöglich. Das durfte nicht sein. Neulich erst hatte sie ihn in ihre Wohnung gelassen! In vier Stunden fing ihre Arbeit an, irgendwie musste sie bis dahin hier rauskommen. Sie konnte sich ja nicht schon wieder krank melden. Was sollte sie denn sagen? Dass sie nicht kommen konnte, weil sie Angst hatte, ihrem Nachbarn zu begegnen? Die würden sie doch für einen pathologischen Fall halten. Und dann? Was, wenn sie zurückkam und er plötzlich vor ihrer Tür stand? Was, wenn er klingelte? Sollte sie ihm aufmachen, ihn am Ende wieder reinlassen? Nein, auf keinen Fall. Er hatte ja auch noch nie geklingelt, außer als er ihr das Handtuch zurückbrachte. Nicht panisch werden. Ich bin nicht verrückt, noch lange nicht. Die anderen waren es, die sich morgens nach dem Aufstehen gegenseitig in der U-Bahn ihre genässten Achselhöhlen ins Gesicht drückten und das normal fanden. O Mist, sie musste sich übergeben, schon wieder.

Mittags war er durchs Treppenhaus gepoltert. Ada dachte schon, er sei betrunken, bei dem Krach, den er machte. Sie war zur Tür gerannt, um nach ihm zu sehen, ihn zu fragen, ob alles in Ordnung war, ob er Hilfe brauchte. Mein Gott, war sie naiv! Durch den Spion sah sie, dass er Krücken hatte und auf der Treppe gestürzt sein musste. Er saß auf der obersten Stufe und lachte, und dann war da plötzlich diese Frau, die sich neben ihm auf den Treppenabsatz fallen ließ und ebenfalls lachte, dass es den ganzen Hausflur ausfüllte. Wie konnte eine Frau sich nur so gehenlassen?

»Nicht so laut, sonst hört dich meine Nachbarin.«

»Na und?«

»Das würde sie voll desillusionieren. Die hält mich für einen Heiligen. Sie glaubt sogar, ich kann Klavier spielen.«

»Wie hast du das denn angestellt?«

»Erzähl' ich dir später.«

Dann konnte Ada sie über sich hören, durch die Decke, am hellichten Tag. Ein Alptraum! Das waren nicht die Geräusche von Liebenden, sondern von Menschen, die sich Schmerzen zufügten. Furchtbare Schmerzen. Wie damals. Sie hatte geschrien. Wie ein Tier hatte sie geschrien, wie ein Schwein, bevor man ihm die Kehle durchtrennte. Es war entsetzlich. Seitdem wusste Ada, dass man niemanden zu dicht an sich herankommen lassen durfte. Seit damals. Seit sie diese Kopfschmerzen hatte.

Es ging alles durcheinander. Sie konnte sich das doch nicht nur ausgedacht haben! Sie liebte ihn doch. Und er, was machte er? Er ... *fickte* mit irgendeiner dahergelaufenen Schlampe. Das konnte doch unmöglich ihr Wladimir sein, der nach den Sternen griff! Und wieso konnte er nicht Klavier spielen? Sie begriff das alles nicht. Immer war *sie* diejenige, die den Kürzeren zog, diejenige, der andere vorgezogen wurden. Immer waren andere besser ... in jeder Hinsicht ... dabei liebte sie ihn so sehr ... Tränen liefen ihre Wangen hinab, immer mehr und immer mehr.

Vielleicht war es gut so. Die andere war hübsch, im Gegensatz zu ihr. Ada war nicht schön, auch wenn der Mann am Kiosk ihr das mal gesagt hatte. Das war nur ein Moment. Jeder konnte einen Moment lang gut aussehen, auch wenn er wirklich nicht hübsch war. Und die andere war normal, nicht so wie Ada. Ada war krank ... verrückt ... kaputt. Wer wollte so etwas? Sie konnte ihm nicht übelnehmen, dass er dieses gackernde Huhn wollte und nicht sie. Gefühle konnte man nicht steuern, das war eben so. Und Ada war nun mal nicht liebenswert, da konnte Wladimir auch nichts für. Warum sollte ausgerechnet sie geliebt werden, das hatte sie gar nicht verdient. Am liebsten hätte sie geschrien: »HILFE!! ICH WILL MEINE RUHE!!! ICH WILL ALLEIN SEIN!!!!«

Dabei war Alleinsein doch das wenigste, was sie wollte. Aber im Moment, da wollte sie es, da wollte sie nur IHRE RUHE!!! Immer diese Zerrissenheit ... Genau wie bei der Zärtlichkeit ... Sie wollte Liebe, sie sehnte sich so sehr danach, Liebe, Zuneigung und Zärtlichkeit, kindliche Zärtlichkeit. Und doch durfte niemand sie berühren. Bei Wladimir, da wäre es gegangen, aber jetzt ... Nie wieder!

Sie lief in die Kammer und zerrte die Leiter hervor, noch immer rannen Tränen über ihr Gesicht. Nacheinander riss sie alle Phosphorsterne von der Decke und das blöde Raumschiff auch, über ihr gluckste und quiekte und schrie es. Wie hatte sie nur so ... BLÖD sein können? Hatte Ada sich wirklich eingebildet, er könnte sie lieben? SIE? *SIE!!??* Dumme Gans. Du lebst in einer Traumwelt. Immer lebst du in einer Traumwelt!

Sie spürte ihre Kopfschmerzen herannahen wie ein Donnergrollen, das ein Gewitter ankündigte. Ada konnte sie förmlich sehen, wie sie auf sie zugerast kamen. Was sollte sie bloß tun? Gleich würden die Kopfschmerzen sie niederdrücken, dann konnte sie doch nicht hier auf dem Bett liegen und sich dieses GEBRÜLL ANHÖREN! Schnell zog sie ihre Schuhe an und nahm den Schlüssel. Auf jeder x-beliebigen Parkbank war es besser als hier. Hier würde sie den Tag nicht überstehen. Sie schlug das Messer in den blauen Samt ein, steckte es in ihre Handtasche und floh aus der Wohnung.

Alles auf Anfang

Tom hatte Kontakte aus seiner Studienzeit aktiviert und arbeitete wieder als Barpianist. Montags und freitags spielte er im Meyerbeer, donnerstags und samstags im Wash Up. Irgendwann hatte er gemerkt, dass man in dieser Stadt nirgends besser allein sein konnte als unter Menschen, und lange Stunden in Bars zugebracht, in denen er vor seinen Freunden sicher war, um das nächtliche Treiben an sich vorbeiziehen zu lassen. Von dort zurück zum Klavier war es dann nur noch ein kleiner Schritt gewesen.

Im Meyerbeer bestand das Publikum hauptsächlich aus Theaterbesuchern, die sich bei anschließendem Weißwein über die Bühnendekoration unterhalten wollten, da wärmte er sein klassisches Repertoire auf. Im Wash Up spielte er, was ihm gerade einfiel.

Anfangs tat er sich schwer. Er war aus der Übung, seine Finger steif und mit Hornhaut überzogen, durch die monatelange Arbeit mit Schleifmaschinen aller Art. Doch inzwischen waren acht Wochen vergangen, und seine Finger hatten ihre alte Beweglichkeit wiedererlangt. Er fühlte sich sogar noch wohler als früher.

Helen hatte seinen Bar-Jobs immer mit einer Mischung aus Bewunderung und Missbilligung gegenübergestanden. Das hatte ihn stets gehemmt. Langsam erst verstand er, wie viel Spaß er daran haben konnte, und er druckste auch nicht mehr herum, wenn er gefragt wurde, womit er sein Geld verdiente. In der ersten Zeit hatte er seinen Zuhörern das Leben ganz schön schwergemacht. Wochenlang hätte er nur »My Funny

Valentine« spielen können, mit einer endlos ins trostlose Reich der Melancholie absteigenden chromatischen Basslinie. Wenn er etwas anderes spielte, hörte es sich trotzdem so an. Am vierten Oktober, seinem ersten Tag im Wash Up, kam ein junger Mann ans Klavier, der mit Freunden auf seinen Geburtstag anstoßen wollte.

»Warum spielst du nicht mal was Fröhliches?«

»Ich kann nichts Fröhliches.«

»Was soll das heißen, du kannst nichts Fröhliches?«

»Ich hab's probiert, es geht nicht. Auch ein fröhliches Stück klingt traurig, wenn ich es spiele.«

Inzwischen musste Tom schmunzeln, wenn er daran zurückdachte, es kam ihm so theatralisch vor. Aber so hatte er sich eben gefühlt – theatralisch. Ein Dialog aus der Muppet-Show war ihm aus seiner Kindheit in Erinnerung geblieben. Der ging ähnlich:

Kermit: »Floyd, was spielst du da?«

Floyd zupft schwermütig an seinem Bass: »Ich spiele Blues.«

»Warum spielst du Blues, Floyd?«

»Weil ich traurig bin.«

»Aber Floyd, warum bist du traurig?«

»Weil ich Blues spiele.«

Manchmal telefonierte er mit Helen. Oft ging es ganz gut. Sie fehlte ihm nicht mehr. Meistens. Das Gefühl war stumpf geworden mit der Zeit. Er aß auch wieder, sein altes Gewicht lag nur noch vier Kilo entfernt. Ihr neuer Freund war bei ihr eingezogen – Klaus. Ein Arzt aus dem Krankenhaus. Es war sehr schnell gegangen. Tom hatte nicht einmal Zeit gehabt, vorher seine letzten Sachen abzuholen. Vielleicht hatte Klaus auch bereits in den Startlöchern gestanden. Tom versuchte, nicht darüber nachzudenken, das zog ihn nur runter und führte zu nichts.

Schwierig war es immer dann, wenn es Helen schlechtging. Dann rief sie an und sagte ihm, dass sie nie aufgehört habe, ihn zu lieben, und nicht begreifen könne, weshalb es mit ihnen nicht funktioniert habe. Was sollte er ihr antworten? Er hatte es schließlich auch nicht begriffen.

Seine Stereo-Anlage und drei Kartons mit Büchern warteten noch immer auf ihn, deshalb hatte Tom die Schlüssel bisher nicht zurückgegeben. Da er Helen und sich eine Konfrontation ersparen wollte, ging er am Vormittag vorbei, um elf. Zu dieser Zeit arbeitete sie. Als die Tür hinter ihm ins Schloss fiel, kam eine euphorische Männerstimme aus der Küche: »Was machst *du* denn schon hier?«

Und plötzlich stand Klaus vor ihm, in Calvin-Klein-Boxershorts, mit einer von zwei Lavazza-Tassen in der Hand, die Tom Helen vor drei Jahren zum Geburtstag geschenkt hatte. Sie benutzten sie im Epikur, Helen fand, es konnte keine schöneren geben. Tom hatte erfolglos versucht, sie irgendwo aufzutreiben, also hatte Charlotte sie für ihn mitgehen lassen.

Klaus sah aus wie ein Würstchen. Bestimmt fand er sich auch noch sexy. Sein Rücken und seine Schultern waren behaart, dabei hatte Helen immer gesagt, behaarte Männer gingen »gar nicht«. In seinem weißen Kittelchen mochte er Autorität ausstrahlen, aber in dieser Aufmachung … Und dann auch noch dieser Schmalzblick, der so pointiert von seiner zur Seite geschobenen Tolle abgerundet wurde. Sie standen sich gegenüber, und Tom überlegte einen Moment, ob er ihn nicht niederschlagen sollte – einfach so. Wie es sich anfühlen würde, wenn er ihm jetzt ohne Ankündigung seine Faust ins Gesicht drückte? Ginge es ihm danach besser? Wäre es eine Erleichterung? Vielleicht. Vielleicht würde er sich auch nur blöd vorkommen.

Er war nicht einmal zornig oder wütend – Klaus' Anwesenheit nervte ihn einfach, das war alles. Natürlich schlug er ihn nicht nieder. Er hatte noch nie jemandem mit der Faust ins Gesicht geschlagen – aber er war auch noch nie so kurz davor gewesen.

Tom: »Ich hole meine Sachen ab, wenn du nichts dagegen hast.«

»Oh … Hallo. Äh … Nee, natürlich nicht. Aber *ich* weiß nicht, was hier noch von dir ist.«

»Keine Sorge, *ich* weiß es.«

»Ja, klar. Du bist also Tom. Also, ich bin …«

»… Ist mir egal, wer du bist.«

Es war das einzige Mal, dass Tom ihm begegnete.

Am meisten hatte Tom gequält, dass Helen und Klaus jetzt in *ihrem* Bett schliefen und Helen plötzlich in Klaus' Armen träumte, während Tom die Regentropfen an seinem Küchenfenster zählte. Die ganze Nacht. Jede Nacht. Dass *er* jetzt mit ihr schlief und ein Teil dieser eigenartigen Entrückung in ihrem Gesicht war, wenn sie kam, und dass *er* es war, der in *ihr* kam.

Doch inzwischen war es nicht mehr schlimm, wenn Tom sich Helen und Klaus in ihrem Bett vorstellte. Es war einfach nicht mehr *ihr* Bett.

Im Geiste nannte Tom ihn Captain Blaubart, ohne speziellen Grund. Wenn er Helen fragte, wie es lief, klang sie, als sei sie mit ihm auch nicht richtig glücklich. Vielleicht schämte sie sich auch, weil es ihr mit ihm besser ging und Tom sich deswegen nicht schlecht fühlen sollte. Lara hatte sie erzählt, Klaus wünsche sich ein Kind von ihr. Aber sie wollte nicht, noch nicht. Wahrscheinlich wollte sie sicher sein, dass ihr bei einer Schwangerschaft so etwas wie mit Tom nicht noch einmal passierte. Paul meinte ja, dass Helen nur deshalb kein Kind von Klaus wollte, weil sie sich insgeheim eins von Tom wünschte. Tom sagte nichts dazu; von ihrer Abtreibung wusste Paul nichts.

Wash Up

Seit der Trennung von Helen waren drei Monate vergangen, und manchmal dachte Tom mit einem wehmütigen Lächeln an diesen ungewöhnlichen Sommer zurück. Durch den Weichzeichner, der sich über seine Vergangenheit legte, schimmerten die Monate mit Wladimir in einem romantischen Licht. Er mochte die Freiheit, die sie hatten, und das Gefühl, ständig unterwegs zu sein. Er mochte die meisten Menschen, denen sie begegnet waren, sogar Tibatong, und er mochte die Vorstellung, dass die Narben des Tages, an dem Wladimir und Desdemona zueinandergekommen waren, im Parkett seines Schlafzimmers sichtbar geblieben waren.

Inzwischen hatte Toms Leben eine beruhigende Gleichförmigkeit angenommen. Wie jeden Samstagabend saß er im Wash Up und spielte Klavier. Um Viertel nach elf machte er Pause und ging an die Bar. In einer Woche war Weihnachten. Tom würde das machen, was er immer gemacht hatte: Am vierundzwanzigsten fuhr er zu seiner Mutter, am fünfundzwanzigsten zu seinem Vater. Helen würde bei ihren Eltern sein und ihnen von ihrem neuen Freund erzählen, und Wladimir würde Desdemonas Verwandtschaft kennenlernen. Es war kurios: Er hatte keinen Vater und keine Mutter mehr, aber trotzdem mehr Familie als jemals zuvor.

Ulla lächelte und stellte Tom einen Espresso und ein Glas Wasser auf die Theke. Eigentlich trank er abends keinen Kaffee, aber als er wieder angefangen hatte zu spielen, war er durch die Anspannung und Nervosität so müde gewesen, dass er in den Pausen um einen Espresso gebeten hatte. Am dritten

Abend war er von selbst gekommen. Inzwischen hätte er darauf verzichten können, aber eine lieb gemeinte Gewohnheit zerstört, wenn er auf etwas anderes umgestiegen wäre.

»Ich wusste gar nicht, dass du Klavier spielst«, hörte er plötzlich eine Stimme neben sich.

Wenn Tom unerwartet auf einen Menschen aus früheren Tagen traf, erschrak er immer ein bisschen. Er musste an Lara denken: Was verpasste Chancen anging, war sie der Ansicht, man begegne sich im Leben immer ein zweites Mal, und wenn nicht, dann sollte es eben nicht sein. Für Lara, dachte Tom, war das Leben meistens ziemlich einfach.

Tom: »Johanna! Wie geht's dir?«

Nach ihrer Liebesnacht hatte Tom vier Wochen lang ihre Telefonnummer gut versteckt in seinem Portemonnaie herumgetragen, war aber von seinem Gewissen in Schach gehalten worden und hatte es nicht gewagt, sie tatsächlich anzurufen. Dann kam der Desastertag am See, und auf dem Weg nach Hause hatte er den Zettel, aus Angst, der Meerjungfrau künftig nicht widerstehen zu können, weggeworfen.

Johanna: »Gut. Und dir?«

»Danke.«

»Du weißt meinen Namen noch?«

»Natürlich.«

Tom konnte keinen Begleiter entdecken, also fragte er: »Was machst du hier?«

»Eine Freundin besuchen. Hi, Ulla.«

Sie beugten sich umständlich über die Theke und küssten sich.

Ulla: »Ihr kennt euch?«

»Gute Frage«, sagte Johanna und lachte. »Kennen wir uns?«

Tom: »Ich weiß auch nicht.«

Ulla: »Na, dann ist ja alles klar. Was trinkst du?«

»Mai Thai«, antwortete Johanna nach kurzem Zögern.

Sie setzte sich neben Tom auf einen Hocker und wartete auf ihren Cocktail. In der Zwischenzeit sagte keiner etwas, als würden sie erst etwas zu trinken brauchen, um miteinander reden zu können.

Johanna: »Was machst du so?«

»Du siehst es ja – ich sitze in Bars und spiele Klavier.«

»Und wenn du nicht in Bars sitzt und Klavier spielst?«

»Dann sitze ich zu Hause und spiele Klavier.«

»Klingt aufregend.«

»Der totale Wahnsinn. Wie Achterbahn fahren, den ganzen Tag.«

Ihr Lachen beeindruckte ihn immer noch.

»Was sagt denn deine Freundin dazu?«

»Meine Freundin ist inzwischen die Freundin eines anderen.«

»Oh, tut mir leid.«

»Nicht nötig. Ist, glaube ich, ganz gut so.«

»Und? Hast du dich schon wieder neu verliebt?«

»Ich dachte, ich versuche es mal ohne. Sich zu verlieben ist wie einen Looping zu drehen: Bevor es überhaupt richtig losgeht, hast du die Nadel schon am Anschlag, dann wirbelt es dich völlig durcheinander, zwischendrin stehst du Kopf, und am Schluss bist du da, wo du angefangen hast, nur dass nichts mehr so ist wie vorher. Eine aufregende Sache, aber keiner braucht es wirklich. Und noch was stört mich: Du kannst zwischendrin nicht aussteigen.«

Sie dachte darüber nach, ihr Strohhalm drehte im Glas kleine Runden.

»Und du meinst, du hältst das durch?«

»Ich weiß nicht. Wahrscheinlich nicht. Wir ändern uns nicht sehr, wenn wir älter werden. Unsere Gefühle, meine ich. Liebe, Freude, Schmerz, Eifersucht ... Alles dasselbe. Nur die Illusionen werden weniger.«

»Aber?«

»Ich gebe mein Bestes.«

»Das Beste geben reicht oft nicht.«

Wer wusste das besser als Tom? Er nahm sein Wasser und stand auf: »Ich gehe mal und mache weiter.«

Wladimir stand unerwartet in der Tür. Tom hatte ihn seit zwei Monaten nicht mehr gesehen. Wenn das so weiterginge, kämen als Nächstes Helen und Captain Blaubart und danach Sandra, um zu fragen, wie es seiner Leiste ginge. Dann noch Elsa, und gemeinsam könnten sie »O du fröhliche« singen, für gemischten Chor mit Klavierbegleitung.

Tom spielte »The Girl from Ipanema« in Super-Soft-Version. Auf das Notwendigste reduziert, gefiel es ihm am besten. Vielleicht spielte er es deshalb im Moment so gerne: Auf das Notwendigste reduziert, gefiel ihm inzwischen auch das Leben am besten. Wladimir stellte sich zu ihm an den Flügel.

Wladimir: »Du hast dich rar gemacht. Wie geht's?«

»Ganz gut, glaube ich. Mein Leben ist einfacher geworden. Ich habe mein Auto verkauft, meinen Fernseher und meinen Computer. Das Rauchen habe ich auch aufgegeben – war mir zu anstrengend –, und in sechs Monaten läuft mein Handyvertrag aus. Es gibt nicht mehr viele Dinge, über die ich mir Gedanken machen muss.«

»Wie steht's mit fließend Wasser und Strom?«

»Werd' ich behalten.«

Wladimir, nach einer Weile: »Wie geht's Helen? Habt ihr noch Kontakt?«

»Manchmal ruft sie an und erklärt mir, dass sie nie aufgehört hat, mich zu lieben.«

»Und was sagst du dann?«

»Ich sage ihr, dass ich auch nie aufgehört habe, sie zu lieben, aber sie trotzdem nicht zurückwill.«

»Und? Stimmt das?«

Tom zog die Schultern hoch.

»Was ist mit ihrem neuen Freund, diesem Arzt?«

»Keine Ahnung. Ich habe mir abgewöhnt, nachzufragen. Es interessiert mich nicht mehr. Er ist bei ihr eingezogen. Sie bemühen sich, glaube ich, aber die große Liebe ist es bei ihm wohl auch nicht. Manchmal habe ich das Gefühl, sie hat ihn nie wirklich gewollt.«

»Weshalb sind sie dann zusammengezogen?«

»Was weiß ich? Niemand ist gerne allein.«

Wladimir stand da, in Gedanken versunken. Ein ungewöhnlicher Anblick; sonst war er nie so nachdenklich.

Wladimir: »Wie lange willst du das machen?«

»Was meinst du?«

»Na, in Bars rumhocken und klimpern?«

»Musik ist eine schöne Sache. Ich kann davon leben, und es ist niemand da, der mir sagt, was ich zu tun oder zu lassen habe. Es gibt welche, die damit alt werden.«

»Kommt mir bekannt vor.«

»Tja, so weit ist es gekommen ... Und, was machst du so?«

»Ich schreib' meine Diplomarbeit.«

»Du machst was?«

»Ich schreib' an meiner Diplomarbeit. Seitdem hält mich Tibatong für einen hoffnungsvollen Fall. Jedenfalls glaubt er, dass noch nicht *alles* verloren ist.«

»Ich staune.«

»Ja, ich auch.«

Tom fragte sich, weshalb Wladimir vorbeigekommen war. »Nur mal so« war nicht seine Art.

»Wie läuft's mit Desdemona?«

»Wir sind zusammengezogen.«

»Klingt ja nicht so begeistert.«

»Doch, es ist toll, ehrlich! Abends lesen wir uns gegenseitig aus den Büchern meines Vaters vor. Wir lieben uns.«

Wer hätte das gedacht.

»Habt ihr euch eine neue Wohnung gesucht?«

»Nein, sie ist zu mir gezogen.«

»Zu dir? Wo hat sie denn ihre Schuhe hingestellt? Zwischen Hegel und Schopenhauer?«

»Wir haben die Bücher abholen und zu ihrem Vater bringen lassen, bis auf ein Regal. Mehr schaffen wir sowieso erst mal nicht. Tibatong hat darauf bestanden, es von einer Spedition machen zu lassen. Bei der Vorstellung, Des könne sich ihre zarten Fingernägel an einem Karton einreißen, hat er Pickel gekriegt. Jetzt haben Des und ich jede Menge Platz, und Tibatong etwas, womit er seine Hallen füllen kann.«

»Woher der plötzliche Sinneswandel? Du weißt schon: Desdemona, zusammenziehen ...«

»So plötzlich kam der nicht. Ich hatte schon lange keine Lust mehr, die ganze Zeit hinter etwas herzurennen, von dem ich selbst nicht wusste, was es sein sollte. Ich wollte endlich mal eine Frau, mit der ich nicht nur schlafen muss. Ich bin vierunddreißig!«

Es klang, als hätte er das eben erst erfahren und als sei er von seiner Entscheidung selbst noch nicht richtig überzeugt.

»Heißt es nicht, der Weg ist das Ziel?«

»Es gibt kein Ziel. Es gibt nur ... Unruhe.«

Er hätte auch »Sehnsucht« sagen können, doch das würde ihm nie über die Lippen kommen.

Wladimir: »Wo wir schon dabei sind: Ich wollte dir noch was sagen ...«

»...«

»... Wir werden heiraten.«

»Ihr werdet heiraten.«

»Wir – werden – heiraten. Sobald ich mit dem Studium fertig bin.«

»Sobald du mit dem Studium fertig bist.«

»Sobald ich mit dem Studium fertig bin.«

»Na, das kann ja noch dauern.«

»Sehr witzig ... Sag mal, willst du nicht auf unserer Hochzeit spielen?«

»Verstecken?«

»Klavier, natürlich.«

»Wird mir eine Ehre sein.«

Jetzt war es raus, Wladimir sah richtig erleichtert aus.

Ausgerechnet Wladimir, der kein halbes Jahr zuvor noch jede Beziehungskonvention von sich geschleudert hatte wie ein Hammerwerfer sein Wurfgerät. »Freiheit, Sex, no commitment!« Das war das Motto, das in goldenen Lettern auf seiner Fahne geprangt hatte. Heirat! Großer Gott, was für ein Irrsinn! Und jetzt? Kniete er nieder und bat um Einlass in den goldenen Käfig, um sich bereitwillig die Flügel stutzen zu lassen, wenn sie ihm nur treu war und ergeben.

Tom: »Was ist mit deiner Freiheit?«

»Was soll damit sein?«

»Hast *du* mir nicht erzählt, Freiheit und Beziehung seien unvereinbar? Und jetzt willst du sogar heiraten?«

»Freiheit ist ein Fake. So was wie ein Placebo. Im Grunde bist du ohne Beziehung genauso unfrei wie mit – nur auf eine andere Art.«

»Und Liebe? Ich dachte, die gibt es auch nicht?«

»Stimmt. Liebe ist nur ... das Theater des Herzens.«

»Hast du nicht eben gesagt, ihr würdet euch lieben?«

»Wir bilden uns ein, uns zu lieben.«

»Wo ist der Unterschied?«

»Es gibt keinen.«

»Könnte von mir sein.«

»Ja, so weit ist es gekommen.«

Johanna kam vorbei und verabschiedete sich von Tom mit einem Doppelkuss auf die Wange. Beim zweiten rutschte sie etwas ab: »Ciao, Tom. Wir sehen uns – jetzt, wo ich weiß, wo ich dich finde.«

Wladimir blickte ihr nach.

»Wer war denn das?«

»Johanna.«

»Ah, Johanna also. Und? Wer ist sie?«

»Ich weiß es nicht. Nicht wirklich.«

Nachdenklich durchstöberte Tom seine Noten.

Wladimir: »Was ist denn das für Musik? Das kommt mir so bekannt vor.«

»Die Pavane von Ravel. Ich hab' es manchmal gespielt, wenn ich bei dir war.«

»Ach ja, das Stück, das meine Nachbarin so geil fand.«

»Stimmt, ich erinnere mich. Was ist eigentlich mit der?«

»Keine Ahnung. Scheint sich länger nicht geschnitten zu haben. Vielleicht ist sie verreist, ihr Briefkasten quillt über.«

»Musstest du mit ihr eigentlich auch ins Bett gehen, oder hast du sie verschont?«

»War mir zu abgedreht. Ich fand sie ja ganz süß mit ihren Kulleraugen, aber irgendwie war die komisch. Einmal war ich in ihrer Wohnung, sie hatte ihr Handtuch bei mir liegenlassen. So was hast du noch nicht gesehen. Die Wohnung war … aseptisch. *Ich* hab' ja schon einen Sauberkeitsfimmel, aber gegen ihre Wohnung ist meine die reinste Milbendisko. Dann hatte sie auch noch überall so merkwürdige Bilder aufgehängt – Fotos. Auf einem war nur ein Messer drauf. Ihr Schlafzimmer hat sie mir auch gezeigt, lauter Regale mit Büchern, die da standen wie mit dem Lineal gezogen, und an der Decke alles voller Leuchtsterne. Sie dachte, die würden mir gefallen.«

Sie warteten, bis die dunkle Harmonie verklungen war, dann faltete Tom die Seiten zusammen und legte sie zurück auf den Stapel. Der Sommer war vorbei. Als Nächstes spielte er die Melodie von »Angel Eyes«. Der Text erzählte von etwas, das wie Liebe aussah, und von jemandem, der auf der Suche war. Er sang ihn in Gedanken mit, während er spielte:

Pardon me, but I gotta run,
The fact's uncommonly clear.
Gotta find who's now ›Number One‹,
And why my Angel Eyes ain't here.

Wladimir blickte aus dem Fenster; vorübergehend hatte er vergessen, wo er war. Minutenlang schwieg er und trieb auf der Musik dahin. Dann sagte er schließlich: »Menschen sind komisch.«

»Ja«, antwortete Tom, während der Schlussakkord verhallte. »Menschen sind komisch.«

Over and out

Der Wind rieb den Sand gegen Adas Beine. Ein Prickeln, das sie ihren Körper spüren ließ. Sie ging ein Stück. Nahe am Wasser war der Sand weich und zugleich fest, die Abdrücke ihrer Füße waren deutlich zu sehen. Die erste Welle, die bis zu ihr hinaufkroch und ihre Zehen umspülte, ließ ihr Herz einen Schlag aussetzen; Ada musste stehenbleiben und warten, so gewaltig war das Erlebnis.

Der Strand war weit, sein Ende löste sich im Wasser auf. Entfernt konnte sie zwei Menschen erkennen, sonst war niemand zu sehen. Die einzige Bar war geschlossen. Als sie sich setzte, gesellte sich ein einsamer Hund zu ihr und legte seinen schweren Kopf auf ihre Füße, sein kupferfarbenes Fell war dick und schmutzig. Er leckte ihre Zehen und sah erwartungsvoll zu ihr auf, als hoffte er, dass sie etwas Abwechslung in sein Leben bringen würde.

Das Meeresrauschen schien von allen Seiten gleichzeitig zu kommen, auf den Wellen spiegelte sich die Sonne in tausend kleinen Scherben. Ada musste die Augen zusammenkneifen und zusätzlich mit der Hand abschirmen.

Die Sonne hatte sich weiterbewegt, der Hund zu ihren Füßen war eingeschlafen. Dies war der Ort, an dem alles von ihr abfallen würde. Hier gab es niemanden, der ihr Leben störte, nichts, das sie tun musste. Für immer könnte sie hier liegen, und niemand würde daran Anstoß nehmen. Dies war das Ende der Welt. Unter dem großen Felsen machte sie ihr letztes Foto – ein Spiel aus Licht und Bewegung.